L'Assaut du Mal
Tome 4 — Alicia

Sylvain Bouffard

ISBN 978-2-9812324-9-6

Je dédie ce livre à la mémoire de
Jean-François Lauzon.

Je me souviens.

Remerciements

D'abord, un énorme merci à ma plus grande fan, Maève Lauzon, de m'avoir fait l'honneur de me servir de critique. L'opinion de celle qui m'a accordé ma toute première entrevue à propos de mon histoire comptait beaucoup pour moi avant de publier cette suite.

Aussi, je tiens à remercier encore une fois l'une de mes partenaires de mon aventure, ma mère, Solange (Cloutier) Bouffard, qui a passé des heures à la correction de mon texte.

Également mon deuxième acolyte, mon ami et éditeur Wali, qui encore une fois a su transformer mon texte Word en un splendide roman. Sans oublier que je lui dois la conception du fantastique site internet de ma série, assautdumal.com.

Évidemment, je tiens à souligner les efforts de ma troisième collaboratrice, ma filleule Claudie Bouffard, qui, grâce à son talent exceptionnel, a conçu non seulement un superbe dessin pour ma couverture, mais également les images représentatives des petites histoires sur mon site internet.

Voici le dessin d'origine ayant servi à la couverture de ce roman. Merci Claudie de m'avoir encore une fois fait l'honneur d'associer ton talent à mes histoires.

Me suivre

N'hésitez pas à me suivre sur Facebook ou encore à visiter le site internet de la série à l'adresse « assautdumal.com ». Vous pourrez y découvrir plusieurs petites nouvelles relatant les péripéties de certains personnages avant le Tome 1. Voici d'ailleurs certaines des illustrations, encore une fois créées par ma nièce Claudie Bouffard, qui sont associées à ces fameux petits récits.

Préface

« D'où te viennent toutes ces idées? Où est-ce que tu vas chercher tout ça? » C'est souvent le genre de questions auxquelles j'ai droit depuis la publication de mes romans.

Effectivement, étant donné qu'à première vue, je ne dégage pas l'image stéréotypée du romancier qui rédige le style horreur, c'est souvent une surprise pour les gens de mon entourage lorsqu'ils découvrent le type de manuscrits que je publie. Un militaire de terrain, au look athlétique, qui vit en campagne auprès de sa petite écurie et dont les principaux passe-temps sont la chasse, le quad et l'équitation. Sans oublier que je n'ai comme scolarité qu'un diplôme d'étude secondaire. Ce n'est normalement pas ce genre de personne qui écrit des romans dans lesquels les héros doivent affronter des zombies et des démons. C'est pourquoi je suscite souvent la surprise lorsqu'on découvre les idées tordues qui me passent par la tête.

Où est-ce que je vais chercher tout ça? D'où me vient cette passion? Sur quoi je me base pour m'inspirer? Pour être totalement honnête, il m'arrive moi-même de me questionner sur la source de mon imagination et de mon intérêt profond à raconter des histoires.

Ceux qui me connaissent depuis mon enfance savent que j'ai toujours eu beaucoup d'imagination. Oh combien de combats contre des monstres et des méchants j'ai pu livrer dans la grange de mes parents. Il est évident que la base de mon inspiration me provient de ma mère, Solange (Cloutier) Bouffard, cette fan incontestée de Stephen King, qui se faisait une joie de me résumer, lorsque je le lui demandais, les fascinantes histoires qu'elle lisait de cet auteur peu commun.

Sans compter que j'ai toujours été un farouche cinéphile, surtout en ce qui concernait les films de Sylvester Stallone et d'Arnold Schwarzenegger. Je pouvais les écouter en boucle plusieurs fois avant d'aller à mon tour jouer les héros dehors.

Puis, en vieillissant, j'ai découvert les films d'horreurs. Mon premier a été *La revanche* de Freddy (*Kruger*), un classique de l'époque. Mais celui qui m'avait réellement donné la frousse était Vampire vous avez dit vampire (la version de 1985); un vrai film de vampire avec des créatures monstrueuses et sanguinaires et non des gentlemen romantiques à la Twilight. C'était en effet un long-métrage représentant efficacement la cinématographie d'horreur des fabuleuses années 80. Par la suite, j'ai eu la chance de tomber sur l'illustre trilogie Evil Dead, de Sam Raimi.

Mais alors que j'étais tiraillé entre deux styles, j'ai finalement mis la main sur LE film qui osait mélanger les deux. Et comble de bonheur, c'était mon idole, Arnold Schwarzenegger, qui campait le personnage principal. En effet, celui-ci, après avoir détruit tout un camp de terroristes, devait y affronter une créature de l'espace, connue sous le nom du Prédateur. Wow! Un film d'action avec un monstre. Que pouvais-je demander de mieux? Impossible pour moi de ne pas visionner encore et encore ce chef d'œuvre (à mon humble avis bien sûr) jusqu'à en connaître les répliques par cœur. Par la suite est apparu d'autres œuvres du même genre qui m'ont incontestablement inspirées, tel la série *Blade* ou encore *La nuit la plus longue*, où les héros prennent les armes pour affronter des sbires du diable.

Donc, en prenant ces facteurs en considération, il est évident que les histoires de Stephen King et ma passion pour le cinéma ont influencé mon style d'écriture. Toutefois, ce n'est pas seulement en écoutant des films que m'est venu le goût de raconter des histoires. Je crois que c'est tout simplement inné. Je n'ai aucune explication logique ou scientifique; j'aime tout simplement ça!

Je me souviens qu'au secondaire, c'était toujours une joie lorsque les professeurs de français nous demandaient de rédiger une composition. Et à chaque fois, il m'était impossible d'écrire un autre style que celui d'horreur/action. Je me rappelle entre autre que l'un de mes enseignants, Paulo Dostie, avait exigé que l'histoire que l'on devait soumettre soit réaliste. Il y avait un thème de base et nous devions construire notre récit autour de celui-ci. « Thomas a une inquiétude dans l'autobus. » Je m'en souviens comme si c'était hier, ça me brûlait carrément à l'intérieur d'essayer de retenir mon imagination.

Finalement, je n'avais pas pu résister et le pauvre Thomas en question avait dû affronter le chauffeur du transport scolaire qui s'avérait en réalité être un démon se nourrissant des âmes pures de jeunes adolescents. Toutefois, comme échappatoire, mon personnage avait à plusieurs reprises évoqué que l'existence d'un démon était impossible et irréel. « Et pourtant, il est bien là! Juste devant moi! » avait mentionné Thomas. Heureusement, ma stratégie avait assez bien fonctionnée vu la très bonne note que j'avais reçu. Sans compter le sourire en coin de M. Dostie en me redonnant mon examen, avant de m'avouer avoir adoré mon récit (ce qui en fait est la vraie paie d'un auteur).

Mais, comme je l'ai déjà mentionné par le passé, malgré mon envie farouche de raconter des histoires, il m'a fallu plusieurs années avant de me décider à débuter mon projet. La vie étant ce qu'elle est, je le remettais toujours à plus tard. Ce ne fut toutefois pas en vain puisque cela m'a permis de lire plus de romans et ainsi y découvrir mon style d'écriture. En effet, il m'est arrivé à plusieurs reprises de m'ennuyer en feuilletant les interminables pages qui manquaient, selon mes goûts, littéralement d'action, me faisant souvent regretter mon écran de télévision. Aussi, il m'était arrivé de visionner un film pour ensuite me plonger dans le livre sur lequel le long-métrage s'était basé, tel le fabuleux *Le Seigneur des anneaux*, afin de revivre en détail l'aventure. Je me souviens, pour ce roman en question, qu'il me tardait de lire la fameuse scène finale du film, où le héros devait affronter à l'épée le chef des orques dans un combat brutal. Oh combien avait été ma déception lorsque je n'y découvris qu'une brève explication ressemblant à : « ... il fit face au chef des orques. Après un échange de coups d'épées, il lui trancha finalement la tête. » « Quoi?! C'est tout?! » m'étais-je dit. Je venais de me taper plusieurs centaines de pages pour en arriver seulement à ça! Je m'étais alors juré que si un jour j'en venais à écrire un livre, il y aurait de l'action à profusion et le tout serait décrit comme il se doit. Pas question de s'ennuyer! Un style d'écriture comme j'aurais aimé lire. Manquant peut-être un peu de flafla, mais sans longueur et surtout rempli de suspense et de combats. La dernière chose que je souhaitais, c'était que mes lecteurs trouvent mes romans interminables et ennuyants. Ce qui je crois est un défi réussi, si je m'en remets à la critique. Bref, un style bien à moi. Je veux que l'on dise qu'en lisant du Sylvain Bouffard, on a presque l'impression de regarder un bon film.

Mais bien que j'eusse décidé de la façon dont j'allais rédiger mes histoires, il me fallait trouver une idée. Mon plan au départ n'était pas de rédiger un long roman, mais plutôt une compilation de nouvelles. La première que j'ai écrite racontait l'histoire d'un jeune homme de la campagne qui échappait de justesse à un terrifiant loup-garou. La seconde se passait sur un lac alors qu'un ambulancier à la retraite devait faire face à une morte-vivante en utilisant l'hélice de son moteur hors-bord pour se défendre. Une troisième parlait d'un homme au visage brûlé qui avait ouvert les portes de l'enfer pour punir Dieu de son sort. Et puis un soir, il me vint l'idée géniale de mélanger mes trois nouvelles. « Et si tout avait un lien? » m'étais-je dit. « Et si le jeune homme croisait le retraité pour affronter le sorcier défiguré? Et si celui-ci, en ouvrant les portes de l'enfer, avait libéré tous les monstres de mes films d'horreur préférés? Toutefois, si je mets trop d'ennemis, mes deux personnages ne pourraient en venir à bout. Et s'ils étaient appuyés par une escouade tactique financée par le Vatican. Ce pourrait aboutir à une ahurissante guerre digne des films d'action de mon enfance! » Et c'est ainsi que venait de naître ma saga de L'assaut du Mal.

Cependant, quelques mois seulement après avoir commencé à écrire, les responsabilités familiales et professionnelles m'avaient fait remettre toujours au lendemain mon projet. Ne croyant pas réellement réussir à publier mon histoire un jour, mon rêve dégringola au bas de ma liste des priorités. Comme je l'avais mentionné au début de mon tome 1, il me fallut donc, à mon grand regret, un évènement frappant, tel la mort d'un frère d'arme au combat, pour me faire réaliser que la vie ne tient qu'à un fil et que faire réellement ce que l'on veut de sa vie ne dépend souvent que de soi. Qu'il ne faut pas trop attendre si l'on veut réussir vraiment à atteindre ses buts. Toutefois, rien n'est gratuit en ce monde et il m'a fallu me retrousser les manches et mettre l'effort nécessaire pour y arriver. Nuits de sommeil franchement écourtées et une croix sur les divertissements tels que télé et réseaux sociaux ont été les ingrédients secrets pour trouver le temps sans en affecter ma famille et ma carrière militaire.

Et le résultat en est là, aujourd'hui, alors que toi, cher lecteur ou chère lectrice, tu détiens présentement entre tes doigts un exemplaire du quatrième tome de ma série. Bien sûr, mon histoire n'est pas connue mondialement, en fait pas encore (haha!). Mais de toute façon, là n'était pas mon but. Si j'ai débuté mon projet, ce n'était simplement que pour m'amuser à raconter une histoire. Pour divertir quelqu'un et le faire pénétrer dans le monde que j'avais créé. Je n'avais pas besoin d'une tonne de lecteurs, je n'en avais en fait besoin que d'un, toi! Oui toi, qui es en train de me lire! C'est grâce à toi que je vis mon rêve en ce moment même! C'est toi qui me donne l'opportunité de raconter une histoire pour la quatrième fois. Alors je tiens à te remercier du fond du cœur d'être encore fidèle pour cette nouvelle aventure. Et ce que je souhaite le plus en ce moment, c'est que tu t'amuses à chacune des prochaines pages que tu vas tourner. Encore merci et surtout, bonne lecture!

Sylvain Bouffard, août 2019.

Récapitulation du tome 1

Sadman, le sorcier

Après être tombé nez à nez avec un énorme loup-garou, Max Gunnar, un jeune homme de la campagne dans la mi-vingtaine, avait réussi par miracle, à l'aide d'une fusée de détresse, à repousser l'animal sanguinaire qui venait de dévorer son meilleur ami, Ray. À son grand soulagement, à peine la chose venait-elle de disparaitre que déjà Max avait aperçu une voiture de police arriver à vive allure.

Derrière le volant de cette dernière se tenait Robert Longuet, un ambulancier à la retraire, qui venait tout juste de dérober le véhicule d'urgence abandonné dans un cimetière, à proximité. En effet, après avoir d'abord affronté, à bord d'une chaloupe, une zombie ayant enlevé la vie à son ancien partenaire Georges, Robert s'était enfuit afin de trouver du secours. C'était à ce moment qu'il était tombé sur la voiture aux gyrophares allumés, immobile au milieu de l'endroit lugubre. Lorsqu'il s'en était approché, il avait par chance évité les salves d'un tireur embusqué en charge de surveiller l'auto de police, qui servait d'appât. En usant de stratégie et de courage, le retraité avait par la suite réussi à s'enfuir au volant du dit véhicule.

Mais à peine Max et Robert venait-il de se croiser que déjà ils avaient été pris en chasse par des hommes cagoulés et armés. Après s'être enfuit en quad, ils avaient dû combattre d'autres poursuivants masqués à travers une horde de zombies. Suite à leur victoire de justesse, les deux nouveaux associés avaient trouvés refuge à l'intérieur de la chambre à foin d'une vieille écurie.

Le lendemain, les deux survivants étaient repartis en direction du poste de police de la petite ville la plus près, Winslow, dans l'espoir d'y trouver du secours. Mais à leur grand malheur, un paysage chaotique les attendait, tant dans les rues qu'à l'intérieur du poste lui-même. Néanmoins, les deux hommes y avaient découvert une autre survivante, Katie, qui leur avait aussitôt affirmé que c'était un vampire qui avait mutilé tous les agents de la paix qui gisaient autour d'eux. Puis, la femme les avait supplié de la reconduire à l'église la plus près, leur divulguant que c'était là le seul endroit encore sécuritaire dans le coin.

Une fois que les rescapés avaient atteint la maison de Dieu, en évitant au passage plusieurs mort-vivants, ils étaient, à leur grande surprise, tombés sur un autre groupe de survivants, dont Henri le prêtre, Jacob et ses fillettes et la belle Éva, un ancien flirt de Max.

Parvenus en sécurité à l'intérieur, Katie leurs avait alors avoué qu'elle avait été la psychologue d'un dangereux personnage recherché par la police, portant le pseudonyme de Sadman. Elle leur avait expliqué ensuite que cet homme, au visage atrocement brûlé, s'avérait être un puissant sorcier qui avait parcouru la planète afin de retrouver les pages d'un manuscrit maudit, écrit avec le sang du diable, servant à faire entrer simultanément dans notre monde les quatre démons créés par le Mal. Elle leurs apprit qu'une fois que ces cavaliers de l'Apocalypse prenaient possession de leur véhicule humain, lors d'un rituel satanique, ceux-ci pouvaient alors adopter la forme d'une créature terrestre effrayante, propre à chacun, afin d'inspirer la peur dans le cœur des hommes. Les survivants avaient donc compris qu'ils allaient devoir faire face à Nospheus, le vampire, ayant l'apparence d'une chauve-souris, Isigard, le lycan, sous la forme d'un loup, Bakkar, le léviathan, aux traits de reptiles et Orzel, l'armark, sous l'aspect d'une araignée. Katie avait ensuite poursuivi ses explications avec le fait qu'en arrivant sur terre, les démons étaient faibles et devaient s'approprier des âmes, par la morsure, afin de gagner en pouvoir. Et que plus l'âme était forte spirituellement, plus le démon devenait puissant. De plus, une fois contaminée, la victime se changeait en un sbire du démon l'ayant dépouillé de son âme. Et pour en rajouter, elle avait terminé en leur disant que pour protéger les soldats de Satan, le temps qu'ils augmentent leur puissance, Sadman avait tout d'abord utilisé les membres de la secte des Serviteurs du Mal, qu'il avait fondée, afin de circonscrire Winslow, pour ensuite lever une armée de zombies. Bref, tous les rescapés étaient restés complètement estomaqués devant la situation chaotique dans laquelle ils se trouvaient.

Après avoir laissé retomber la poussière, Max, Robert, ainsi que quelques autres survivants, étaient partis à la recherche de vivres au marché, à proximité. Durant leur périlleuse excursion, ceux-ci avaient dû se frotter à nouveau à des membres de la secte armés ainsi qu'à des mort-vivants affamés. Pour se défendre, Max avait mis la main sur une épée médiévale, qui allait devenir au cours de l'aventure son arme fétiche. Également, durant leur combat, le jeune homme avait surpris une conversation radio, sur l'appareil de l'un de leurs poursuivants, qui annonçait qu'un espion se trouvait parmi les survivants de l'église.

De retour dans leur refuge béni, Max et Robert s'étaient empressés de trouver le traître. À leur grand étonnement, ils découvrirent que c'était la belle Éva qui était en fait l'acolyte du sorcier.

Après un interrogatoire corsé, la jeune femme leurs avait enfin avoué comment faire face aux démons. En effet, elle leurs avait expliqué que chaque démon, en prenant une forme physique, avait inévitablement un point faible. Soit le bois pour les vampires, l'argent pour les loup-garous, l'or pour les léviathans et le feu pour les armarks. Également que les symboles du Bien, tel un crucifix, pouvaient servir de bouclier, tout en tenant compte de la force spirituelle de celui qui les braquait ou du monstre qui lui faisait face.

Puis, pendant que les réfugiés se préparaient à affronter la menace, Éva, remplie de remords, s'était enlevée la vie à l'aide d'un pistolet.

Plus tard durant la nuit, l'église avait subi une attaque au cocktail Molotov. Incapable de contrôler l'incendie, le groupe n'avait eu d'autres choix que de s'enfuir de leur refuge par une fenêtre du sous-sol. Toutefois, afin de ne pas risquer les âmes de ses fillettes, Jacob avait décidé de rester avec elles à l'intérieur du bâtiment en flammes.

Une fois à l'extérieur, les survivants avaient fait face à une bande de vampires, dont Nospheus en personne, ainsi qu'à un tireur embusqué, qui avait blessé Henri. Par chance, quatre d'entre eux avaient réussi à s'enfuir dans les égouts. Quant au prêtre, son âme puissante avait été asservie par le chef des démons chauve-souris, ce qui avait été méticuleusement planifié par Sadman.

Pour leur part, Max, Robert, Katie et Ricky n'avaient pas été au bout de leur peine puisqu'ils avaient dû se battre dans les souterrains contre Orzel et ses sbires aux traits d'araignée. Par miracle, trois d'entre eux avaient réussi à s'en sortir indemnes.

Une fois de retour à la surface, les membres restants s'étaient emparés d'une voiture abandonnée. Mais ce ne fut pas sans effort puisque des léviathans leurs étaient au même moment tombés dessus, blessant grièvement Max.

Malgré cela, ils avaient presque réussi à atteindre la limite de la ville lorsqu'ils durent s'engager dans une fusillade en pleine rue contre des membres de la secte de Sadman. Et à peine s'en étaient-ils sorti que Nospheus et ses vampires, dont Henri nouvellement transformé, avaient voulu les intercepter. Mais miraculeusement, Robert avait repoussé la plupart d'entre eux pendant que Max était parvenu à terrasser le chef-démon, grâce à un tir de morceaux de bois en plein cœur.

En tuant le chef des vampires, l'âme d'Henri avait été libérée et le prêtre était redevenu un humain.

Finalement, avant de reprendre la route, Max avait appris à ses coéquipiers qu'un léviathan lui avait tranché un doigt de ses crocs lors de la bagarre plus tôt. Du coup, étant contaminé, Robert et Katie, après avoir installé Henri toujours inconscient dans leur véhicule, avaient dû abandonner leur jeune confrère contre leurs grés pour aller chercher du secours au plus vite. Pour sa part, Max était reparti vers la ville pour y affronter Bakkar afin de sauver son âme avant de devenir un léviathan à son tour.

Récapitulation tome 2

Le Chevalier de Dieu

Après s'être équipé pour affronter Bakkar avant de se transformer en léviathan, Max avait foncé vers la berge où il avait été infecté. Mais en voyant le soleil se lever, il avait compris qu'il était trop tard. Il s'était donc préparé à s'enlever la vie avant de devenir un démon.

De leur côté, Katie et Robert, partis chercher du secours, étaient tombés sur un groupe de guerriers étranges appelés les Protecteurs. Après les avoir accompagnés à leur campement, ils avaient alors appris que cette escouade opérait pour le compte du Vatican, luttant contre le Mal et ses démons. Leur chef, Christophe, était ce qu'ils appelaient un Chevalier de Dieu ; soit un soldat du Bien immortel à la force et à la rapidité surhumaine, ayant acquis ses dons en terrassant un démon originel, Isigard, le loup-garou, il y avait deux siècles et demi de cela. Les deux rescapés avaient à ce moment compris que Max, qui avait éliminé Nospheus, était lui aussi devenu un Chevalier de Dieu. Cependant, en étant contaminé par le Mal, son âme puissante allait rendre celui qui l'avait contaminé, Bakkar, presqu'invincible.

Un peu plus tard, Robert était retourné à Winslow à la recherche de Max, accompagné d'un petit groupe de soldats, comprenant entre autre Christophe et Tom, un tireur d'élite copieusement tatoué. Sur place, ils avaient affronté les tireurs embusqués qui avaient blessés Henri la veille. Puis, à leur grande surprise, ils étaient tombés sur Max, qui venait à peine de se transformer en léviathan. En effet, celui-ci, au lieu de mettre fin à ses jours, avait décidé d'utiliser ses dernières forces pour neutraliser les snipers de Sadman. C'était en mettant la main sur l'un d'eux qu'il s'était finalement changé en démon.

Lorsque Christophe avait réussi à le neutraliser, ce dernier avait ensuite donné l'assaut au reste de ses soldats afin que ceux-ci exécutent une avance offensive pour nettoyer la ville des zombies. Pendant ce temps, Robert et Max, qui pour sa part était toujours possédé, avait été rapatriés au camp de base afin que Charles, un prêtre exorciseur, chasse le démon qui avait pris possession du jeune Chevalier de Dieu. Avec l'aide de Robert, Charles avait, non sans effort, réussi à extirper l'âme de Max de l'enfer afin qu'elle reprenne sa place dans son corps. Pendant ce temps, les Protecteurs étaient parvenus à éliminer la plupart des mort-vivants, sans toutefois ne découvrir aucun refuge diurne des démons.

Par la suite, pendant que Max était toujours inconscient dans l'infirmerie, un transport fut offert aux survivants pour quitter la ville. Incapable de laisser son partenaire, qui devait demeurer sous surveillance, Robert avait refusé l'offre. Katie et Henri avait quant à eux accompagné les quelques autres survivants, qui avaient été retrouvés par les Protecteurs pendant leur attaque de la journée.

Durant l'après-midi, en attendant le réveil de son ami, l'ancien ambulancier avait marché au travers du camp en regardant les courageux Protecteurs se préparer à affronter au crépuscule les démons. Il avait alors surpris Tom et Irsilda, l'une des chefs d'équipe, en train de flirter. Il avait été heureux de constater que malgré tout le Mal autour d'eux, l'amour persistait toujours. À son retour au chevet de Max, il avait pu assister à son réveil, pour ensuite échanger sur toutes leurs mésaventures.

À la tombée de la nuit, les Protecteurs étaient finalement partis faire la chasse au démon, ne laissant qu'une poignée d'entre eux pour faire la garde au campement. C'est à ce moment que Sadman et Isigard, le loup-garou, avaient débarqué à l'improviste, tuant les sentinelles et capturant Robert. Lorsque Max avait découvert son ami sous leur emprise, il avait alors appris que l'un des médecins des Protecteurs, Ryan, était un agent double satanique. C'est à ce moment que Sadman avait voulu forcer Max à tuer son partenaire afin de faire ressortir son côté sombre, ce qui l'aurait fait redevenir un démon. Heureusement, comme il allait s'exécuter, Tom, le tireur d'élite, et son partenaire, Daniel, étaient arrivés à temps à leur secours.

Après une poursuite en véhicule et une fusillade sur la route, qui avait coutée la vie à Daniel, Tom,

Max et Robert avaient réussi à s'enfuir dans les bois. Ensemble, ils avaient décidé de se diriger vers le groupe de Protecteurs le plus près où une embuscade avait été prévue par Sadman.

Pendant ce temps, Djibo, l'un des chefs d'équipe des Protecteurs, était tombé à son tour dans un piège dans les égouts, ce qui avait coûté la vie de tous ses hommes. Puis, lorsqu'il s'était finalement retrouvé face à face avec Orzel, qui par le passé avait déjà tué son frère, Djibo s'était sacrifié pour éliminer le démon, soit en se faisant exploser lui-même à proximité du monstre.

Au même moment, Peterson et son équipe, en charge d'éliminer les léviathans, avaient également succombés à un autre guet-apens le long de la rivière. Mais contrairement à Djibo, Peterson n'avait pas réussi à neutraliser Bakkar, qui s'était emparé sauvagement de son âme.

Lorsque que Max, Robert et Tom étaient arrivés à proximité du reste du groupe, dont Christophe, Charles et Irsilda, ils avaient aperçu des membres de la secte des Serviteurs du Mal préparer une embuscade. N'ayant d'autre moyen de prévenir leurs confrères, ils avaient décidé de tirer dans leur direction. Malgré une légère confusion, Irsilda avait vite compris la situation et c'est ainsi qu'avait débuté une grande bataille contre les membres du Mal, auxquels s'ajouta rapidement une horde de loup-garous. Tom avait alors escorté Max et Robert dans un fossé à proximité, avant de prendre part à son tour au violent combat. Comme les Protecteurs avaient commencé à prendre le dessus, un groupe de léviathans étaient arrivés pour prêter main forte à leurs confrères. Les soldats du Vatican avaient donc dû redoubler d'ardeur pour gagner la bataille.

C'est à ce moment que Ray, l'ami de Max, sous la forme d'un loup-garou, avait sauté dans la même tranchée qu'eux. Pendant que celui-ci avait essayé de corrompre Max, Charles, le prêtre-exorciste, l'avait achevé d'une balle d'argent. Peu de temps après, Isigard, le chef des démon-loups, s'était emparé de Charles avant d'aller se réfugier dans une grange servant d'entrepôt.

Max et Robert, ainsi que deux autres tireurs d'élite des Protecteurs, avaient alors décidé d'entrer à leur tour afin de secourir le pauvre prêtre. À l'intérieur, Max avait croisé le chemin de Sadman, armé d'une hache. De son côté, Robert était tombé sur le cadavre de Charles avant de faire face à Isigard en personne.

Mais au moment où le pauvre homme était sur le point de se faire dévorer, Tom et Christophe avait fait leur entrée à leur tour en défonçant la porte principale à l'aide de leur 4x4. S'en était suivis plusieurs affrontements, dont entre autre celui de Max et Sadman ainsi que celui d'Isigard et Christophe. De peine et de misère, le loup-garou l'avait emporté sur le vieux Chevalier de Dieu, s'acquérant ainsi son âme puissante. Pour leur part, Max et son ennemi Sadman avait chuté à l'extérieur pendant leur combat. Ayant le dessus, le sorcier avait tenté de faire monter la colère en Max afin qu'il se retransforme en léviathan. Durant ce temps, Bakkar, le démon-serpent, était apparu devant Robert, qui avait sitôt tenté tant bien que mal de le retenir à l'aide d'un crucifix. Au même instant, Tom avait dû faire face à Isigard, devenu presqu'invincible grâce l'âme de Christophe qu'il venait d'acquérir.

Lorsque le brûlé avait enfin réussi à faire ressortir le côté sombre de Max, Bakkar était rapidement devenu trop fort pour que Robert puisse le contenir et le monstre avait balayé son crucifix du revers de la main. Mais par le plus grand des miracles, la croix s'était faite un chemin jusqu'à Max, qui, dans un dernier moment de lucidité, s'en était emparée avant de la plaquer contre sa poitrine. La blessure qu'il s'était infligée avait également affecté Bakkar, ce qui avait permis à Robert de se sauver. Ce dernier était alors tombé par hasard sur le pistolet-mousquet chargé d'une ogive en argent, échappé plus tôt par Christophe. En mettant la main dessus, il avait remarqué Isigard sur le point de mettre un terme à la vie de Tom. L'ancien ambulancier avait donc pressé la détente en visant le loup-garou. En blessant ce dernier, la distraction avait permis à Tom d'éliminer le chef des démon-loups de son pistolet.

Puis, en continuant sa fugue loin de Bakkar, Robert s'était retrouvé à l'extérieur, où Max était venu à son secours en utilisant son crucifix pour arrêter le monstre. Le retraité avait alors eu la chance de tuer le serpent humanoïde, mais ne voulant pas devenir un Chevalier de Dieu immortel, il avait laissé Max s'en charger.

Et comme tous deux croyaient que s'en était fini, Sadman blessa grièvement Robert avant de se dresser à nouveau devant Max. Un violent combat à l'arme blanche s'en était suivi, pour se finir par la victoire du nouveau Chevalier de Dieu, qui avait tranché la tête du sorcier de son épée.

Irsilda, qui était en charge du reste des soldats encore en vie, les avaient ensuite rejoint après avoir gagnée la bataille dans le champ. La guerrière avait aussitôt sauté au cou de son amoureux, Tom.

Finalement, un mois plus tard, Max avait rendu visite à son partenaire. Au passage, il avait salué la fille de celui-ci, Sarah, dont il était contre son gré tombé amoureux lorsqu'il l'avait croisé pendant la convalescence de Robert. Durant une conversation avec ce dernier, Max avait annoncé qu'avec son grand pouvoir de Chevalier de Dieu, il avait décidé de rejoindre les Protecteurs, dont Tom avait pris le commandement, étant lui aussi devenu un immortel. Il lui avait également signalé qu'Henri s'était également enrôlé dans le groupe et que Katie s'était fait effacer la mémoire par un puissant hypnotiseur. Puis ce fut en regardant un coucher de soleil, une bière à la main, que s'était terminée pour l'instant l'aventure.

Récapitulation du tome 3

La bête

Le troisième tome s'amorçait trois ans plus tard alors que Max, devenu l'exorciseur officiel des Protecteurs, était venu s'occuper d'une religieuse possédée dans un couvent, quelque part en France. En l'interrogeant, l'étrange créature aux yeux bleus qui occupait le corps de la sœur avait avoué que son maître n'était nul autre que Sadman, revenu d'entre les morts sous la forme d'un démon pour se venger. Max avait ensuite libéré la pauvre femme en utilisant la brûlure en forme de croix sur son torse, symbole de la victoire du Bien sur le Mal.

Puis, inquiet que la chose ne dise vrai, il avait tenté de rejoindre son partenaire, Robert, ainsi que Tom, le nouveau chef du groupe tactique d'intervention du Vatican, mais sans succès. Il avait donc finalement réussi à communiquer avec Irsilda, qui se trouvait chez elle à s'occuper de son bébé, Daniel, né de l'union entre Tom et elle, qui portait ce prénom en mémoire du partenaire du tireur d'élite.

Max lui avait alors demandé d'avertir Tom, qui s'apprêtait à faire un raid sur un nid de vampires quelque part en Angleterre, ainsi qu'Henri afin que celui-ci entame des recherches sur un démon aux yeux bleus.

En effet, l'ancien prêtre de Winslow, après avoir chassé un fantôme au côté de Max, avait compris que la place d'un homme de son âge n'était plus sur le terrain. Il avait donc pris la place du défunt gardien de la bibliothèque secrète du Vatican, qui contenait plus d'un millier de manuscrits inédits amassés au fils du temps.

Mais malgré tous ces nombreux écrits, le bibliothécaire n'avait rien pu trouver à propos d'un démon aux yeux bleus, laissant croire qu'il s'agissait bel et bien d'un nouveau venu.

Max s'était ensuite empressé de prendre un vol vers le Canada pour rejoindre Robert et sa famille, anxieux que Sadman ne désire mettre son plan de revanche à exécution.

De leur côté, Tom, accompagné de ses Protecteurs, dont un nouveau venu, Yohanda, un colosse barbu juif, avait décidé d'attaquer le repaire de vampires malgré l'avertissement de Max. Les soldats du Vatican s'étaient donc infiltrés sur la propriété hautement sécurisée grâce à une panoplie de gadget conçus par leur nouvel ingénieur, Travos. Un fois à l'intérieur du domaine de Tyler Straskey, un homme ayant troqué son âme contre la richesse, les Protecteurs s'étaient engagés dans une violente bagarre contre une trentaine de vampires, espérant en éliminer la source, le chef Nospheus. Mais en vain, puisqu'à leur grand malheur, ce dernier ne s'y trouvait plus.

Durant son voyage au-dessus de l'océan Atlantique, Max, de son côté, s'était remémoré sa passionnante histoire d'amour impossible avec Sarah, la fille de Robert. En effet, même s'il en était follement amoureux, il n'avait pu mettre à jour ses sentiments, ne voulant pas la plonger dans son mode de vie des plus dangereux.

À son arrivée, le puissant Chevalier de Dieu avait alors reçu un appel de Simon, le fils de Robert, qui lui avait annoncé une très mauvaise nouvelle.

En effet, tel qu'il l'avait pressenti, Sadman et ses nouveaux acolytes, Lilith, une sorcière assez puissante pour ressusciter un démon, Shiver, un apprenti prêtre satanique, portant un crochet en guise de main, sans oublier Nospheus, étaient débarqués à l'improviste chez Robert. Après avoir grièvement blessé Sarah et contaminé le retraité d'une morsure de vampire, les soldats de Satan étaient repartis aussi vite qu'ils étaient venus, laissant le pauvre père de famille avec un lourd dilemme, soit de devoir infecter sa fille du Mal pour la sauver ou la laisser mourir.

Peu de temps après avoir décidé de choisir la première option et avoir donné de brèves explications à sa femme, Isabelle, des policiers et des ambulanciers s'étaient présentés sur les lieux, alertés par les voisins. Afin de s'isoler avec le corps de sa fille, qui allait se réveiller tôt ou tard sous les traits d'un vampire, Robert avait dû se lancer dans une poursuite sur la route. Au volant d'une ambulance, il avait de peine et misère réussi à semer les agents de la paix. Puis en tentant de se réfugier avec Sarah, il était tombé par hasard sur le cimetière du quartier. N'ayant presque plus de temps avant sa transformation définitive en vampire, il n'avait eu d'autres choix que de se menotter avec sa fille à une clôture de fer. Il avait ensuite utilisé les dernières minutes avant que son âme ne se retrouve en enfer pour passer un appel à son fils, Simon.

Une fois au courant de l'histoire, Max avait visité une cache d'armes secrète des Protecteurs avant de passer à l'action. Simon l'avait ensuite convaincu de le laisser l'accompagner dans sa mission de sauvetage.

Une fois au cimetière, seul Shiver et un vampire les attendait. Le jeune sorcier avait alors annoncé à Max que Sadman avait un bien plus grand plan que de seulement satisfaire sa vengeance personnelle. S'en était suivie une bagarre entre les pierres tombales, incluant quelques morts-vivants, pour finalement se terminer par la victoire du Chevalier de Dieu. Simon, de son côté, s'en était également sorti en terrassant le vampire.

Par la suite, après un affrontement contre Robert et Sarah, tous deux sous forme de démons, Barry Chester avait fait son entrée en blessant les vampires de son arc. Max avait ensuite persuadé cet ancien Protecteurs, qui cherchait désespérément à devenir un Chevalier de Dieu, de se joindre à eux afin de conduire les deux possédés au refuge pour un interrogatoire.

Ce fut pendant cette fameuse période de questions que Max avait appris que le but de Sadman était de faire revenir à la vie la bête de Babylone. Par la suite, le puissant Chevalier de Dieu avait procédé à ses exorcismes pour sauver les âmes de Sarah et Robert. Lorsqu'il avait enfin réussi à chasser les vampires en eux, il avait téléphoné à Henri pour qu'il entame des recherches à ce propos.

Plus tard, Tom, Yohanda et le reste des Protecteurs étaient arrivés au refuge. Après une discussion sur les derniers évènements, Max avait recontacté Henri. Ce dernier avait alors annoncé qu'il était tombé par miracle sur des pages cachées qui fournissaient des explications sur la fameuse bête de Babylone, qui avait déjà bel et bien existée. Envoyée par le Mal pour détruire l'humanité, elle avait finalement été terrassée par un ange. Cependant, la créature, dont les ossements étaient dissimulés dans une grotte irakienne, pouvait être réanimée dans un rituel satanique s'achevant par le sacrifice d'un être puissant du Bien, tel un Chevalier de Dieu.

Après la conversation, les anciens vampires, Robert et Sarah, s'étaient réveillés. Robert et Max avaient donc enfin expliqué toute la vérité à la jeune femme à propos de leurs aventures. Pendant cette mise au point, une théorie sur le plan réel de Sadman effleura l'esprit de Max.

Aux regrets de tous, spécialement du chef des Protecteurs, l'hypothèse voulant que Sadman capture Daniel, le fils de Tom, un Chevalier de Dieu, pour l'utiliser en sacrifice dans le rituel afin de ramener la bête à la vie, s'avéra véridique.

En effet, Sadman, devenu un démon, était débarqué chez Irsilda, lui dévoilant son nouvel aspect de panthère humanoïde, pour lui prendre son bébé. Dans sa lutte pour protéger son enfant, la mère avait découvert que les diamants étaient le point faible du monstre et l'avait transcrit sur le comptoir avant d'être capturée également. Heureusement, Henri avait découvert la note lorsqu'il était passé pour confirmer à Tom le kidnapping de sa famille.

Heureusement, comme le rituel pour faire renaitre la bête devait avoir lieu à la pleine lune, antithèse du soleil, les Protecteurs avaient eu encore du temps pour intervenir.

Avant de quitter, Sarah et Max s'étaient avoués leurs sentiments l'un pour l'autre et la belle lui avait avoué vouloir rester auprès de lui, même s'il était un être immortel. Leurs déclarations d'amour s'étaient évidemment scellées d'un baiser.

Après s'être équipés à Rome, les Protecteurs s'étaient précipités vers la grotte irakienne qui abritait les ossements de la bête. Suite à un saut en parachute et une marche dans les montagnes, les soldats du Bien avaient enfin trouvé l'entrée de la crypte. Une fois à l'intérieur, ceux-ci avaient dû affronter une horde de vampires en armure. Durant le combat, Tom et Max s'étaient frayés un chemin pour aller intercepter le rituel. Robert, de son côté, avait temporairement repris ses traits de démons avant de réussir à le chasser lui-même de son corps. Pendant ce temps, ne voulant pas rater sa chance de devenir un Chevalier de Dieu, Barry avait dû se quereller avec Yohanda pour finalement mettre un terme à Nospheus.

Durant ce temps, Max et Tom s'étaient frottés à Sadman et son sbire dans un affrontement sanguinaire. Pendant la bagarre, Irsilda avait été libérée, ce qui lui avait permis d'aller intercepter Lilith, la sorcière. La bataille s'était terminée par l'espagnole balançant la servante du Mal par-dessus un balcon de pierre.

Lorsque les survivants du corridor étaient arrivés pour prêter main forte à leurs confrères, une tortionnaire de l'enfer, appelée une ombre, venue sur terre dans le corps d'un corbeau, avait décuplé de dimension, une fois qu'elle eut ingéré du sang de démon, pour ensuite se ruer sur eux.

Après avoir tué deux des hommes restants et blessé grièvement Barry, l'ombre s'était acharnée sur Robert, qui par chance avait réussi à la terrasser en lui faisant exploser la tête au lance-grenade.

Au même moment, Lilith, toujours vivante malgré sa chute, avait enfoncé sa lame dans le dos de Barry dans le but d'offrir son âme de nouveau Chevalier de Dieu pour réveiller la bête. Même si Yohanda avait ensuite mis un terme à la sorcière de son arme à feu, il était trop tard. Le rituel avait été complété.

Et alors que la monstrueuse créature à sept têtes de Satan reprenait vie, Max, appuyé par Robert, avait par miracle mis enfin un terme à son brutal combat contre Sadman en lui enfonçant un pique entouré d'un bracelet de diamant en plein cœur.

Toutefois, dès que la bête avait repris vie, elle avait frappé de plein fouet Max de sa longue queue, le poussant contre une colonne qui s'était effondrée sur lui.

Les Protecteurs restants avaient donc tenté de neutraliser l'énorme chose, mais sans succès. Elle était malheureusement bien trop puissante. Puis, lorsque tout semblait perdu, Max était réapparu. En effet, en éliminant un troisième démon, il était devenu un être surnaturel que les catholiques, entre autre, appellent un ange.

Dans un brutal combat, Max avait réussi de peine et de misère à mettre un terme à la monstrueuse bête en lui enfonçant son épée bénite dans le cœur.

Cependant, pendant la bagarre, Robert avait été grièvement blessé. Mais par miracle, avec ses nouveaux dons, l'ange Max avait réussi à le guérir à temps.

L'histoire s'était finalement terminée, trois mois plus tard, alors que les Protecteurs encore valides, comprenant Sarah qui venait de s'enrôler, avaient intercepté Tyler Straskey à Londres, qui s'apprêtait à remettre les pages écrites avec le sang du diable à un autre sorcier.

Et c'est ainsi que débute cette nouvelle aventure…

« Je vis une femme assise sur une bête écarlate (…) qui avait sept têtes et dix cornes… »

La Bible, Apocalypse 17.3

« Doutez de tout et surtout de ce que je vais vous dire. »

Bouddha

« Le monde est aveugle. Rare sont ceux qui voient correctement. »

Bouddha

« C'est la dernière heure, et comme vous avez appris, un antéchrist vient… »

La Bible, Jean 2.18

Chapitre 1

4 ans avant l'assaut du Mal sur Winslow (Tome 1)

Même s'il était très intéressé à ce que le guide racontait, durant la visite du château des Templiers de Tomar, au Portugal, le jeune Milo fut fortement déconcentré par l'homme qui se tenait à ses côtés. En effet, ce dernier, dont le visage était horriblement brulé, lui donnait réellement la chair de poule. Il tenta de ne pas le regarder par peur que l'homme aux cicatrices ne s'intéresse à lui.

Mais Sadman avait bien autre chose en tête que d'effrayer ce petit garçon. Malgré tout, il ne put s'empêcher de lui lancer un ignoble regard, prenant ainsi un malin plaisir à terroriser ce pauvre gamin. Ce dernier alla aussitôt se réfugier contre sa mère qui, tout en tentant de le cacher, se sentait tout aussi effrayée que lui par ce sombre personnage.

Puis, lorsque le guide invita le groupe à le suivre, Sadman s'éclipsa lentement de son côté et se dirigea furtivement vers un escalier de pierre. Il dévala ensuite une dizaine de marches avant de pénétrer dans une petite salle isolée. Une fois à l'intérieur, il sortit un morceau de papier sur lequel était transcrite la vision qu'il avait eue lors d'un rêve, quelques nuits auparavant.

— Sorry Sir, le dérangea tout à coup une voix masculine, alors qu'il comparait son croquis avec la réalité de la pièce.

— Yeah? répondit le sorcier en se retournant vers le garde de sécurité qui venait de l'interpeler.

— Désolé, mais vous n'avez pas le droit d'être ici, poursuivit ce dernier, toujours en anglais.

— Vraiment? Oh! Je m'excuse, je...

Mais avant même de terminer sa phrase, Sadman lui asséna un rapide coup à la gorge. Puis, sans lui laisser le temps de reprendre son souffle, il lui frappa un genou avec son pied pour lui faire perdre l'équilibre, avant de lui agripper la tête à deux mains. Il enchaîna ensuite en lui fracassant sauvagement cette dernière à trois reprises contre le mur tout près. Tout en s'exécutant, le sang gicla sur la pierre grise à chaque impact. Le pauvre garde s'affaissa finalement au sol, inerte, un trou béant sur le côté du crâne.

Une fois débarrassé de ce gênant obstacle, Sadman retourna à son plan afin de déchiffrer ce qu'il avait vu durant son sommeil. Après quelques minutes, il pressa une brique au haut du mur. Il fut alors ravi de réussir à enfoncer cette dernière assez aisément. Il recommença ensuite son manège avec deux autres; l'une à droite et l'autre plus à gauche.

En poussant la dernière, le mur se releva lentement sous le regard enchanté du machiavélique prêtre noir.

Comme il l'espérait, les dernières pages cachées du fameux livre écrit avec le sang du Diable se dévoilèrent dans la cachette secrète de l'autre côté de la paroi. Enfin, sa longue quête pour dénicher l'œuvre du Mal, servant à briser les 4 sceaux des démons, tirait à sa fin.

Soudain, en se penchant, il fut des plus surpris de découvrir également, sous une importante couche de poussière et de toiles d'araignées, un second petit manuscrit qui arborait une croix inversée gravée sur une couverture rouge.

Chapitre 2

1 an et 8 mois avant Alicia

Une fois installé ainsi, seul dans le noir, à l'intérieur de cette maison soi-disant hantée, Richard se surprit à ressentir un léger frisson. Bien qu'il souhaitait par-dessus tout que les dires des propriétaires s'avèrent véridiques, l'idée de tomber face à face avec un fantôme en cette sombre nuit de septembre fit tout de même naître en lui une certaine frayeur. Et il en fut totalement ravi. Cela lui prouvait qu'au fond de son cœur, il lui restait encore une petite lueur d'espoir. Malgré toutes ses recherches qui n'avaient menées à rien, son désir de prouver qu'il existe bel et bien une vie après la mort perdurait.

C'était donc ainsi, assis sur le sofa, que le chasseur de fantômes, Richard Rouleau, un homme de race blanche, mince, aux cheveux roux foncés, attendait que son miracle se produise. En effet, selon les résidents, cette vieille maison abritait sans aucun doute un spectre entre ses murs. Un esprit torturé qui, apparemment, faisait son apparition presqu'à chaque nuit.

Même si, durant sa longue quête de vérité sur l'au-delà, il n'était jusque-là tombé que sur des canulars, l'homme dans la mi-trentaine espérait de tout cœur que cette fois-ci allait enfin être la bonne. Il prouverait ainsi que tout ne se termine pas avec la mort. Il aurait enfin la preuve qu'un jour, il allait revoir sa femme et ses deux enfants adorés.

Après plus d'une heure d'attente en silence, sa troisième bière de la soirée à la main, le pauvre ne put s'empêcher une nouvelle fois de se repasser en tête la plus affreuse scène qu'un homme puisse avoir à vivre. Même si cette histoire s'était déroulée depuis plus de deux ans, toutes les images étaient malheureusement toujours aussi limpides, comme si l'accident s'était déroulé la veille. Tout d'abord, ses enfants, Maggie et Noah, se querellant derrière pour un simple jouet à deux dollars du McDonald's. Puis, le visage de sa femme assise à ses côtés, Audrey, si belle. Bien trop pour lui.

En effet, n'étant pas ce qu'on pouvait appeler un Apollon, c'était davantage avec son sens de l'humour que le sympathique Richard avait séduit cette admirable femme avec qui il avait partagé tant de merveilleuses années. Comme il pouvait l'aimer. À chaque fois que son regard se posait sur elle, il n'arrivait pas à croire qu'une fille si charmante ait pu lui avoir donné son cœur.

Puis, encore une fois, l'image de cet ivrogne au volant les percutant de plein fouet à plus de cent cinquante kilomètre-heure. Lui revint ensuite les douloureux sentiments ressentis jadis, en apprenant l'horrible nouvelle à son réveil à l'hôpital, deux jours plus tard. La souffrance intense qui l'avait frappée droit au cœur en apprenant qu'il était le seul membre de la famille à avoir survécu à l'accident.

Peu de temps après le pénible enterrement de sa famille, il s'était lancé dans cette quête inusitée, qui devint rapidement une obsession. Bientôt, il ne vécut que pour trouver la preuve qu'une vie après la mort existait. Il lui était impossible de faire son deuil sans prouver qu'Audrey, Maggie et Noah existait toujours, quelque part dans un autre monde.

Et voilà comment il se retrouvait chez ce couple pieux, qui venait tout juste d'apprendre qu'une jeune femme s'était pendue dans leur demeure plusieurs années auparavant. Une fâcheuse découverte que leur agent immobilier malhonnête leurs avait cachée. Ce fut suite à des craquements étranges dans les murs et à des cris aigües inquiétants, retentissant au beau milieu de la nuit, que les habitants, croyant la vieille demeure hantée, avaient entrepris des recherches. Après avoir découvert que le suicide avait eu lieu dans la chambre d'où les bruits nocturnes suspects étaient le plus souvent entendus, ils en avaient rapidement conclu que le spectre de la femme errait toujours dans la résidence centenaire.

Ayant eu vent de cette terrifiante histoire via internet, Richard s'était aussitôt rendu à la résidence avec l'espoir de tomber enfin nez-à-nez avec un être d'outre-tombe. Ce fut donc ainsi, après avoir aisément convaincu les résidents apeurés qu'il pourrait chasser cet esprit de leur demeure, qu'il se retrouvait sur ce sofa, sa quatrième consommation de la soirée en main, attendant la manifestation d'un évènement surnaturel.

En terminant de boire ce qui restait dans sa bouteille, toujours à l'intérieur de la maison qui s'obstinait à demeurer silencieuse, Richard réalisa qu'encore une fois, il n'allait pas trouver la réponse à sa quête. Il s'interrogea un bref instant ; devait-il se resservir dans la réserve d'alcool des occupants ou ne serait-il pas plus sage de s'étendre pour fermer l'œil ?

Après mûre réflexion, il décida de se rendre une fois de plus au réfrigérateur en chancelant légèrement. Soudain, contre toute attente, un craquement sourd retentit dans la pièce. Richard s'immobilisa aussitôt, incertain de ce qu'il avait attendu. Quelques minutes de silence lui firent donc douter de l'authenticité du bruit. Mais alors qu'il s'apprêtait à perdre espoir, un cri strident résonna à travers la maison.

— Ça, c'est bien réel ! se dit-il aussitôt. Serait-ce possible qu'enfin…

Au même moment, les craquements reprirent de plus en plus intensément. Un surprenant mélange d'émotions se mit à tourmenter le pauvre Richard. Il fut à la fois ravi de pouvoir enfin prouver sa théorie et terrorisé à l'idée de faire face à une âme torturée. Malgré tout, il se dirigea lentement vers le bruit. Le cœur battant à tout rompre et les jambes flageolantes, il s'avança pas à pas vers la réponse.

Soudain, alors qu'il arrivait près du mur d'où provenait la source de tout ce remue-ménage, le silence reprit à nouveau sa place d'un coup sec. Plus aucun son suspect ne fut perceptible. Richard s'immobilisa donc et prêta l'oreille, impatient de la suite. Mais plus de cinq minutes, paraissant des heures, s'écoulèrent sans le moindre signe d'une présence paranormale. Une nouvelle fois déçu, l'homme se prépara à rebrousser chemin lorsque tout à coup, le faisant sursauter, le cri aigu retentit encore plus fort que d'habitude.

Richard fixa l'obscurité en direction du bruit, espérant de tout cœur percevoir une apparition ou une preuve quelconque.

— Allez ! Montre-toi ! finit-il par lancer au vide devant lui. Sur ces mots, la plainte résonna de nouveau. Cependant, cette fois-ci, Richard la perçut très clairement. Et à cet instant, il sentit une part d'espoir le quitter d'un seul coup. En effet, malgré son intense motivation, il ne put faire autrement que de se rendre à l'évidence ; l'appel n'avait rien d'humain.

Voulant toutefois s'assurer qu'il avait vu juste, il attrapa une lampe en métal posée sur une table de chevet et frappa le mur de toutes ses forces. Comme il le craignait, dès qu'une ouverture se créa, une imposante chauve-souris apeurée s'y faufila pour voler ensuite dans toute la pièce. Puis, un deuxième insectivore volant fit à son tour une apparition.

— Bordel de merde ! Ce n'était que des saloperies de chauve-souris ! Seigneur, pourquoi ?! Pourquoi est-ce que vous me faites ça ?! Tout ce que je demande, c'est un signe ! Un tout petit putain de signe, nom d'un chien ! Je veux croire en vous ! J'aimerais tellement y croire, mais... Des chauve-souris ! Bon sang ! Je ne vous demandais qu'un signe, merde ! Je... Allez vous faire foutre !

Sur ce, le pauvre Richard, totalement dégoûté de ne pas avoir, une fois de plus, réussi à prouver l'existence d'une vie dans l'au-delà, se redirigea à nouveau vers le réfrigérateur. Il attrapa ensuite une bouteille de bière, la décapsula et en engloutit plus de la moitié d'un trait. Tout en s'exécutant, les visages d'Audrey, Maggie et Noah défilèrent dans ses pensées. Et sans pouvoir se contrôler, une larme glissa le long de sa joue.

Lorsque les propriétaires stationnèrent leur petite voiture dans l'entrée, le lendemain matin, ils remarquèrent Richard, assis sur le perron, une bouteille de Whisky presque vide à la main. Dès que la jeune femme ouvrit sa portière, le veuf se releva difficilement et s'avança en chancelant.

— Il... Il n'y avait plus de b... bière. Mais j'ai déniché ccce p... petit bijoux, lança-t-il avant même que le couple ne puisse placer un seul mot. C'est un exxxcellant Whisky !

— Seigneur Pierre, dit la femme en regardant son mari. Il est complètement ivre !

— Écoutez cher monsieur, nous vous avions laissé passer la nuit dans notre résidence pour une raison précise, argumenta Pierre. Nous vous faisions confiance et nous vous retrouvons dans cet état. Je…

— Ferme ta gueule espèccce d'imbécile ! Tous les deux, vous n'êtes que de sombres idiots ! Crétins et stupides…

— Oh là ! Doucement ! Vous…

— Des chauves-souris ! Bande de cons ! Il n'y a pas de fantôme dans cette baraque ! C'était simplement un nid de chauve-souris dans les murs !

— Quoi ?!

— Ou bien vous cherchiez de l'attention sur You Tube, ou bien vous êtes vraiment des pauvres crétins ! Criez haut et fort que votre maison est hantée sans même vérifier que… Vous êtes les gens les plus stupides que… Vous devriez savoir pourtant… Dieu, les esprits, les fantômes… Que des conneries ! Rien de tout cela n'existe ! Vous m'entendez ! Il y a toujours des explications ! Depuis plus de deux ans que je cherche et je n'ai jamais trouvé aucune preuve ! C'est simple ! Il n'y a pas de vie après la mort ! Il n'y a rien ! Quand on perd quelqu'un, on le perd pour toujours !

— Je… Alors vous êtes certain que… Que ce n'était que des chauve-souris qui…

— Bien sûr que je suis certain !

— Écoutez, je ne sais pas quoi dire… Je…

— Alors ne dites rien ! Je fiche le camp de toute façon. Et j'emporte le reste de ce délicieux Whisky !

— Vous ne pouvez pas prendre le volant, ordonna la femme. Vous êtes ivre !

— Lui, ça ne l'a pas empêché de prendre le volant et de tuer ma famille ! Et il n'a rien eu, ce fils de pute ! Pas la moindre blessure ! Elle est où la justice, hein ? Il était où Dieu ce jour-là ! Je pars et je vous défie de m'en empêcher.

— Monsieur, essaya Pierre en lui attrapant le bras.

Cependant, dès que ce dernier le toucha, Richard le frappa sans hésitation d'un rapide coup de poing sur le nez. Dès l'impact, Pierre recula en appuyant sur la zone atteinte, qui commençait déjà à saigner.

Ne lui laissant pas le temps de riposter, le rouquin alla prendre place derrière le volant de sa voiture, démarra le moteur et s'engagea sur la route en faisant crisser les pneus.

Soudain, à peine quelques kilomètres plus loin, il aperçut une petite église sur sa droite. Influencé par l'alcool, il se dirigea vers le stationnement de l'édifice religieux. Une fois arrêté, il termina le fond de sa bouteille et lança cette dernière à l'arrière. Puis, il ouvrit son coffre à gant, dévoilant un revolver à baril argenté. Il l'attrapa et le fixa un instant, comme il lui était souvent arrivé de le faire dernièrement, se demandant s'il aurait le courage aujourd'hui de mettre un terme à ses jours.

— Je dois d'abord faire une dernière tentative, résonna-t-il en se regardant dans le rétroviseur.

Il sortit ensuite et se dirigea d'un pas décidé vers la porte d'entrée. Il fut ravi de constater que cette dernière n'était pas verrouillée. Une fois à l'intérieur, il s'avança vers l'imposante croix sur laquelle était crucifiée une grande statue de Jésus agonisant.

— On y est, Seigneur! C'est le temps ou jamais! Si je compte pour vous, alors faites-moi un signe! Montrez-moi que vous existez ou je me fais flamber la cervelle!

Mais rien ne se produisit. Richard resta tout de même là un instant, à fixer le symbole du Bien tout en chancelant, attendant son miracle. Malheureusement, seul le silence plana dans la grande salle pendant l'ultime délai.

— Allez, merde! tenta-t-il à nouveau. Je ne demande pas quelque chose de grandiose! Juste un petit signe!

— Monsieur? l'interrompit soudainement le prêtre de la communauté. Monsieur, est-ce que tout va bien?

— Non ! répondit Richard en se retournant vers le vieil homme. Non, ça ne va pas ! Comment faites-vous... Comment faites-vous pour y croire ?

— Désolé, est-ce que je peux vous aider ?

— Je... Eh bien... Peut-être bien après tout !

Aussitôt, Richard attrapa agressivement le pauvre prêtre au collet et le tira violemment devant le crucifix. Puis, sans que le vieil homme ne puisse réagir, il lui colla le canon froid de son arme sur la tête.

— On y est maintenant ! C'est le moment de vérité ! Peut-être que je ne compte pas pour vous, Seigneur, mais lui, c'est un de vos fidèles ! Allez-vous réellement le laisser crever! Faites-moi un signe ou je lui fais sauter la cervelle !

— Vous avez perdu l'esprit ! répliqua le prisonnier. Qu'est-ce que vous faites ?

— Vous m'en croyez incapable? poursuivit Richard sans tenir compte des propos de son otage. Je vais le faire ! Je vous jure que je vais le faire !

— Non !

— Je vais faire gicler sa cervelle partout sur le plancher de votre belle église !

— Non, ne tirez pas ! Pitié, je ne veux pas mourir !

— Quoi ? Comment dites-vous, mon père ? Vous ne voulez pas mourir ? Alors vous aussi, vous ne croyez pas à une autre vie ?! Vous aussi, Il vous a abandonné sans vous donner le moindre signe de vie !

— Ce n'est pas comme cela que ça fonctionne ! Il ne peut pas agir physiquement...

— Vous croyez ! Eh bien, on va en avoir le cœur net ! S'Il tient à vous, qu'il me fasse un putain de signe ! S'il ne se manifeste pas d'ici une minute...

— Pitié ! Non !

— Allez, merde ! Juste un petit signe ! C'est tout ce que je demande !

Mais seules les plaintes de l'otage apeuré résonnèrent autour d'eux.

— Je vais le faire ! Je vous jure que je vais le faire ! hurla-t-il maintenant, tout en commençant à mettre de la pression sur la détente. Allez, montrez-moi que vous existez !

— Notre Père, qui êtes aux Cieux...

— Je vais le tuer ! Je vais vraiment le tuer !

—... Que votre nom soit sanctifié, que votre règne vienne...

— Pourquoi ? Pourquoi vous ne me répondez pas ?!

—... Que votre volonté soit faite sur terre comme au ciel...

— Ta gueule ! Ferme ta gueule ! Tu vois bien qu'Il n'existe pas ! Tu vois bien que tu parles dans le vide ! Ou alors Il n'en a rien à foutre de toi ! Il n'en a rien à foutre de nous ! Il va te laisser crever sans faire le moindre effort, comme Il a laissé crever ma famille ! Alors cesse de gaspiller ta salive ! Il ne t'écoute pas !

— Je... Pitié !

— Il ne m'en croit pas capable ! Hein, sale fumier ! injuria-t-il en fixant la reproduction de Jésus. Tu ne m'en crois pas capable ! Eh bien, détrompes-toi ! Je vais le buter ! Je vais le buter maintenant !

Mais toujours rien ne se produisit.

— Je t'aurai prévenu ! Dernière chance ! Allez salopard ! Montre-toi ! Montre-toi, sale fils de pute !

Suite à ces dures paroles, Richard hurla à plein poumon et tenta de presser la détente. Mais après un certain temps à fixer le prêtre apeuré, il en vint à la conclusion qu'il en serait incapable. C'était trop dur. Malgré l'influence de l'alcool et de la colère qui l'animait, sa conscience l'empêcha de commettre un acte aussi sauvage. Réalisant qu'il n'allait pas réussir à tuer ce pauvre homme effrayé, il relâcha ce dernier et fixa le symbole de Dieu.

— Tout ce que je demandais, c'était un signe. Juste un petit signe… Va te faire foutre !

Puis, il inséra le revolver dans sa bouche et pressa la détente.

Chapitre 3

6 mois avant Alicia

— J'appelle le puissant Isigard, fidèle soldat du Mal ! hurla en russe Rosnov, un puissant sorcier.

Ce dernier, un homme dans la mi-quarantaine, de grande stature, au visage dur et aux cheveux bruns sévèrement atteint par la calvitie, poursuivait ses incantations à l'intérieur de la bâtisse industrielle désaffectée. Devant lui se tenait, le torse nu, un colosse aux cheveux longs noirs d'une trentaine d'années. Celui-ci, les bras en croix, se tenait debout au centre d'une étoile satanique enflammée, dont les extrémités étaient ornées de crânes humains.

— Andrei, es-tu prêt à te dévouer totalement au Mal ? questionna Rosnov, toujours dans sa langue natale.

— Oui ! répondit le costaud.

— Es-tu prêt à accueillir Isigard en toi ?

— Oui !

— Désires-tu te sacrifier afin que le grand Isigard, le démon à l'effigie du loup, puisse pénétrer dans notre monde ?!

— Oui, je le veux! Je suis le fidèle serviteur du Mal! Je suis prêt à mourir pour Lui! Ô puissant Isigard, je te donne mon corps afin que tu puisses revenir parmi nous!

Lorsque le martyr eut terminé, Rosnov se tourna vers une jeune adolescente blonde ligotée à une chaise sur sa droite. En le voyant s'approcher d'elle, un poignard à la main, la pauvre se mit à se débattre en hurlant. Malheureusement, les chaînes qui la retenaient étaient beaucoup trop solides pour qu'elle ne puisse les briser. Une fois à ses côtés, le grand sorcier russe, vêtu d'une toge à capuche noire, récita quelques autres incantations en langage inconnu, ressemblant quelque peu à du latin. Une fois terminé, il trancha cruellement la gorge de sa prisonnière affolée. Puis, il se pencha rapidement et ramassa une coupe dorée posée à la gauche de sa victime. Il attrapa ensuite les cheveux de cette dernière et lui tira la tête vers l'arrière afin d'exposer d'avantage son effroyable plaie mortelle. Ainsi, il réussit aisément à remplir le calice de sang. Une fois qu'il eut en main ce qu'il lui fallait pour poursuivre le rituel, il retourna devant l'imposant Andrei, toujours au centre des flammes.

— En buvant au nom de Satan le sang de cette vierge sacrifiée, signe de pureté, tu prouveras ton allégeance au Mal, lui annonça Rosnov en lui tendant sa coupe.

Andrei la saisit alors sans hésiter et la porta à sa bouche. Puis, il ingurgita tout le contenu d'un seul coup. Il s'exécuta avec tant de rigueur que le surplus de liquide rouge lui coula même sur les joues et le menton. Un sourire machiavélique se dessina au même moment sur le visage du sorcier.

—Andrei Swosrnek, afin que le sceau soit rompu pour ouvrir la porte à Isigard, acceptes-tu que les ténèbres pénètrent en toi ?

— Oui, j'accepte les ténèbres !

Et pendant que le prêtre satanique poursuivait son rituel, les deux gardes à l'extérieur du bâtiment abandonné, quant à eux, continuèrent de scruter l'horizon. Depuis bientôt une heure qu'ils étaient postés là, près de la seule entrée non barricadée, armes automatiques kalachnikov en mains, observant la nuit sans déceler le moindre mouvement.

Jugeant que la situation était assez calme pour prendre une pause amplement méritée, l'un d'eux baissa sa garde afin d'attraper son paquet de cigarettes. Rapidement, il en sortit une, la porta à sa bouche et l'alluma à l'aide de son briquet. Mais à peine venait-il de prendre une bouffée qu'une balle de calibre. 308 le frappa mortellement en pleine tête. Et en moins de quatre secondes, un autre projectile provenant de la carabine du tireur d'élite, dissimulé dans l'obscurité à trois cent mètres de là, traversa la poitrine du deuxième homme. Dès l'impact, le guetteur, qui fixait encore son partenaire venant tout juste de s'effondrer, s'écroula à son tour au sol, inerte.

À peine la seconde sentinelle venait-elle d'être neutralisée que déjà un groupe d'une dizaine de personnes vêtues de noir, équipées de fusils d'assaut chinois QBZ-95et portant des cagoules de ninja, se précipita vers la porte d'entrée. Rapidement, l'un d'entre eux installa un explosif sur la poignée avant de se reculer légèrement, tout en faisant un signe de la main pour avertir ses collègues. Une fois que tous lui répondirent d'un hochement de tête, l'artificier du groupe actionna le détonateur. Aussitôt, la charge explosive s'embrasa et la porte verrouillée s'ouvrit d'un coup sec.

Dès que l'ouverture fut créée, les ninjas s'infiltrèrent à l'intérieur du building. En passant le cadre de la porte, ils tombèrent nez à nez avec cinq autres gardes du sorcier russe, qui les attendaient dans cette ancienne salle des machines. Une violente fusillade éclata instantanément entre les deux camps. Cependant, les hommes de Rosnov ne firent pas le poids face aux nouveaux venus nettement plus entraînés aux techniques de combat et aux maniements des armes. Et en l'espace d'à peine une minute, les adorateurs de Satan tombèrent sous les tirs précis de leurs ennemis.

En entendant les bruits de l'échange de coups de feu, Rosnov interrompit son processus. À l'instant où il s'arrêta, un autre homme blond de petite taille pénétra à toute vitesse dans la même pièce que son chef.

— Ils sont ici! s'empressa de dire le nouveau venu, toujours en russe. Les Protecteurs sont ici! Ils viennent de pénétrer à l'intérieur!

— Alors relâche les revenants au plus vite! Je n'ai pas encore terminé. Il me faut plus de temps! Et s'ils n'arrivent pas à les arrêter, ce sera à toi de les retenir! lui ordonna-t-il en lui remettant le pistolet qu'il portait à sa ceinture, sous sa toge.

— Oui! Je... Je donnerai ma vie pour le maître!

Ne perdant pas davantage de temps, le bras droit de Rosnov se précipita en direction de la pièce d'à côté. Une fois rendu, il se dirigea vers un panneau de contrôle et y actionna le levier central. Trois portes s'ouvrirent automatiquement plus loin, dans la grande salle principale dans laquelle les individus en noir venaient tout juste d'éliminer le dernier gardien russe. En voyant les ouvertures se créer, les cagoulés se tournèrent hâtivement vers celles-ci, craignant d'avoir à affronter d'autres hommes de main du sorcier. Mais à leur grand regret, quelque chose de bien pire leurs apparurent. En effet, à défaut d'autres soldats, ce fut plutôt une horde d'horribles zombies nauséabonds qui émergea des pièces sombres. En apercevant la chair fraîche devant eux, les créatures du Mal, qui étaient retenues prisonnières depuis près de 24 heures, se ruèrent vers les combattants du Bien en grognant comme des bêtes enragées. Instinctivement, ces derniers levèrent leurs armes et ouvrirent le feu en visant la tête des ressuscités. La première rangée de mort-vivants s'effondra aussitôt sous la salve de balles. Cependant, de nombreux autres continuèrent à apparaître derrière et bientôt, les ninjas se firent complètement encercler. Malgré cela, ceux-ci ne se laissèrent pas abattre et poursuivirent leurs tirs.

Mais soudain, l'un des affamés réussit à se faufiler assez près pour se jeter sur le plus robuste du groupe, qui était en train de réalimenter son fusil d'assaut. Heureusement, ce dernier se retourna à temps et réussit à le bloquer avant qu'il ne le morde. Néanmoins, tout en se débattant pour atteindre sa proie, l'affreux mort-vivant, qui n'affichait ni nez, ni lèvres, empoigna sa cagoule et la retira involontairement. Le visage carré d'un asiatique aux cheveux teints en blond, portant une barbiche noire, fut alors découvert. Sans attendre, le costaud lui assena un coup de poing si puissant que le zombie chuta au sol. Ne prenant pas de chance, l'homme dégaina ensuite l'imposant revolver 45 magnum à baril qu'il portait à la hanche droite et fit exploser le crâne de son dégoûtant assaillant. Par la suite, il se tourna vers un second être putréfié et lui fit également éclater la cervelle.

Malgré cela, un autre, dont les joues grouillaient de dégoutants vers blancs, réussit à se frayer un chemin et à se diriger vers le ninja à ses côtés, qui cette fois avait la silhouette d'une femme. Par chance, celle-ci l'aperçut juste à temps et lui envoya sa dernière balle. Cependant, un deuxième, plutôt squelettique, le suivait de très près. Elle lâcha donc sa mitrailleuse et attrapa le sabre qu'elle portait derrière son dos. Elle se dirigea ensuite vers son nouvel adversaire et lui trancha la tête d'un seul coup. Un long jet de sang noirâtre gicla alors du reste du corps qui s'affala aussitôt. Elle se tourna ensuite vers un troisième et lui enfonça sa lame aiguisée en plein front.

Un peu plus loin, un autre membre du mystérieux groupe, de petite taille, termina également son dernier chargeur sur un zombie au visage portant de nombreuses plaies purulentes. Par la suite, il fonça sans hésiter vers le suivant, tout aussi hideux, qui venait de prendre sa place. Une fois à sa hauteur, il lui envoya un coup de pied à la tempe si puissant que la chose s'écroula au sol et y resta pour de bon. Cependant, une dizaine de ses semblables se mirent à l'encercler rapidement. L'expert en art martiaux extirpa alors son kusarigama, soit une imposante lame effilée légèrement courbée attachée au bout d'une longue chaîne. Puis, il se mit à le faire tourner rapidement au-dessus de sa tête. Il frappa ensuite le plus près d'entre eux. En le touchant, le tranchant s'incrusta profondément dans son crâne. Dès que le mort-vivant tomba, l'as du karaté ramena sa lame couverte de sang foncé et recommença sa manœuvre. Tour à tour, les créatures s'effondrèrent autour de lui.

Voyant que son piège ne semblait pas vouloir procurer assez de temps à son maître pour réveiller Isigard, le bras droit du sorcier décida d'agir, tel qu'il l'avait promis plus tôt. Il s'approcha donc du plus petit, qui venait de neutraliser plus d'une quinzaine de cannibales, et leva son pistolet. Mais alors qu'il s'apprêtait à presser la détente, le cagoulé se tourna très rapidement en lui lançant sans hésiter une étoile de ninja. Cette dernière vola directement jusqu'à la gorge du tireur sans qu'il ne puisse l'éviter. En sentant les pointes s'enfoncer et lui sectionner l'une de ses jugulaires, le russe lâcha son arme et tenta de retenir le sang qui commençait à couler abondamment. Malheureusement pour lui, la blessure était beaucoup trop profonde et, en à peine quelques secondes, il sentit la vie le quitter.

Une fois son but atteint, le lanceur se tourna vers le grand asiatique blond et attira son attention.

— Riu, je dois y aller ! lui dit-il en chinois. Il faut l'arrêter avant qu'il ne termine son rituel !

— C'est bon, Lieng ! répondit le colosse, toujours dans leur langue asiatique. Va vite ! On s'occupe de ceux qui restent !

Sur ce, Lieng passa par-dessus le corps de sa dernière victime, qui gisait dans une mare de sang, et s'engagea dans un corridor sur sa gauche. Il entendit rapidement la voix de Rosnov qui poursuivait son rituel en langue noire inconnue. Il s'orienta donc vers celle-ci et déboucha enfin dans la pièce où se trouvaient toujours le sorcier et le futur véhicule d'Isigard. Dès qu'il tomba sur eux, il sortit son kusarigama et se prépara à l'assaut. Cependant avant qu'il ne puisse propulser la lame au bout de sa chaîne, Rosnov se retourna en lui exposant un dispositif de mise à feu qu'il tenait dans la main droite.

— Oh, doucement ! lui ordonna le russe au même moment, toujours dans sa langue natale. L'édifice au complet est truffé d'explosifs ! Si je lâche cette manette, tout le bâtiment va sauter ! Ha ! Ha ! Ha ! Eh oui, mon cher ! Je vous attendais ! On m'avait prévenu que vous, les Protecteurs, les fameuses forces spéciales du Vatican, viendriez jusqu'ici pour contrecarrer mes plans. Je me suis donc préparé à vous accueillir !

— Sauf qu'il y a erreur sur la personne ! Nous ne sommes pas ceux que vous attendiez ! rétorqua Lieng en russe avec un léger accent chinois. Vous savez, les Protecteurs ne sont pas les seuls à combattre le Mal. Il y a beaucoup d'autres groupes de combattants pour le Bien à travers la planète. Et depuis la guerre que les soldats du Vatican ont livrée à Winslow, ainsi que le combat contre la bête en Irak, il y a un peu plus de trois ans, ils ne sont plus ce qu'ils étaient. Ils ont un ange, certes, mais ils ne sont désormais que trop peu nombreux pour veiller sur le monde en entier. C'est pourquoi nous avons dû entrer en scène.

— Mais qui êtes-vous donc ?

— Je suis Lieng Wu, moine Shaolin et chef des Guerriers de la Lumière. J'ai dû quitter mon temple dernièrement, sur ordre des anciens, pour mener ce groupe de grands combattants vers la victoire sur le Mal.

— Moine Shaolin ? Quoi ? Un bouddhiste ? Mais c'est insensé ! Les bouddhistes ne croient même pas en Dieu ! Comment pouvez-vous combattre en son nom ?

— Les chrétiens n'ont pas été les seuls à cacher la vérité à propos des démons au reste de l'humanité, vous savez. Siddhārtha Gautama, le premier Bouddha, en a fait de même. En vérité, son illumination, il l'a atteint en apprenant la vérité sur le Mal et ses soldats. Il avait même dû faire face à Bakkar le dragon. Il a alors compris que le meilleur moyen de les empêcher de revenir sur Terre était de cacher totalement leur existence. Comme seulement les humains pouvaient faire revenir un démon, en ignorant tout, aucun d'entre nous ne pourrait commettre ce délit. Il a donc formé sa religion en bannissant complètement toute forme de vie surnaturelle, tant pour le Bien que pour le Mal, comme ils se font communément appeler. De plus, sachant que le diable puisait son pouvoir dans la noirceur de nos âmes, il a ensuite basé ses enseignements sur des principes d'amour et de respect d'autrui, dans le but d'éliminer entièrement l'obscurité dans le cœur des hommes. C'est aussi simple que cela.

— Dans ce cas, si ce n'est pas l'ange des Protecteurs qui vous a guidé, comment… Comment avez-vous réussi à me trouver ?

— Pas besoin d'être un ange pour ressentir une présence maléfique. Il s'agit de savoir se concentrer adéquatement pour entendre le Bien nous parler. J'ai tout vu lors d'une séance de méditation. Le Bien m'a fait parvenir une révélation sur vous. Ces images m'ont d'ailleurs dévoilé que vous alliez vous servir d'explosifs. Voilà pourquoi nous avons brouillé toutes les ondes avant d'entrer. Votre dispositif d'armement est donc inutile.

— Vous mentez !

— Vraiment ? Alors lâchez-le ! Lâchez votre dispositif de mise à feu et vous verrez que rien ne va se produire ! Maintenant, rendez-vous !

— Ne vous approchez pas ! Je vous jure que je suis prêt à mourir s'il le faut ! Si vous faites un pas de plus, je vais tout faire sauter !

— Dernier avertissement ! Rendez-vous !

— Plutôt crever !

— Très bien, si tel est ton désir !

Tout en terminant sa phrase, le grand guerrier, qui avait été élevé dans un temple suite au décès de ses parents, tués par un démon, projeta son arme ninja avant que le sorcier ne puisse réagir. La lame frappa brusquement le poignet du russe et lui trancha la main tenant le dispositif d'un coup sec. Une longue giclée de sang traversa aussitôt la pièce, suivie d'une longue plainte de douleur.

— Je t'avais pourtant prévenu ! Nous avons réellement brouillé les ondes avant d'entrer ! Aucune bombe n'explosera !

Au même moment, Andrei, toujours au milieu des flammes, décida qu'il était temps d'agir. Celui qui devait accueillir Isigard se rua donc vers Lieng, la rage dans le regard. Au passage, il ramassa le couteau que son maître avait utilisé pour le sacrifice et fonça vers le chinois. Il lança ensuite plusieurs attaques pour tenter d'atteindre celui qui venait d'interrompre son destin.

— Sale petite merde ! l'injuria-t-il en s'exécutant. Je vais te faire la peau !

Mais Lieng évita aisément tous les assauts que lui envoyait le satanique. Puis, lorsqu'une ouverture se créa, le chef du groupe de bouddhistes le frappa d'un solide coup de pied au genou, suivit d'un autre aux côtes et, sans perdre une seconde, il lui en envoya un dernier au visage. En moins de cinq secondes, le grand Andrei se retrouva au tapis en tentant de se remettre de toute cette douleur produite par les points de pressions, qui avaient été touchés avec précision.

— C'est bon ! Je me rends cette fois ! avoua Rosnov, après ce spectacle.

— Il est trop tard ! Si j'ai pris le temps de discuter avec vous avant d'agir, c'était pour une raison. J'en ai profité pour sonder votre âme. Elle est noire comme la nuit. Vous abandonnez maintenant car vous êtes en mauvaise posture. Mais dès que vous le pourrez, vous recommencerez vos activités diaboliques ! Vous êtes trop dévoué à votre cause ! Et comme vous connaissez la façon de faire entrer un démon dans notre monde, je n'ai pas le choix! Je ne peux pas vous laisser vivre! Tôt ou tard, vous vous échapperez et vous récidiverez. Vous savez quelle est la différence en nous et les Protecteurs? Nous, nous comprenons qu'il faut parfois faire le nécessaire pour défendre notre monde! Lors de ma formation, j'ai appris à être en mesure de faire le nécessaire pour proscrire le danger qui nous guette! Si les Protecteurs avaient tué Sadman la première fois qu'ils l'ont intercepté, il ne se serait jamais échappé de cet hôpital psychiatrique! Il n'aurait jamais réveillé les quatre démons et il n'y aurait pas eu tous ces morts à Winslow! Et la bête n'aurait aucunement été réveillée. Il n'y aurait pas eu tous ces assauts du Mal. En effet, il faut parfois savoir choisir le chemin de plus sûr!

— Attendez! Non, je ne recommencerais pas!

— Je suis désolé, mais c'est notre tâche! Nous nous devons d'éliminer tous les sbires du Mal!

— Non! Attendez! Je le promets...

Mais avant même que Rosnov ne puisse terminer sa phrase, Lieng fit tournoyer la lame au bout de sa chaîne avant de lui trancher brutalement la tête. Cette dernière roula un instant en laissant une trace rouge au passage, avant de s'arrêter tout près des flammes presqu'éteintes de l'étoile.

Au moment où le reste du corps s'affaissa dans une nappe de sang, Riu, son grand confrère, entra dans la pièce avec le ninja aux formes féminines.

En voyant le cadavre du sorcier, ils s'immobilisèrent tous les deux pour observer la scène.

La femme enleva alors sa cagoule, dévoilant ainsi, malgré la saleté et la sueur, le visage d'une asiatique d'une grande beauté. À son tour, Lieng, le petit moine Shaolin, se démasqua, divulguant pour sa part une tête rasée à la peau et un visage dur comportant plusieurs cicatrices. Ce dernier, qui avait été formé depuis son enfance pour mener cette alliance de grands guerriers de l'est de l'Asie, sélectionnés par les moines supérieurs, principalement constituée de chinois, de japonais, de sud-coréen et de thaïlandais, se tourna vers ses acolytes.

— Alors, Lieng, c'est terminé ? demanda la belle dans sa langue native.

— Oui, Wayuki, répondit celui qui avait été poussé, durant toute sa vie, à maîtriser la plupart des arts martiaux dont entre autre le kung-fu, le karaté, le judo, le jiu-jitsu, le taekwondo, le muay-thaï et même le ninjutsu, afin de devenir à tout prix une arme ultime pour protéger ce monde. Je suis arrivé à temps ! Le sorcier est mort ! Je n'ai pas eu le choix. Il était trop déterminé ! Il aurait recommencé le moment venu ! C'est terminé, pour cette fois…

Chapitre 4

6 jours avant Alicia

— Ceci est mon sang livré pour vous, cita le prêtre devant son auditoire en cette veille de Noël.

Puis, ce dernier termina son rituel avec une généreuse gorgée de vin, avant de poursuivre avec la suite de la célébration.

— Tu sais, Henri a réussi à traduire un vieux manuscrit écrit à la main par Jean, chuchota Max à sa copine, Sarah. Il paraît qu'après que Jésus eut combattu les quatre démons, envoyés l'un après l'autre, le Mal est venu en personne l'affronter. Et selon les écrits, c'est avec son propre sang que le fils de Dieu aurait réussi à le chasser de notre monde. Ce serait pour cela que le sang du Christ aurait une place si importante dans la Bible.

— Max ! l'interrompit à voix basse Robert, assis à sa gauche. Tu es en train de gâcher ma magie de Noël ! Est-ce que ce serait possible de vivre un réveillon normal, comme tout le monde ?

— Désolé, beau-papa ! répondit-il d'un ton sarcastique. Je ne recommencerai plus !

— T'as besoin, sinon je ne te réinviterai plus!

— Papa, c'est toi qui dérange le gens autour, là! lui envoya Sarah pour protéger son amoureux. Chut!

— Un sourire en coin, le père de famille se calla à nouveau dans son banc. Il lança ensuite un regard discret à sa femme, Isabelle, et son fils, Simon, qui ne semblait pas avoir eu connaissance de sa dernière conversation avec son meilleur ami et gendre, l'ange Max.

Robert tenta à cet instant de profiter au maximum de ce merveilleux moment avec les siens. C'est pourquoi, durant le reste de la cérémonie, il s'efforça d'oublier qu'un peu plus de six ans auparavant, Max et lui, aidés par les Protecteurs, avaient affronté à Winslow les quatre cavaliers de l'Apocalypse et leurs effroyables armées de démons, une horde d'ignobles zombies et une meurtrière secte satanique, le tout dirigé par un sorcier psychopathe du nom de Sadman. Il ne voulut pas non plus se remémorer que trois ans et demi plus tôt, Sadman était revenu d'entre les morts sous forme de démon et qu'il s'en était pris à sa famille. Il laissa de côté le fait qu'après que Sarah et lui ai été transformés en vampire, pour ensuite être exorcisés par Max, il avait rejoint les Protecteurs à nouveau pour faire face, dans une grotte irakienne, à une bande de vampires, une ombre sous forme de corbeau géant et une immense bête à sept têtes. En effet, durant tout le reste de cette paisible messe de Noël, il mit de côté toutes ces inconcevables aventures et se laissa porter par l'instant présent.

Une fois la célébration terminée, les membres de la famille Longuet se déplacèrent chez Robert et Isabelle afin de partager un délicieux repas traditionnel du temps des fêtes. Dinde, tourtières, purée de pommes de terre et salade étaient entre autre au menu.

Avant de débuter le repas, le doyen récita une courte prière. Il porta ensuite un toast, au plaisir de se retrouver ensemble. En effet, depuis que Sarah avait entrepris ses études afin de devenir la responsable en soins médicaux des Protecteurs, il était plus difficile pour le couple de revenir au pays. De plus, Simon avait depuis quelques mois quitté le nid familial pour un modeste appartement en ville et ne passait que très peu souvent à la maison, trop occupé par ses études en ingénierie et son travail au restaurant. Donc, avoir enfin toute sa famille réunie sous son toit emplissait inévitablement Robert de bonheur.

Une fois qu'il eut terminé ses vœux, les cinq coupes de vin se frappèrent délicatement, y compris celle de Max, qui buvait simplement par goût, sachant très bien que l'alcool n'avait désormais plus aucun effet sur lui.

Après quelques minutes de conversation sur différents sujets tel le sport, l'actualité et la météo, Isabelle posa enfin la question qui lui brûlait les lèvres depuis un moment.

— Alors, est-ce que je vais être grand-mère un jour ?

— Ah, ce n'est pas dans mes plans pour l'instant, répondit Simon, sachant très bien que la question ne s'adressait pas à lui. Il faudrait d'abord que je me trouve une copine.

— Écoutez, Isabelle…, débuta Max après un bref éclat de rire. Vous savez… Je ne suis pas… Je ne suis plus quelqu'un de normal désormais…

— L'idée nous a traversé l'esprit, poursuivit Sarah. Disons que pour l'instant, nous… Eh bien, nous gardons à l'œil l'évolution de Daniel, le fils d'Irsilda et de Tom. Vous savez, il a du sang de Chevalier de Dieu dans les veines et malgré tout, il grandit et évolue normalement, comme n'importe quel enfant de son âge. Ou presque… C'est… C'est vraiment un enfant surdoué… Ce qui est une bonne chose pour l'instant… En tout cas, cela nous donne l'espoir que nous aussi, nous pourrions...

— Disons que dans quelques années, si tout se passe toujours aussi bien pour Daniel, nous envisagerons d'avoir nous aussi un enfant, termina Max. Mais d'ici-là, nous ne voulons pas prendre de risque. Vous comprenez ?

— Si, bien sûr, s'inclina Isabelle, un peu déçue, mais consciente que c'était une sage décision.

— Au moins avec vous, on peut dire la vérité, rajouta Sarah. Il a fallu mentir aux parents de Max hier et ce n'était pas du tout agréable.

— Qu'est-ce que vous leur avez dit ?

— Qu'on voulait prendre notre temps et d'autres trucs du genre.

— Je vois... Et sinon, comment ça se passe à Rome ? questionna Robert, cherchant à mettre de côté ce sujet un peu inconfortable.

— Pas nécessairement comme on voudrait, répondit Max. La guerre à Winslow a fait très mal à l'organisation, et la bataille en Irak n'a en rien aidé. Les Protecteurs se sont formés au fil des nombreuses années, lorsque Christophe avait débuté le projet. Et ça risque de prendre encore beaucoup de temps avant de reformer une armée comme celle d'il y a six ans, quand nous les avons rencontrés. Nous tentons de recruter, mais les candidats potentiels entre au compte-goutte. Et l'on ne peut prendre n'importe qui, par peur d'enrôler un espion du Mal, comme cela s'est produit par le passé.

— Ah oui, je me souviens du Docteur Ryan.

— Alors lentement, nous remontons la pente. Nous avons entre autre recruté deux hommes le mois dernier qui sont très prometteurs. L'un est un ancien SAS britannique et l'autre, un jeune prêtre très athlétique. Celui-ci n'avait aucune notion des armes, mais il apprend très vite.

— Deux de plus, c'est quand même bien…

— Mais ça ne sera pas suffisant si un évènement semblable à ceux que nous avons vécus dernièrement éclate à nouveau.

— Mais ils t'ont, toi! Et également Tom, qui est un Chevalier de Dieu.

— Oui, mais on ne gagnera pas cette guerre tout seul.

— Alors espérons qu'aucune guerre n'éclatera et que la situation demeurera tranquille pour un bout.

— Oui…

— Mais est-ce que tu peux au moins bénir d'autres armes comme ton épée pour terrasser les démons ?

— Si, mais ce serait inutile. Pour que ce soit efficace, il faut également que l'arme soit maniée par quelqu'un d'aussi puissant que moi. Même être un Chevalier de Dieu ne suffit pas…

— Je vois…

— En passant, j'ai obtenu de très bonnes notes, lança tout à coup Simon, dirigeant ainsi la conversation vers un sujet plus léger.

Grâce à l'intervention du jeune étudiant, le repas familial reprit une allure plus joyeuse et festive. Après avoir trop mangés, ils passèrent à l'étape des jeux et des échanges de cadeaux. Ils s'amusèrent ainsi jusqu'à tard dans la nuit où ils décidèrent finalement d'aller au lit.

Sarah, sous les effets de l'alcool, voulut profiter du corps musclé de son ange. Max refusa les avances de sa copine au début, se sentant un peu mal à l'aise de faire l'amour sous le toit de Robert. Mais la belle se montra très persuasive et il finit par céder à la tentation. Il fut alors ravi de constater une fois de plus que même s'il possédait désormais la capacité de résister à de graves blessures, il n'avait pas complétement perdu sa sensibilité et pouvait toujours profiter des bonnes choses de la vie.

Le lendemain, lorsque Robert se leva, il retrouva Max assis sur le sofa, en train d'écouter le bulletin de nouvelles.

— Déjà debout?

— Je ne dors plus beaucoup depuis que je suis ce que je suis. Quand j'arrive à dormir 3 heures, je considère cela comme une grosse nuit. Je n'ai plus réellement besoin de dormir. Je le fais plus par principe que par nécessité. C'est comme manger. Je peux passer des jours sans nourriture.

— Vraiment? Ça alors... Ce n'est pas une bénédiction, mais une malédiction.

— Je ne dirai pas cela. Je ne me suis jamais senti aussi en forme et je n'ai jamais été aussi baraqué, et ce sans avoir à m'entraîner le moindrement. Je peux manger tout ce que je veux sans prendre le moindre kilo. Je ne me sens jamais fatigué et je ne suis jamais malade. Honnêtement, je crois que ça pourrait être pire, pour l'instant.

— Vu sous cet angle... C'est vrai que ce n'est pas si mal après tout. Alors, quoi de neuf dans l'actualité ? poursuivit Robert en pointant la télévision après un bref moment de silence.

— Encore une tuerie au Moyen-Orient, pour une question de religion. Une trentaine de morts !

— Ce n'est pas croyable !

— Le Mal a bien fait son travail. Il a bien réussi à nous influencer. Il n'a pas besoin d'envoyer ses soldats. Nous nous chargeons nous même de nous détruire. Si le monde connaissait la vérité... Parfois je me demande si...

— Je ne suis pas certain que le fait de plonger le monde dans la peur soit une bonne idée.

— Mais au moins nous pourrions nous unir et nous battre pour la bonne cause. Présentement, des gens tuent d'autres gens au nom d'Allah alors que c'est la dernière chose qu'Il désire. Le monde doit comprendre qu'il n'y a qu'une seule entité spirituelle soutenue par le bien et que nous devons nous serrer le coudes pour faire face à la vraie menace, l'entité nourrie par le mal. Sans compter que de plus en plus, les gens ne croient même plus en Dieu.

Les églises ferment leurs portes et la population cesse de léguer les traditions religieuses aux futurs générations. Bientôt, le Mal pourra réexpédier ses démons et cette fois, aucun d'entre nous ne pourra les combattre car plus personne n'aura la Foi.

— Je comprends ton point de vue, mais qu'est-ce qu'on peut y faire ?

— Je suis un ange, Robert ! Je dois bien avoir la capacité de faire quelque chose ! Je n'ai pas reçu ce don pour pouvoir me goinfrer de pâtisseries sans engraisser ! Si je m'affichais au monde, peut-être que je pourrais renvoyer la vapeur !

— Dieu t'a donné ce don pour nous protéger des sbires du Mal ! Et c'est ce que tu as fait lorsque tu as éliminé l'énorme créature à sept têtes dans cette grotte ! Tu ne dois pas te mettre tous les problèmes de la planète sur les épaules ! Et je ne crois pas que de faire de toi une bête de foire puisse réellement nous aider ! Et c'est ce qui se passera ! Ils voudront t'étudier ! Ils voudront trouver une explication rationnelle à tes pouvoirs ! Tu deviendras la coqueluche de You Tube ! Un phénomène de foire ! Et au moindre écart de ta part, ils te feront tomber ! La dernière fois que quelqu'un a proclamé haut et fort être un envoyé de Dieu, nous l'avons torturé et nous l'avons crucifié ! Ce ne sont pas les démons qui ont tué Jésus, c'est nous ! Et c'est ce qui se passera avec toi !

— Je... Je ne sais pas... Je dois pouvoir faire quelque chose....

— Oui Max ! Je te l'ai dit, nous protéger ! Le Mal reviendra à la charge tôt ou tard et à cet instant, le monde aura besoin de toi !

— Tu as peut-être raison…

— Et je suis persuadé que Dieu a un plan ! Il ne nous laissera pas sombrer dans le chaos sans tenter de nous aider…

— Je…. Je l'espère.

— Ouf, vous êtes lourd ce matin, les interrompit Sarah, en pyjama, qui venait de se lever à son tour. Max, de grâce, c'est Noël !

— Ouais, dit ça aux familles de ce massacre ! répondit-il en pointant les horribles images à l'écran.

— Même le plus valeureux guerrier a droit à un jour de congé, rétorqua-t-elle en éteignant le téléviseur. Il est malheureusement trop tard pour ces gens. Mais nous, nous sommes ici ! Profitons de ce moment de bonheur ! C'est pour des instants comme ceux-là que nous nous battons ! Si nous ne profitons pas des moments de paix, à quoi bon combattre le Mal! S'Il réussit à nous atteindre, alors c'est Lui qui gagne !

— Ouais, tu as sans doute raison… Tu sais que tu n'es pas seulement mignonne, toi.

— Allez, viens ici que je te donne un gros bisou. Montrons au Mal qu'Il peut aller se faire foutre et que l'amour l'emportera toujours !

Sarah se pencha ensuite pour embrasser son amoureux. L'effet escompté de ce baiser fut atteint, apaisant ainsi quelque peu Max. Ce dernier s'efforça donc de passer à autre chose afin de ne pas gâcher la journée de toute la famille.

— Bon, un café ? offrit Robert.

— Volontiers, acquiesça la belle.

— Oui, merci, répondit Max à son tour. Pour le goût.

Le père de famille se dirigea ensuite vers la cafetière alors que Sarah s'installait aux côtés de son copain. Une fois assise, elle se préparait à déposer la tête contre son épaule quand soudain, la surprenant au plus haut point, ce dernier se mit à convulser sans aucun préavis. Ses yeux se tournèrent vers le haut et sa bouche s'entrouvrit légèrement.

— Max !? Ah, mon Dieu, pas encore… Max !?

Ayant entendu les cris de sa fille, Robert revint aussitôt au salon. Mais à peine venait-il d'arriver que le pauvre Max cessait déjà de trembler et revenait lentement à lui.

— Max ? Est-ce que ça va ? s'inquiéta Sarah.

— Oui, ça va, répondit-il après quelques secondes. Ça va… C'est passé !

— Seigneur ! C'est encore ces visions ?

— Oui… Elles étaient encore plus claires, cette fois-ci ! Elles deviennent de plus en plus précises !

— Toujours cette jeune femme ?

— Oui… Et je l'ai très bien vu ce coup-ci. Elle était dans un endroit très sombre. Elle… Elle semblait être prisonnière dans… Dans une sorte de… De cage en fer rouillée… J'ai eu l'impression qu'elle… Qu'elle était en train de prier.

— Mais qu'est-ce que ça veut dire tout ça ? Pourquoi est-ce que tu la vois sans cesse ?

— Je… Je n'en sais rien…

— Qu'est-ce que c'est que cette histoire ? interrogea Robert.

— Ce… Ce n'est pas la première fois que… Que j'entre en transe comme cela. J'ai ces visions… Toujours cette adolescente… Une jeune femme de race noire aux cheveux très courts… J'ai… J'ai l'impression que Dieu essaie de me passer un message ou un truc comme cela.

— Et ça fait longtemps ?

— Non… Deux semaines environ… Mais c'est de plus en plus fréquent et de plus en plus précis. Jusque-là, je croyais qu'il ne s'agissait que d'un… Un effet secondaire à ma transformation. Mais je l'ai très bien vu cette fois-ci. C'était très clair. C'était une vision. Elle était… Elle était prisonnière! Je crois… Je crois qu'il s'agit d'un signe… J'ai… J'ai le pressentiment qu'il faut que je libère cette fille…

Chapitre 5

40 heures avant Alicia

Paul, un bel homme dans la fin trentaine, servit les assiettes de pâtes à ses deux enfants. Antoine, son adorable garçon de 8 ans, fut ravi du repas qui lui était servi tandis qu'Anna, sa fillette blonde de 6 ans, sembla vouloir lever le nez sur la sauce contenant de petits morceaux de légumes. Malgré cela, le père de famille força cette dernière à finir toute son assiette, la menaçant de lui couper le dessert si elle ne s'exécutait pas.

Maude, la nouvelle copine de Paul, n'osa pas s'en mêler et se contenta de manger en silence. Lorsqu'Anna se décida enfin, la jeune femme tenta de détendre l'atmosphère en demandant aux enfants comment avait été leur séjour chez leur mère. Antoine s'empressa alors de raconter toutes les nombreuses activités hivernales qu'il avait pratiquées avec son beau-père. À ce moment, Paul ressentit une certaine jalousie, mais il s'efforça rapidement de la dissimuler. Pour sa part, Anna, encore distante face à la jeune femme, se contenta d'une réponse courte et directe.

Le repas tirait bientôt à sa fin lorsque Paul avisa ses enfants qu'il allait les amener au cinéma durant le week-end. Ces derniers s'écrièrent de joie en levant les bras dans les airs. Le père se prépara à annoncer le titre du film quand tout à coup, faisant sursauter tout le monde, un homme passa au travers de la vitre de la salle à manger avant d'atterrir en plein centre de la table.

En relevant la tête, le nouveau venu dévoila d'abjects yeux noirs et une hideuse gueule d'araignée dégoulinante de bave visqueuse. En apercevant l'affreux personnage, les enfants se mirent à hurler et à paniquer. Maude se tourna vers Paul, qui était totalement figé devant le spectacle. Mais avant que la femme ne puisse ouvrir la bouche, la créature lui bondit dessus, la précipitant brutalement au sol.

En voyant la chose enfoncer ses crocs d'insecte dans la gorge de Maude, libérant ainsi une importante quantité de sang, Paul se releva enfin et agrippa ses enfants. Puis, il les guida rapidement vers la porte d'entrée. Cependant, en sortant de la pièce, il tomba nez à nez avec un autre sbire d'Orzel, le démon-araignée. En l'apercevant, il se recula juste à temps pour éviter le coup de griffes qui lui était destiné. En s'exécutant, il se heurta contre une des chaises. Sans réfléchir, il attrapa cette dernière et la fracassa de toutes ses forces contre son assaillant. Sous le violent impact, l'armark s'écroula au sol et le père en profita pour tirer ses enfants hors de la salle.

— Papa ! s'écria Anna. Qu'est-ce que c'est que ça ?!

— J'ai peur, papa! s'exclama à son tour Antoine. C'est quoi ces monstres?!

— Avancez, vite! se contenta de dire Paul, n'ayant aucune réponse à leur offrir.

Tout en poursuivant leur course à travers la maison, les pauvres victimes furent témoin de l'entrée fracassante d'un troisième armark par une autre vitre, leur bloquant ainsi l'accès à la porte d'entrée. Rapidement, Paul bifurqua vers l'escalier sur sa droite, menant à l'étage. Une fois qu'ils eurent atteint celui-ci, il ordonna à ses enfants de grimper en haut et se retourna pour faire face aux démons. Mais à peine Antoine venait-il de poser le pied sur la seconde marche qu'un autre monstre au visage d'araignée, venant du plafond du deuxième, s'abattit sur lui. En voyant son frère se faire engloutir sous la chose, Anna hurla de toutes ses forces.

Paul se retourna aussitôt et, voyant son fils en mauvaise posture, fonça sur la chose. Toutefois, cette dernière se releva rapidement et lui asséna un brutal coup de griffes qui le projeta contre le sol plus loin. Malgré la douleur, l'homme se redressa aussitôt. Puis, réalisant qu'ils étaient maintenant encerclés, il attrapa le bras de sa fille et fonça vers le seul accès restant.

Par chance, il réussit à atteindre sa chambre à coucher. Son seul réflexe fut alors d'enfermer sa fille dans sa penderie.

— Ne sort pas ! lui ordonna-t-il. Et ne fais surtout pas de bruit !

— Papa, j'ai peur !

— Ça va aller ! Je t'aime ! Vite, cache-toi !

Une fois la porte refermée, Paul, le visage ensanglanté dû aux profondes lacérations, chercha du regard quelque chose pour se défendre. Il n'eut que le temps d'agripper une lourde tringle à rideau en fer que déjà l'un des armarks pénétrait dans la pièce. En voyant sa prochaine proie, le monstre ouvrit sa gueule en poussant un effroyable cri aigu. Sans réfléchir, l'homme en profita pour lui enfoncer avec détermination sa lance improvisée au fond la gorge. Il s'exécuta avec tant de rigueur que le bout en pointe traversa de part en part le derrière de la tête de la créature, qui s'écroula ensuite au sol.

Paul retira rapidement son arme artisanale dégoulinante de sang jaunâtre et se prépara à accueillir un second ennemi qui s'approchait. Il le frappa si fort sur le côté du visage que le monstre perdit l'équilibre. Le père en profita pour lui envoyer un puissant coup de pied, l'envoyant ainsi au sol.

Néanmoins, à peine venait-il de s'exécuter que le premier armark se relevait déjà, prêt à retourner à l'assaut. Et comme si ce n'était pas suffisant, un troisième démon se présenta à la porte. Malgré cela, l'homme retourna à l'attaque, déterminé à se battre jusqu'au bout pour sa fille.

Peu de temps après, la pauvre Anna perçut les lamentations de douleur de son père. Même si elle était totalement paniquée, elle s'efforça de rester cacher et surtout, de demeurer silencieuse.

La fillette resta donc ainsi, dans la pénombre, s'attendant à voir l'une de ces bêtes ressurgir d'un moment à l'autre. Chaque son la faisait sursauter atrocement. Tous ses membres tremblaient comme une feuille au vent. Elle pouvait entendre son cœur battre à tout rompre et sentir les larmes couler sur ses joues.

Puis soudain, après un peu plus d'une minute, à sa grande surprise, le silence regagna la chambre. Au bout d'un bon moment sans entendre le moindre bruit, elle commença à croire que les créatures étaient parties. Voulant savoir si son père était toujours là, elle entrouvrit lentement la porte. La pièce lui parut totalement vide. Elle songea donc à sortir quand brusquement, la faisant sursauter au plus haut point, l'un des armarks se présenta devant elle en exposant ses ignobles crocs couvert du sang de son père.

Chapitre 6

28 heures avant Alicia

En passant l'entrée du petit restaurant, Richard remarqua un homme de race blanche d'une quarantaine d'années, grassouillet, portant une couronne relativement longue de cheveux poivre et sel, se relever la tête d'un coup sec et le fixer étrangement de ses grands yeux globuleux. Comme une impressionnante cicatrice ornait sa joue droite depuis qu'il s'était tiré une balle dans la bouche, le veuf n'en fit aucun cas, désormais habitué à se faire dévisager de la sorte.

Il continua donc son chemin vers une table vide, attrapant un journal au passage. À peine venait-il de prendre place que déjà la jolie jeune serveuse vint lui offrir un café, qu'il accepta avec joie.

— Comme d'habitude pour déjeuner, Richard ? lui demanda-t-elle par la suite.

— Oui, merci.

— Une fois qu'elle fut repartie, il commença à lire la une, qui parlait des étranges disparitions, signalées dernièrement dans le coin. Il venait à peine d'entamer le premier paragraphe que l'homme qui l'avait dévisagé plus tôt se présenta devant lui.

— Bonjour monsieur. Désolé de vous déranger. Est-ce que… Est-ce que je peux m'asseoir ?

— Euh… Oui…

— Merci.

— Est-ce qu'on se connaît ?

— Non, je… Écoutez, je… Je ne sais pas comment… Je suis vraiment navré de vous importuner de la sorte. Je me sens un peu mal à l'aise en ce moment. Mais je… Je dois savoir. D'abord, laissez-moi me présenter ; je m'appelle Hugo Riel. Je… Je suis un médium…

— Pardon ? Un médium, vous dites ?

— Oui, j'ai un don… Je… Je sais que ça va vous paraître étrange… La plupart des gens sont très sceptique, mais… Disons que je perçois des choses que les autres n'arrivent pas à voir.

— Quoi ? C'est une blague ou…

— Pas du tout ! Je vous jure que je vous dis la vérité !

— Écoutez, mon cher monsieur, je n'ai pas le temps de…

— Je l'ai ressenti, lorsque vous êtes entré.

— Monsieur, je vous demanderais de...

— Alors, comment c'était ?

— Comment c'était quoi ?!

— Comment c'était de l'autre côté ?

— Que... Que voulez-vous dire ?

— Lorsque vous étiez mort, qu'est-ce que vous avez vu ?

— Vous... Vous pouvez me rappeler votre nom ?

— Hugo...

— Écoutez Hugo, je ne sais pas si vous trouvez cela amusant ou si vous êtes seulement dérangé, mais je ne le redirai plus...

Mais avant que Richard n'ait eu le temps de terminer sa phrase, l'étranger lui agrippa fermement une main. Par la suite, ce dernier sembla entrer en transe. Pris par surprise, le rouquin balafré figea un moment en regardant le nouveau venu s'exécuter. Ce manège dura quelques secondes avant que le soi-disant médium ne le lâche en poussant un soupir.

— Ah, quelle horreur !

— Vous êtes totalement cinglé ou quoi ?! Qu'est-ce qui vous a pris de...

— C'est vrai qu'il est difficile d'avoir la Foi lorsqu'on voit mourir toute sa famille de la sorte.

— C… C… Comment ?

— Je viens de le voir… Votre accident… Qu'elle horreur ! Pas étonnant que vous en soyez venu à… Faire ce que vous avez fait.

— Écoutez, je ne sais pas où vous voulez en venir, mais…

— Et avec toutes ces recherches qui n'ont menées nulle part… Les nombreuses maisons hantées auxquelles vous avez toujours trouvé une explication, l'enquête sur Winslow, une petite ville qui a étrangement été décimée, qui n'a rien donné de tangible, les séances de spiritisme avec tous ces charlatans, les chasseurs de fantômes bidons que vous avez croisés, etcétéra, etcétéra… Je vous comprends de ne plus croire à tout ce qui s'appelle « phénomène paranormal ». Mais je ne suis pas comme eux. Je suis la clé, la réponse… Le signe que vous attendiez depuis tout ce temps… J'ai réellement un don !

— Je… J'ai entendu tellement souvent cette phrase…

— Je l'ai su dès que vous êtes entré. J'ai ressenti que vous étiez déjà passé de l'autre côté, après votre tentative de suicide. Alors, comment c'était ?

— Wow ! Vous ne manquez pas de culot ! Vous… Vous voulez savoir ! Je ne me souviens de rien du tout en fait ! Je me rappelle m'être enfoncé le canon dans la bouche pour ensuite presser la détente ! Mais apparemment, je m'étais mal enligné et la balle est ressortie par ma joue sans rien toucher de grave ! Malgré tout, j'ai perdu beaucoup de sang ! Je suis cliniquement mort une trentaine de secondes avant que le médecin ne me ramène à la vie ! Et je me suis réveillé une semaine plus tard ! Avec cette gueule qui me rappelle à chaque matin que je n'ai même pas été foutu de… Merde ! C'est tout ce que j'en sais ! Je ne me souviens de rien de plus !

— Pas même un petit quelque chose ?

— Non ! Rien !

— Ah, je vois… Et pour le prêtre ?

— Comment… Comment savez-vous… Personne n'a jamais su pour…

— Je vous l'ai dit ! Je ne suis pas un charlatan ! J'ai réellement un don ! Alors, avez-vous revu le prêtre ? Avez-vous revu celui que vous aviez menacé avant de tenter de vous enlever la vie ?

— Je ne sais pas quelles sont vos motivations, mais…

— Je ne vous pose la question que par principe. Je sais déjà que vous vous êtes empressé d'aller lui demander pardon et de le remercier de ne pas avoir porté plainte.

— Personne d'autre que lui et moi sommes au courant... Il m'a juré de garder le secret... Il m'a juré de ne jamais dire à personne que je l'avais menacé !

— Et il a tenu sa promesse, Richard. Il ne l'a dit à personne. Je l'ai vu en vous touchant.

— C'est... C'est impossible! Comment savez-vous mon nom? Comment savez-vous tout ça?

— Écoutez, Richard, poursuivit Hugo en lui tendant une carte d'affaire. Je ne passerai pas par quatre chemins. En vous touchant, j'ai eu une vision des derniers moments marquants de votre vie. Mais je n'ai pas réussi à voir ce que votre âme a perçu de l'autre côté. Cependant, si vous le désirez, vous pourriez passer chez moi. Avec une vraie séance de spiritisme, j'arriverais peut-être à déceler ce qui est advenu de votre esprit pendant ces trente fatidiques secondes. Je pourrais peut-être obtenir la réponse que vous attendez tant. Peut-être que vous pourriez enfin savoir si vous allez les revoir un jour.

— Je... Ouf... Je ne sais pas. Et vous là-dedans, qu'est-ce que vous y gagnez?

Moi aussi, j'ai besoin de réponses. Du jour au lendemain, sans prévenir, j'ai reçu ce don. Je veux savoir pourquoi. Cela fait un bon moment que j'attendais de croiser quelqu'un comme vous. Quelqu'un qui a voyagé vers l'autre côté et qui en est revenu. Et il n'y a pas que cela. J'ai ressenti quelque chose d'autre en vous. Quelque chose de spécial. Comme si… Comme si ce n'était pas par hasard que vous soyez revenu à la vie… J'ai l'impression qu'en creusant un peu… Je ne sais comment l'expliquer. Comme si vous seriez chargé d'une mission…

Au même instant, la serveuse arriva avec le repas de Richard. Lorsqu'elle déposa l'assiette devant lui, l'étrange personnage se releva aussitôt en laissant sa carte sur la table.

— Je vais vous laisser manger, maintenant. Ici, ce n'est pas l'endroit idéal pour que je puisse me concentrer. Si jamais l'envie vous prend d'en savoir plus, passez-moi un coup de fil !

Puis, sans en rajouter, il lui tourna le dos, alla payer sa note et sortit du restaurant. Richard, pour sa part, encore sous le choc, regarda la carte d'affaire du médium en se demandant réellement ce qu'il allait en faire. Comment se pouvait-il qu'il en sache autant ? Il en avait visité des soi-disant voyants dans sa quête, mais des comme lui, jamais.

Même s'il tentait de ne pas s'emballer, il ne put nier qu'une lueur d'espoir était en train de naître au fond de son cœur. Et si jamais…

Chapitre 7

19 heures avant Alicia

Les gyrophares d'une dizaine de voitures de police et de deux ambulances éclairaient le site de la scène de crime, en cette fin d'après-midi hivernale, lorsque l'imposant Suburbain noir se stationna devant l'entrée. En remarquant le véhicule, le chef de police, en charge de la protection du secteur, s'approcha rapidement du véhicule. À l'instant où il arrivait à proximité, Tom, Yohanda, Max, Irsilda et Sarah, tous vêtus avec distinction, en veston cravate pour les hommes et en tailleur chic pour les femmes, descendirent du 4x4.

— Bonsoir mon cher, lui envoya aussitôt Tom. Nous sommes des agents spéciaux de la GRC. Nous sommes venus enquêter sur la scène de crime.

— Oui, on m'a prévenu de votre visite. Il était temps que vous arriviez. On était sur le point d'embarquer les corps. J'avoue qu'en vous voyant, ce n'est pas réellement ce à quoi je m'attendais, rajouta-t-il devant Tom, dont les tatouages au cou dépassaient le col de sa chemise, Yohanda, le colosse barbu aux airs de motard et Max, portant encore quelques cicatrices des griffes du léviathan qui l'avait défiguré à Winslow.

— Voilà mon badge, répondit le chef des Protecteurs en exhibant sa plaque dorée que le type des affaires publiques leurs avait fournie, afin de pouvoir enquêter discrètement.

— Ça va ! Vous pouvez venir, poursuivit l'agent en soulevant la banderole jaune qui entourait la maison. Mais je vous avertis, ce n'est pas très joli là-dedans. En fait, c'est un vrai carnage. Toute la famille a été massacrée, même les deux enfants. Le type qui a fait ça est un vrai monstre !

— Vous ne croyez pas si bien dire.

— Vous pensez que ça pourrait avoir un lien avec toutes les disparitions de ces derniers jours ?

— C'est pour ça qu'on a été envoyé.

— Si on peut faire quoi que ce soit pour vous aider à attraper cette ordure, n'hésitez pas à demander !

— Bien, merci ! Je vous jure que nous ferons tout ce qui est en notre pouvoir pour débarrasser les rues de cette paisible ville de ce meurtrier.

Tout en discutant, ils arrivèrent bientôt devant la porte d'entrée. Irsilda, excitée de pouvoir faire partie de l'enquête, entra la première. En effet, comme ils ne se trouvaient qu'à peine à une heure de voiture de chez les Longuet, ces derniers s'étaient offerts pour garder le petit Daniel afin que la mère, qui était beaucoup moins impliquée depuis la naissance du petit, puisse donner un coup de main au reste du groupe. De plus, comme Robert avait une mise en garde au dossier depuis qu'il avait volé une ambulance, il n'était pas recommandé pour ce dernier de rôder autour d'une scène de meurtre.

Une fois à l'intérieur, les Protecteurs, malgré les avertissements du policier, furent estomaqués devant le carnage qu'avaient provoqué les armarks. Les murs pâles étaient recouverts de sang séché et des morceaux de chairs traînaient ici et là autour des cadavres affreusement mutilés. Même s'ils en avaient tous vu d'autres, y compris Sarah, qui avait pratiqué sur des cadavres dans ses études médicales, l'affreux spectacle leur donna carrément la nausée. Malgré tout, ils s'efforcèrent d'examiner le site. Ils se taillèrent donc une place auprès des enquêteurs et des photographes, déjà sur place, qui les dévisagèrent curieusement. Après avoir inspecté la salle à manger et le corridor, ils se déplacèrent tous vers la chambre à coucher où ils furent enfin seuls.

— À voir les morsures et les traces de griffes, il semble bien s'agir d'un démon, affirma Irsilda en examinant la dépouille de la petite Anna. Ce n'est pas un homme qui a fait ça.

— Et à voir ce sang, ça n'est pas un animal non plus, rajouta Yohanda, en étudiant le liquide jaunâtre sur la tringle de rideau.

— Un armark ! confirma Max, qui avait déjà affronté Orzel dans les égouts. Je vous confirme, il s'agit bien de sang d'armark !

— Et la grosseur de la morsure est trop petite pour que ce soit Orzel lui-même, poursuivit Irsilda. Ce qui veut dire que c'est l'un de ses sbires. Il a donc déjà commencé à se former une armée.

— Alors un sorcier a réussi à faire entrer le démon-araignée, en conclut Tom. Putain de merde ! Comment se fait-il qu'on ne l'ait pas vu venir ?!

— Et... Qu'est-ce qu'on fait pour eux ? demanda Sarah. Ils sont infectés ! Ils vont se transformer d'un moment à l'autre !

— On ne peut pas faire cela ici, raisonna Tom. Il y a trop de monde ! Les flammes ne pourrons pas passer inaperçues ! Il va falloir s'infiltrer ce soir dans la morgue pour les éliminer ! Espérons qu'ils ne se réveilleront pas d'ici-là ! Nous allons garder un œil sur l'ambulance. Si quelque chose se passe en cours de route, nous interviendrons. Mais sinon, nous tâcherons de rester discrets.

Les membres s'apprêtaient donc à sortir quand tout à coup, alors que Tom venait à peine de divulguer ses intentions, Max s'effondra à genoux en se prenant la tête à deux mains. Malgré la douleur intense qui lui traversa le crâne, l'ange s'efforça de rester silencieux et ne se contenta que de laisser échapper un léger soupir. Tous se tournèrent aussitôt vers lui en tentant de comprendre ce comportement soudain.

— Eh, merde ! Ça lui reprend encore ! commenta rapidement Sarah.

— Quoi ? Qu'est-ce qui se passe ? questionna Tom.

— Ses visions ! Depuis un moment, il a des visions. Elles sont de plus en plus fréquentes et ses crises de plus en plus douloureuses. Il voit une jeune femme enfermée dans une espèce de prison.

— Est-ce qu'on peut l'aider ? s'offrit Yohanda.

— Non, il n'y a rien à faire ! Il faut attendre que ça lui passe ! Ce n'est généralement pas très long.

— Mais qu'est-ce que c'est encore que cette histoire ? interrogea Irsilda.

— Si seulement on le savait !

Puis, comme la belle l'avait prédit, Max cessa de gémir et revint lentement à lui. Il se releva ensuite devant son auditoire avide de réponses.

— Cette fois, c'était limpide, Sarah ! finit-il enfin par dire après un moment.

— C'était encore la fille ?

— Oui ! Et j'ai tout vu ! Elle était enfermée dans cette même cage, dans le sous-sol sombre d'une maison crasseuse. Elle était là, en train de prier pour que Dieu lui vienne en aide. Je suis persuadé que c'est Lui qui tente de communiquer avec moi. Il veut que j'aille sauver cette fille ! J'ai vu… Je ne sais pas comment l'expliquer, mais je sais où elle se trouve ! Elle est en bordure d'une petite ville, quelque part en Alabama ! Aux États-Unis !

—Tu as vu son adresse ou quoi ?

— Non, je… Je le sais, c'est tout ! C'est un peu difficile à expliquer ! Mais je suis persuadé que lorsque je serai là-bas, je sentirai sa présence ! Je serai guidé vers elle !

— Qu'est-ce qu'elle a de spécial, cette fille ? demanda Tom.

— Si seulement je le savais ! Mais j'ai vraiment senti qu'il fallait que je la sauve… Maintenant ! C'est comme si le temps pressait et que le danger la guettait. Comme si… Je… Il va falloir que je parte immédiatement ! J'ai cette impression qu'il n'y a plus de temps à perdre. Je suis désolé, je vais devoir vous laisser vous occuper de ce problème d'armark sans moi pour l'instant !

— Ça alors, quelle histoire ! reprit le chef. Bien sûr, nous allons nous débrouiller ! Mais est-ce que tu ne préfèrerais pas que l'on t'accompagne ?

— Non, il faut que vous vous occupiez d'Orzel ici ! Vous devez l'arrêter avant qu'il ne tue d'autres gens et qu'il ne vole d'autres âmes !

— J'irai avec toi ! lança Sarah.

— Mais… Ils vont avoir besoin de toi, ici !

— Je pense que c'est une bonne idée de ne pas partir seul, approuva le commandant. Avec les trois autres membres qui attendent à l'hôtel, nous devrions être suffisamment nombreux pour régler le problème. Si c'est réellement Dieu qui t'envoie sauver cette fille, alors elle doit être très importante… Et elle doit être dans un sale pétrin. Qui sait ce qui t'attends là-bas ? Vous ne serez probablement pas trop de deux !

— Peut-être que mon père voudra nous accompagner ? suggéra Sarah.

— Non, je ne veux pas le mêler à ça ! De toute façon, avec son casier judiciaire…

— Ouais…

— Quelle histoire ! reprit Yohanda. Et si tu te trompais et qu'il s'agissait d'un piège ?

— Je… Je dois absolument me rendre là-bas. Je suis conscient du risque, mais… Je le sens. Il… Il faut que j'y aille absolument... Et au plus vite !

Chapitre 8

18 heures avant Alicia

Après quelques secondes d'hésitation, Richard se décida enfin à frapper à la porte. Hugo, qui l'attendait impatiemment depuis son appel, un peu plus tôt, lui ouvrit rapidement et l'invita à entrer. Après quelques échanges de politesse, le médium l'invita au sous-sol.

— Bienvenue à mon bureau de travail, dit Hugo en dévoilant une table recouverte d'une nappe en satin verte, au milieu d'une pièce décorée de plusieurs rideaux, où planait une forte odeur d'encens.

— Où est votre boule de cristal ? envoya sarcastiquement Richard afin de détendre l'atmosphère un peu inconfortable.

— Ha ! Ha ! Ha ! Je l'ai malheureusement cassée la semaine dernière. Je vais devoir m'en racheter une autre. Allez, venez vous asseoir.

Pendant que le rouquin balafré prenait place, le petit homme grassouillet aux grands yeux globuleux alluma plusieurs chandelles autour d'eux. Puis, il alla chercher une étrange bouteille d'alcool multicolore, ainsi que deux petits verres à « shooter ». Une fois à table, il versa environ 3 onces de liquide brun dans chacun.

— Prenez ça! suggéra-t-il en lui tendant sa portion.

— Qu'est-ce que c'est?

— C'est une boisson peu commune. Je doute que vous connaissiez. Ça s'appelle du Schnurzun. C'est Allemand. Des soldats américains en auraient découvert l'existence dans le repère d'Hitler lui-même. Je ne vous mentirez pas, cette boisson ne contient pas seulement que de l'alcool, mais également quelques traces d'amphétamine, c'est pourquoi elle n'a jamais été commercialisée. Ne craignez rien, ce n'est pas dangereux à si petite dose. Ça va seulement vous détendre tout en stimulant à la fois votre psychique, ce qui me permettra de pénétrer plus facilement dans votre esprit.

— Je... Écoutez, je ne suis pas certain que ce soit une bonne idée finalement...

— Richard, je sais que vous ne me connaissez pas, mais je n'ai que de bonnes intentions. Comme je vous l'ai dit, je ressens quelque chose en vous que je ne peux décrire. J'ai comme l'impression que vous êtes revenu d'entre les morts avec quelque chose de plus et je ne sais pourquoi, mais... Mais j'ai réellement l'impression que... Qu'il est important que je trouve ce que c'est. C'est comme si... Comme si une force me poussait à rechercher ce qu'il y a en vous. Ne vous sentez-vous pas différent depuis votre retour ?

— Si, chaque fois que je regarde mon visage dans une glace.

— Pas physiquement mais… Spirituellement…

— Eh bien… En fait… Si…

— Ne voulez-vous pas savoir ce que c'est ? Depuis tout ce temps, ne désirez-vous pas obtenir enfin la réponse que vous désirez tant ? Ne voulez-vous pas savoir ce qu'il y a dans la vie d'après ?!

— Euh, oui…

— Dites-moi, mon cher Richard, qu'avez-vous donc à perdre ?

— En fait, rien… Rien du tout !

Sur ces mots, malgré ses doutes envers l'étrange personnage devant lui, Richard cala d'un coup sec son verre de mystérieuse boisson. Il sentit aussitôt l'alcool descendre le long de sa gorge jusqu'à son estomac. Malgré les légers brûlements, il fut ravi de goûter un agréable mélange de cannelle et de pruneaux.

En le voyant faire, un sourire apparut sur le visage d'Hugo, qui but à son tour sa portion de Schnurzun. Il demanda ensuite à son client de bien vouloir poser ses bras sur la table. Ce dernier, qui commençait déjà à ressentir les effets de la potion, s'exécuta sans obstiner. Et alors que le médium plaçait ses mains sur les avant-bras du rouquin, ce dernier devint complétement étourdi, ayant l'impression que les lumières des chandelles s'étaient mises à osciller autour de lui.

Pendant que Richard se sentait planer, Hugo ferma les yeux et entreprit sa lecture de l'âme, comme il avait l'habitude de le faire avec ses autres clients. Après un moment dans cette position, le voyant se crispa soudainement. Ses doigts se serrèrent si fort que Richard commença à trouver cela désagréable. Malgré cela, il s'efforça de ne pas broncher afin de laisser l'étranger se concentrer. Ce manège dura quelques minutes avant qu'Hugo ne relâche enfin son étreinte.

— Alors? questionna aussitôt Richard, encore un peu dans les vapes.

— Wow! Ça alors! Je… Je n'avais encore jamais vu cela!

— Quoi? Qu'est-ce que vous avez vu?

— J'ai… Je ne sais comment l'expliquer avec des mots. C'est comme s'il y avait une inscription en toi. Comme si… Comme si Dieu t'avait renvoyé sur terre pour accomplir une mission…

— Une mission? Quelle mission?!

— Ça va vous paraître étrange, mais… Je l'ai vu…. Cette jeune femme…

— Quoi ?

— Oui, j'ai aperçu une jeune femme emprisonnée… Une jeune adolescente…

— Afro-Américaine ! le coupa-t-il.

— Oui !

— Ah, ben ça ! Je… J'ai rêvé d'elle… Presqu'à chaque nuit ces derniers temps… Qu'est-ce que ça veut dire tout ça ? Pourquoi moi ?

— Je crois que Dieu t'a enfin envoyé le signe que tu désirais. Je crois qu'Il veut que tu la sauves !

— Ce n'est pas croyable ! Et qu'est-ce qu'elle a de si spécial, cette fille ?

— Je l'ignore ! Mais si elle est emprisonnée et que Dieu a pris la peine de t'envoyer la sauver, alors elle doit avoir quelque chose de vraiment exceptionnel !

— Putain de merde ! Écoute, si tu te fous de ma gueule, je te promets que…

— Je te jure que je ne suis pas un imposteur ! Ton âme est réellement marquée d'une espèce d'inscription. Je l'ai senti ! Le genre d'empreinte que Dieu ne pourrait transmettre qu'à quelqu'un qui traverse la porte, comme tu l'as fait, et qui en revient sans avoir trop de séquelles physiques afin d'accomplir la mission. Je ne sais pas comment l'expliquer... Tu... Tu étais le candidat idéal! C'est à toi qu'Il a accordé sa confiance! C'est à toi qu'Il l'a confié! Tu dois sauver cette fille!

— Nom d'un chien! Ouf! Wow! Je... Je... Je n'arrive pas y croire... Je ne sais pas si c'est le Schnurzun qui me fait halluciner ou....

— Je sais que tu es sceptique, Richard! Mais tout ceci est bien réel!

— Ça alors... Est-ce qu'on sait seulement où elle se trouve?

— Je ne sais pas. J'ai vu...

Sans terminer sa phrase, Hugo se leva et alla chercher un papier et un crayon. Puis, il se mit à écrire une série de chiffres qui était littéralement gravée dans sa mémoire. Une fois terminé, il les montra à son nouvel acolyte.

— J'ai vu ceci... Je ne sais pas ce que ça veut dire, mais...

— Des chiffres?

— Oui... Je ne sais pas pourquoi... Mais... Ceux-ci bourdonnent encore dans ma tête. Toutefois, j'ignore la raison? Comment cela pourrait-il nous aider à la retrouver?

— Attends ! Ça ressemble à... Oui... Ce sont des coordonnées ! répondit finalement Richard, qui en avait souvent vu dans sa jeunesse alors qu'il avait fait partie des scouts pendant 5 ans. Longitude et latitude ! Ces sont les coordonnées précises d'un endroit ! Attends, laisse-moi vérifier ! dit-il en sortant son téléphone intelligent.

— Tu peux trouver où c'est?

— Oui, j'ai une application GPS pour ça. Voilà, c'est là ! C'est... C'est dans le Sud des États-Unis ! À proximité d'une petite ville en Alabama ! Bon sang.... Alors... Alors Dieu aurait gravé une coordonnée sur mon âme pour me guider jusqu'à elle ?!

— Je sais que c'est difficile à croire, mais...

— C'est impossible, tu veux dire ! Non ! C'est trop dément ! Je ne peux pas croire que je suis en train de me faire embarquer dans cette histoire de dingue !

— Richard, je ne suis pas un charlatan ! Et je sais ce que j'ai vu ! Écoute, nous ne savons pas pourquoi cette jeune fille est retenue captive, ni qui la détient, mais je sais que Dieu t'a choisi pour la sauver ! Je l'ai senti ! Alors, mon ami, te sens-tu prêt à accomplir ton destin ?

— Je... Bordel ! C'est cinglé !

— Oui ! Mais je crois que ça vaut le coup d'essayer !

— Nom d'un chien…

— Allez Richard ! Il faut me croire !

— Bon sang… Et puis merde ! Comme tu l'as dit, qu'est-ce que j'ai à perdre après tout…

Chapitre 9

14 heures avant Alicia

La belle Irsilda, portant un uniforme d'infirmière, se déplaça à travers le corridor menant à la morgue en tentant de ne pas trop attirer l'attention. Tout en marchant, elle essaya de s'orienter discrètement avec le plan du bâtiment que Travos, leur « intello » de service au quartier général, avait réussi à trouver sur internet.

À ses côtés, également vêtu d'un uniforme bleu pâle, la suivait Kevin, une nouvelle recrue qui s'était enrôlé dans les Protecteurs six mois plus tôt. Ce dernier, un jeune prêtre blanc athlétique ayant fière allure, dans la mi-trentaine, aux cheveux noirs coiffés sur le côté, était en mission humanitaire en Afrique lorsqu'il avait rencontré l'équipe pour la première fois. Ceux-ci avaient dû intervenir afin d'appréhender un sorcier Voodoo qui opérait dans le village où il se trouvait. Témoin de l'intervention, l'aventurier, qui cherchait à tout prix le moyen de faire une différence, s'était rapidement porté volontaire dans cette lutte contre la Mal. N'étant pas familier avec les armes, il dût toutefois redoubler d'effort afin d'apprendre à se battre. Mais rapidement, il démontra un grand potentiel, le poussant ainsi à participer à sa première vraie tâche sur le terrain.

— Nous y sommes presque, envoya Irsilda à Tom par sa mini radio dissimulée dans son oreille. La morgue devrait se trouver sur notre gauche.

— Très bien! répondit ce dernier, positionné un peu plus loin, sous l'apparence d'un médecin. Comme je l'ai mentionné plus tôt, nous resterons en « stand-by ». S'il y a quoi que ce soit qui cloche, n'hésitez pas à nous appeler!

— Est-ce que tu serais inquiet, chéri?

Tom se contenta de répondre d'un léger rire, avant de replacer sa manche qui s'était relevée légèrement, dévoilant ainsi son système Chester. En effet, après avoir prouvé son utilité dans la grotte irakienne, l'arme inventée par Barry Chester, qui consistait en un système fixé sur l'avant-bras pouvant lancer deux jets d'eau bénite et muni d'un pic rétractable, avait désormais été adoptée par tous les Protecteurs.

Une fois l'arme dissimulée, il leva les yeux vers son acolyte, Tucker, un petit chauve musclé à la peau foncé, qui était également vêtu d'un sarrau blanc. Celui-ci, qui s'était foulé la cheville lors du saut en parachute en Irak avant d'affronter la bête, était heureux que son chef lui fasse encore confiance pour l'accompagner sur le terrain. Même si tous savaient qu'il ne s'était pas blessé intentionnellement, trois ans plus tôt, le jeune téméraire attendait avec impatience l'occasion de se racheter.

Plus loin, Yohanda, en concierge, resta également aux aguets tout en passant la vadrouille avec un autre nouveau venu, Wallas. Ce grand blond mince au long nez et à la pomme d'Adam proéminente, était un ancien membre des SAS Britannique qui, lors d'une mission au Moyen-Orient, bien avant l'assaut du mal sur Winslow, avait fait la rencontre d'un vampire. En fait, par le plus grand des hasards, le démon, qui avait massacré tout son peloton, faisait partie du même groupe de vampires que celui qui avait attaqué Tom et Daniel, en Irak, avant que ceux-ci ne rejoignent les Protecteurs. Tout comme ces deux derniers, après avoir survécu de peine et de misère à l'attaque de la chose, il s'était mis à enquêter sur ce qu'il avait vu. Une quête qui avait nécessité plusieurs années avant de connaître enfin la vérité, lui prouvant ainsi qu'il n'était pas totalement cinglé.

— On y est, poursuivit Irsilda. Nous allons entrer maintenant.

— Vu ! Travos, brouille les caméras !

— C'est fait ! répondit le « hacker » de son accent russe, encore au refuge à des kilomètres de là.

Sur ces mots, tous s'immobilisèrent, prêt à intervenir en cas de besoin. À ce moment, Tom se demanda comment sa femme avait bien pu réussir à le convaincre d'y aller en premier au lieu de lui.

Mais cette dernière, qui n'avait pas eu l'occasion de participer à une mission depuis un moment, n'aurait jamais voulu lui céder sa place.

En passant la porte de la morgue, Kevin figea net en tombant face à face avec un médecin en train de finaliser un dossier. Mais pour sa part, la belle latino fonça directement vers lui.

— Ah bonjour ! Désolée, je suis nouvelle et je crois que je me suis perdue. Peut-être pourriez-vous me dire où se trouve…

Mais avant même de terminer sa phrase, dès qu'elle se trouva à proximité, Irsilda enfonça une seringue contenant un puissant sédatif dans le cou du docteur. Le pauvre, qui était hypnotisé par la beauté de la femme, s'évanouit presqu'aussitôt sans avoir le temps de dire quoi que ce soit.

Rapidement, cette dernière sortit le dossier piraté par Travos afin de trouver à quel endroit les corps infectés par Orzel avaient été placés. Dès qu'elle reconnut un numéro, elle ouvrit le grand tiroir pour dévoiler le corps réfrigéré. À son grand malheur, le premier qu'elle découvrit fut le jeune garçon, Antoine. La mère de famille se figea un moment à la vue du petit cadavre mutilé.

— Je… Je peux le faire si…, s'offrit Kevin, conscient de la situation.

— Ça va, merci ! Je… Je vais le faire…

Ne voulant pas perdre la face devant la recrue, la doyenne du groupe empoigna fermement son couteau anti-armark, créé par leur ingénieur de service. Elle pressa d'abord l'interrupteur servant à libérer le propane contenu dans la poignée, pour ensuite mettre en marche l'allumeur. Lorsque la lame s'enflamma, elle se prépara à faire son devoir. Elle serra donc les dents et leva son poignard de feu. Mais malgré toute sa volonté, elle ne put s'empêcher de superposer le visage de son fils sur celui du pauvre Antoine. Son corps se figea littéralement et elle fût incapable de rabattre son arme.

Immobile devant le cadavre du petit garçon, Irsilda prit une grande inspiration afin de reprendre le contrôle de ses membres. Après un bref moment, son bras semblait enfin vouloir coopérer quand tout à coup, la faisant atrocement sursauter, Antoine ouvrit ses paupières d'un coup sec. En voyant les deux yeux complètement noirs, celle-ci se crispa de nouveau, donnant ainsi le temps à l'armark de se relever rapidement et de bondir sur elle. Sous la force du monstre, la guerrière s'effondra au sol avec ce dernier.

Alors qu'elle lui retenait le menton avec ses mains pour l'empêcher de la mordre, Irsilda remarqua deux longs crocs se mettre à pousser de chaque côté de sa bouche. Et en moins de trois secondes, celle-ci prit la forme de celle d'une araignée. Tout en étant témoin de l'affreux spectacle, la femme se fit asperger le visage de bave gluante et puante. Malgré tout, elle s'efforça de maintenir son adversaire à distance afin de ne pas être infectée.

Rapidement, Kevin, se souvenant de ses leçons sur sa formation de Protecteurs, décapsula une fiole d'eau bénite et arrosa le derrière de la tête d'Antoine. Comme il l'espérait, le liquide lui infligea une douloureuse brûlure, le forçant à se relever. Irsilda profita aussitôt de l'ouverture et poignarda le démon, sans hésitation cette fois, de plusieurs coups à la poitrine à l'aide de son couteau toujours enflammé. L'armark hurla farouchement avant s'effondrer au sol, immobile.

Cependant, dès que le cadavre d'Antoine reprit une forme humaine, trois autres tiroirs s'ouvrirent, laissant échapper le reste de la famille transformée. Maude bondit alors devant eux, tandis que Paul et Anna grimpèrent au plafond pour venir les encercler.

Sans perdre de temps, Irsilda leur exposa son crucifix afin de les empêcher d'approcher. Kevin l'imita aussitôt et les deux Protecteurs, dos à dos, tentèrent du mieux qu'ils purent de les repousser.

— Tom ! appela ensuite la femme. Tom, ça chauffe un peu ici !

— Comment ?! répondit-il en sentant son cœur se crisper.

— Ils se sont réveillés… Et ils nous encerclent !

— Retiens-les ! J'arrive tout de suite !

En entendant sa femme par l'oreillette, le chef abandonna son rôle de docteur discret et fonça à vive allure vers la morgue. Tucker, qui s'était foulé la cheville en Irak, le suivit de près, sans toutefois pouvoir rivaliser avec la vitesse du Chevalier de Dieu.

Sans hésiter une seconde, Tom entra dans la pièce et se rua vers la femme-armark. Dès qu'il fût à proximité, il actionna son système Chester, lui envoyant ainsi une giclée d'eau bénite au visage pour la distraire. Puis, il dégaina son poignard de flammes tout en la plaquant violemment au sol. Et en moins d'une secondes, il transperça le cœur de Maude.

Kevin, le prêtre athlétique, profita de cette diversion et lança son couteau en feu en direction du père devenu démon. Par chance, la lame lui brûla une main, le faisant ainsi décrocher du plafond. Tucker, qui venait de faire son entrée, en profita donc pour s'approcher de Paul, qui se relevait déjà, et le poignarda dans le dos, éliminant ainsi son premier démon.

Peu de temps après, Yohanda et Wallas, l'ancien SAS, pénétrèrent à leur tour dans la morgue. En voyant la pièce se remplir de chasseurs, la fillette blonde aux traits sataniques, toujours au-dessus d'eux, se déplaça à quatre pattes vers une trappe d'aération. Et avant que l'un d'entre eux ne puisse intervenir, elle arracha la grille et se glissa dans le conduit.

— Eh merde! lança Yohanda en la voyant disparaître.

Rapidement, ce dernier rebroussa chemin et se dirigea vers la pièce d'à côté, espérant arriver à l'intercepter. Wallas, le suivit aussitôt. Cependant, dès que les hommes arrivèrent dans l'autre salle, ils entendirent le claquement des griffes de l'armark se poursuivre plus loin. Sans hésiter, ils prolongèrent leur course.

Bientôt, les témoins autour se questionnèrent en voyant les deux concierges, totalement paniqués, courir de pièce en pièce tout en bousculant toutes les personnes qui se dressaient sur leur chemin.

Par chance, le conduit se rétrécissait au-dessus de la chambre d'un patient, forçant ainsi la fillette à sortir pour poursuivre sa fuite. À l'instant où elle atterrit au sol, Yohanda passa la porte en dégainant un pistolet muni d'un silencieux.

En le voyant, Anna, la dernière armark de la famille, se dissimula derrière un vieil homme assis dans son lit, qui semblait totalement terrorisé entre la fille au visage démoniaque et l'homme armé.

N'ayant pas de ligne de tir, Yohanda se contenta de pointer son canon vers l'avant, empêchant ainsi Anna de s'évader. Se sentant prise au piège, elle attrapa une chaise à proximité et la lança dans la fenêtre derrière. Tel qu'elle l'espérait, la vitre se fracassa sur le coup, lui créant ainsi une route de repli. Sans hésiter, elle bondit par l'ouverture.

Cependant, en s'exécutant, elle s'exposa quelque peu à Yohanda, qui en profita pour lui expédier une balle. Cette dernière alla se loger dans l'une de ses jambes. Conscient que son attaque n'était pas mortelle, il se dit que cela allait au moins la ralentir un peu.

Rapidement, il accourut à son tour près de la vitre cassée. En arrivant, il aperçut Anna s'écraser durement sur un sous-toit à une quinzaine de mètres plus bas. Réalisant que sauter d'une telle hauteur lui serait fatal, il chercha un moyen de continuer sa poursuite. Il remarqua alors un conduit de chauffage fixé au mur extérieur à l'aide de supports de métal, à un peu moins de deux mètres de lui.

Poussé par l'adrénaline, il rengaina son pistolet derrière son dos et grimpa sans réfléchir sur le rebord de la fenêtre. Mais une fois face au vide, le barbu ne put s'empêcher de remettre en question son plan plutôt téméraire. Le conduit lui sembla alors beaucoup plus loin que prévu et l'autre toit en-dessous bien plus haut, d'autant plus qu'il lui était impossible d'atteindre l'échelle improvisée sans sauter pour l'attraper. Il réalisa à ce moment que s'il manquait son coup, ce serait la mort assurée.

Cependant, lorsqu'il vit l'armark se remettre déjà en marche, cela lui redonna la dose de courage dont il avait besoin. Il ne pouvait laisser ce démon s'échapper pour ainsi tuer d'autres gens, et surtout collecter leurs âmes. Le cœur battant à tout rompre, il serra les dents et se propulsa de toutes ses forces dans le vide, les deux bras vers l'avant. Il en poussa même un cri afin de maximiser l'effort. Par chance, il atteignit aussitôt l'un des supports métalliques.

Néanmoins, sa main gauche glissa sur la prise gelée. Par miracle, trois de ses doigts à droite réussirent à s'accrocher pour le soutenir. Sentant qu'il ne pourrait rester longtemps ainsi, il se dépêcha de poser ses pieds sur quelque chose de solide et de remonter sa main libre. Une fois qu'il se sentit en contrôle, il entreprit sans attendre sa descente.

— Nom d'un chien ! se dit Wallas en voyant son partenaire exécuter sa cascade. Il est complétement cinglé ce type !

Lorsqu'il arriva enfin à une hauteur raisonnable, Yohanda se jeta sur la mince couche de neige un peu plus bas. Après une roulade au sol, il se releva juste à temps pour voir Anna disparaître au bout du second palier. Sans réfléchir, il courut à toute vitesse jusqu'au rebord. La créature, qui venait d'atterrir dans une ruelle, leva alors ses yeux noirs vers son poursuivant. Celui-ci chercha rapidement un moyen d'aller la rejoindre sans se fracasser une jambe. Il remarqua bientôt un imposant banc de neige un peu plus loin. Jugeant que cela devrait suffire à amortir sa chute de la hauteur où il se trouvait, il fonça dans sa direction et se lança à nouveau dans les airs. Comme il l'espérait, ses jambes s'enfoncèrent dans la poudre blanche, atténuant ainsi la douleur de son saut de près de cinq mètres.

En le voyant faire, Wallas se dit qu'il devait en faire autant afin d'épauler son acolyte. Il grimpa donc sur le rebord de la fenêtre et se tourna vers l'échelle improvisée. Cependant, lorsqu'arriva le moment de bondir vers le conduit, sa crainte des hauteurs prit le dessus et il se sentit incapable de reproduire cet exploit. Il rebroussa donc chemin et accourut vers les escaliers.

Remarquant Anna filer à toute vitesse, le colosse s'extirpa de la neige avant de se remettre en marche. Réalisant que la chose allait beaucoup trop vite pour lui, il tenta de trouver une alternative. Par le plus grand des hasards, en tournant un coin, il vit tout près de lui un homme en train de déverrouiller sa voiture grise stationnée. Yohanda se précipita donc vers lui tout en dégainant son arme.

— Donne-moi tes clés! lui ordonna-t-il en lui pointant son canon.

— Quoi?

N'ayant pas le temps de discuter, le barbu lui arracha ses clés et le poussa durement de son autre bras. Puis il s'installa au volant et démarra le moteur. À peine celui-ci venait-il de commencer à tourner que déjà le conducteur avait embrayé en marche avant. Il pressa ensuite l'accélérateur et alla rejoindre la route menant au parking souterrain, où il avait vu la petite blonde pour la dernière fois.

— Yohanda, où es-tu? demanda Tom par radio.

— Elle se dirige vers le stationnement souterrain!

— Lequel?! Est-ce que tu vois un numéro?!

Mais ce dernier était beaucoup trop concentré sur sa poursuite pour en divulguer davantage. Il se contenta seulement de rouler plus vite avant que le nouveau sbire d'Orzel ne lui échappe.

Il fut alors ravi lorsque ses phares éclairèrent enfin la silhouette de la fillette qui filait à quatre pattes sur le trottoir. En la voyant, il appuya à fond sur la pédale des gaz et tenta de réduire au maximum la distance qui les séparait. Tout en s'exécutant, il baissa la vitre de sa portière et passa son bras gauche, tenant son pistolet, à l'extérieur. Lorsqu'il fut à porter de tir, Yohanda actionna la détente. Par miracle, sa troisième balle alla se loger en plein derrière la tête d'Anna, qui s'effondra à l'impact en roulant plusieurs fois sur elle-même.

Toutefois, à l'instant où il toucha sa cible, une autre voiture sortant du stationnement le frappa de plein fouet du côté passager. Le choc fut si brutal qu'il lui fit perdre ses esprits quelques instants. Mais à peine quelques secondes plus tard, le colosse revint à lui. Il ouvrit aussitôt sa portière encore intacte, tout en se secouant la tête. Puis, malgré une intense douleur au cou, il s'efforça de se mettre sur pied.

— Ça va? lui demanda l'autre conducteur. Désolé, je ne vous ai jamais vu arriver! Dites, est-ce que vous allez bien?

Mais Yohanda ne répondit pas et se concentra plutôt à retracer le démon qu'il pourchassait. Quand il finit enfin par l'apercevoir en train de se relever, il oublia sa douleur et se remit en chasse.

L'autre homme, laissé seul avec les deux véhicules accidentés, regarda le barbu courir en se demandant ce qui lui prenait de se sauver de la sorte. Mais comme il se préparait à le poursuivre, il remarqua le pistolet dans la main du juif et décida d'en rester là.

À peine Yohanda venait-il de se mettre en mouvement que la chose disparaissait déjà dans le parking souterrain. Heureusement, elle laissait une importante trace de sang jaunâtre, qui lui permit de suivre sa piste.

Mais une fois arrivé au stationnement, les tâches jaunes s'arrêtèrent complètement d'un seul coup. Yohanda observa donc les alentours, sans toutefois entrevoir quelque chose de suspect.

Seul dans ce grand lieu silencieux, à bout de souffle et le cœur battant la chamade, il se questionna sur ce qu'il devait faire maintenant. Il songea alors à prévenir le reste de l'équipe qu'il avait perdu la trace de l'esclave d'Orzel quand tout à coup, une goutte de sang tomba à côté de lui. Il leva aussitôt les yeux juste à temps pour voir Anna, qui était accrochée au toit de béton, lui bondir dessus. Il n'eut cependant pas le temps de réagir que déjà la créature l'écrasait contre le sol.

Une fois sur lui, elle balaya rapidement son pistolet du revers de la main. Puis, elle ouvrit sa monstrueuse gueule et se pencha pour l'infecter. Mais au dernier instant, Yohanda se protégea avec son avant-bras. Les crocs du démon se rivèrent heureusement sur son système Chester. Toutefois, sa mâchoire broya son arme, la rendant inopérante.

Incapable d'atteindre son couteau anti-armark, le juif pensa au pendentif de l'étoile de David à son cou. Il l'attrapa donc et le plaqua sur la joue de son assaillante. Comme il le souhaitait, son symbole représentant le Bien la brûla en la touchant. Cette dernière se releva la tête aussitôt en hurlant de douleur.

Néanmoins, folle de rage, la chose l'agrippa au collet et le propulsa violemment contre le pare-brise d'un VUS rouge stationné plus loin. Dès l'impact, qui lui coupa littéralement le souffle, la vitre craquela entièrement, sans toutefois se casser. Malgré la douleur, le pauvre n'eut pas le luxe de se remettre que déjà la petite blonde à la bouche d'araignée bondissait dans sa direction. En la voyant se ruer vers lui, il roula instinctivement en bas du capot.

Une fois au sol, il réussit enfin à prendre une inspiration. Mais sachant que la créature allait lui tomber dessus d'un moment à l'autre, il ne put en profiter longtemps et se dépêcha de ramper sous le véhicule. Tout en se dissimulant, Yohanda remarqua son pistolet, qui avait glissé au centre de l'espace de stationnement libre entre le 4x4 sous lequel il se trouvait et l'autre voiture stationnée plus loin. Il décida donc de poursuivre son chemin à plat ventre en visualisant son arme de poing. Il avait presque traversé de l'autre côté du VUS lorsqu'il sentit soudainement une petite main griffue lui agripper la cheville. Heureusement, avant que l'armark ne le ramène vers elle, le barbu eut le réflexe de placer son autre pied contre l'essieu et poussa en sens inverse. Sa manœuvre lui laissa ainsi un peu de temps. Toutefois, comme le pistolet était encore hors de portée, le juif comprit qu'il devait au plus vite trouver quelque chose pour se sortir de cette impasse, sachant qu'il ne pourrait rivaliser encore très longtemps contre la force du démon qui animait la fillette.

Alors que la panique commençait à l'envahir, une idée lui traversa l'esprit. Il attrapa donc son couteau spécial et pressa l'allumeur. Lorsque la lame prit feu, il le lança vers son assaillante. Effrayé par le seul élément qui lui était vital dans ce monde, l'armark le lâcha sur le champ et se recula en grognant.

Yohanda en profita pour se pousser vers son pistolet. Dès qu'il glissa suffisamment loin pour réussir à mettre la main dessus, il se releva en position assise et envoya quelques balles vers la chose encore penchée sous la voiture, qui était en train de contourner le poignard enflammé au sol. Les plombs la blessèrent temporairement, donnant ainsi un peu de temps au colosse marocain pour trouver une solution plus efficace.

Soudain une idée de génie lui traversa l'esprit. Il tira donc sans attendre en direction du réservoir d'essence. Comme il l'espérait, le liquide hautement inflammable s'écoula aussitôt par les trous qu'il venait de créer, avant de couler en direction de l'arme anti-armark toujours en fonction. Dès que le gaz entra en contact avec la source de chaleur, il s'enflamma à toute vitesse, faisant ainsi exploser la voiture. Heureusement, juste avant, Yohanda eut le temps de se reculer pour ne pas être affecté par le souffle et la chaleur.

Tout en soupirant, Yohanda regarda le véhicule brûler, convaincu que s'en était fini pour la créature. Il s'apprêtait à avertir les autres quand tout à coup, à son grand regret, Anna lui réapparut, couverte de flammes, en hurlant de douleur. L'homme se prépara alors à passer à l'action lorsque Tom, qui avait été guidé par le bruit de l'explosion, arriva à une vitesse surhumaine. Ce dernier, conscient que son statut de Chevalier de Dieu allait lui permettre de guérir rapidement d'une brûlure, fonça directement vers la fillette en feu et mit enfin un terme à son existence à l'aide de sa dague particulière anti-armark.

— Ouf, s'en était moins une ! souffla Yohanda en regardant le petit corps inerte au pied de son ami continuer de se consumer.

— Ça va, mon vieux ?

— Ouais. Ça n'a pas été facile ! Je crois bien que je vais m'en ressentir demain matin.

— T'es complètement cinglé ! Wallas m'a dit que tu avais sauté du toit !

— Disons que je n'ai pas réellement réfléchi.

— Nom d'un chien ! T'es un vrai malade ! Tu n'as rien au moins ?

— Non, ça va.

— Tom, où es-tu ? les coupa Irsilda sur la radio.

— C'est bon, chérie ! On l'a eue. Yohanda, le cascadeur, a réussi à la rattraper.

— Ouf ! Est-ce tout le monde va bien ?

— Oui, on est OK.

— Merci Seigneur ! Tom, il ne faudrait pas trainer ici. J'entends déjà les sirènes de police.

— En effet ! Les autres sont avec toi ?

— Oui.

— Bien, filez ! On se rejoint au refuge plus tard !

— D'accord ! À plus tard ! Soyez prudent !

Sur ces mots, Tom et Yohanda, qui boitait légèrement, s'éloignèrent sans perdre de temps de la voiture en feu.

Chapitre 10

Alicia

Lorsque Richard immobilisa sa voiture de location bleue en face de la vieille maison, en très piteux état, isolée de 10 kilomètres environ d'un petit village quelque part en Alabama, il regarda d'un air songeur Hugo, sur le siège du passager.

— C'est ici que mène la coordonnée, mais…

— C'est ici ! Je le sens ! On est au bon endroit ! affirma le médium.

— J'ai un peu de difficulté à croire qu'il y ait quelqu'un dans ce taudis. Il n'y a même pas de véhicule alentour. Cette cabane est abandonnée !

— Il y a quelque chose ici qui dégage un important pourvoir spirituel. J'arrive à le ressentir.

— Ouais ! Bon… En tout cas, au moins, il fait beau et chaud ! Si je suis venu pour rien, je me serai au moins évadé pendant un temps du froid hivernal. Et maintenant… On cogne à la porte et on leur demande s'il n'aurait pas une jeune fille en captivité, par hasard?

— Je vois que tu as pensé à tout, répondit sarcastiquement Hugo. Écoute Richard, je sais que tu es encore sceptique à mon égard et que tu te demandes réellement ce que tu fais ici en ce moment. Mais je te jure qu'il y a quelque chose ici de… Comment dire… D'inhabituel !

— Bon, d'accord. Faisons le tour discrètement et tentons de vérifier par les fenêtres si l'on ne verrait pas quelque chose de suspect.

— OK ! Ça me va !

Sur ce, le grand mince roux et le petit grassouillet à la couronne de cheveux relativement longs sortirent de l'auto en portant une attention particulière afin de refermer doucement leurs portières. Ils entreprirent ensuite leur patrouille de reconnaissance en marchant dans la cour extrêmement mal entretue. Tout en regardant subtilement par les carreaux crasseux du domicile, qui semblait abandonné depuis longtemps, les deux hommes tentèrent de discerner le moindre mouvement. Après avoir fait le tour complet, ils en conclurent que l'endroit était totalement désert. Ils décidèrent donc, après un moment d'hésitation, de se risquer à inspecter l'intérieur.

Lorsque Richard poussa la porte, qui n'était pas verrouillée, un bruyant grincement le fit hésiter à poursuivre son avance. Malgré cela, il posa doucement son pied sur le plancher de bois, qui craqua à son tour sous son poids. Il s'immobilisa aussitôt et prêta l'oreille pour vérifier si son entrée avait alerté quelqu'un. Même s'il était certain de ne rien trouver ici, il se surprit à se sentir nerveux de pénétrer par infraction dans le domicile.

Après un moment de silence, excepté le bruit des nombreuses mouches qui virevoltaient à l'intérieur, le rouquin continua de marcher. Hugo, qui le suivait de près, passa à son tour le seuil.

Ces derniers se retrouvèrent aussitôt dans une cuisine à donner des nausées. Ici et là sur la table, le comptoir et le lavabo traînaient de la vaisselle sale et des morceaux de nourriture exposés aux insectes volants. De plus, une odeur nauséabonde de pourriture planait dans toute la pièce. Et pour en rajouter, Richard remarqua des coquerelles courir se cacher dans des trous du mur à toute vitesse.

— Regarde! lui pointa soudainement Hugo en chuchotant. Il y a de la nourriture fraîche malgré tout. Alors quelqu'un est passé ici il n'y a pas si longtemps.

Richard hocha la tête pour signaler qu'il avait compris. Ce léger détail le rendit alors plus anxieux qu'il ne l'était déjà et il se demanda un instant s'il allait persister à inspecter les lieux. Malgré cela, ses jambes continuèrent d'avancer lentement vers le corridor devant.

Tout à coup, comme il tournait un coin, il tressaillit intensément en tombant nez à nez avec un homme étrange d'une imposante stature. Ce dernier, aux longs cheveux bruns, portant une salopette de jeans défraîchie qui couvrait une partie de son torse nu, se tenait debout tout en le fixant silencieusement. Mais ce qui effraya Richard à ce point fut que celui-ci portait un vieux masque en cuir usé arborant les traits du diable.

En le voyant, le rouquin figea net devant ce personnage insolite, incapable de laisser s'évader le moindre mot. De son côté, l'individu masqué demeura également immobile tout en continuant de le dévisager d'un regard agressif. Soudain, alors que Richard songeait à rebrousser chemin au plus vite, le grand muet se rua vers lui sans prévenir.

Dès qu'il bougea, Richard se retourna et se mit à courir vers la porte d'entrée. Mais à peine avait-il eu le temps de faire deux pas que le colosse l'avait déjà rattrapé. En arrivant à sa hauteur, ce dernier le poussa sauvagement en grognant de rage. Le pauvre homme se fit alors précipiter douloureusement contre le comptoir. Mais comme si cela ne suffisait pas, l'immonde personnage se mit à le ruer sauvagement de coups de poing. Or, le roux réussit tout de même à se protéger le visage à l'aide de ses avant-bras. Mais il se demanda combien de temps il allait pouvoir encore soutenir ces violentes attaques qui s'enchaînaient sans aucun moment de répit.

Heureusement, Hugo arriva derrière l'enragé en lui fracassant une vieille chaise en bois sur le dos. Celui-ci s'arrêta alors de frapper son acolyte et se retourna rapidement vers lui. Et avant qu'il n'ait le temps de l'éviter, l'étranger lui envoya un solide coup de poing en plein sur le nez. Le pauvre médium s'effondra aussitôt par terre.

Néanmoins, cette distraction permit à Richard de mettre la main sur un vieux couteau à steak abandonné sur le comptoir. Sachant qu'il devait agir au plus vite s'il ne voulait pas passer à tabac, dès que le costaud lui fit face à nouveau, il lui planta son arme blanche dans la seule ouverture disponible, c'est-à-dire en plein visage. Lorsque la lame pénétra d'abord son masque, pour ensuite s'enfoncer profondément dans sa joue, le fou furieux recula enfin de quelques pas. Toutefois, il ne lui fallut que quelques secondes pour l'arracher déjà de son visage, le lancer derrière et attraper un impressionnant hachoir rouillé qui était posé à sa portée sur la table.

Ainsi, en face de ce grand maniaque armé, dont le sang ruisselait maintenant abondamment sur le menton et le torse, lui donnant un aspect encore plus terrifiant, Richard se sentit complètement désemparé. Que pouvait-il faire face à ce puissant adversaire déterminé à le massacrer?

Malgré tout, lorsque le psychopathe se rua vers lui, Richard attrapa à temps une poêle en fonte posée sur la cuisinière et bloqua de justesse le puissant coup de hachoir. Même si le liquide graisseux que contenait son bouclier improvisé coula sur lui, il ne se laissa pas déconcentrer et s'efforça de parer une seconde attaque.

Fou de rage en voyant que ses coups étaient inefficaces, le masqué fonça sans réfléchir vers son adversaire et le plaqua de toutes ses forces. Sous le puissant impact, le rouquin alla s'écraser contre un mur de vieilles planches un peu plus loin, qui séparaient la cuisine du salon. Celles-ci cédèrent aussitôt sous son poids. Une fois qu'il eut carrément passé au travers, Richard perdit l'équilibre et tomba finalement au sol.

Sans attendre, le colosse tenta une nouvelle fois de l'atteindre de son hachoir, mais étrangement, il rata complètement sa cible, comme si quelque chose l'avait fait dévier. Le tranchant de la lame s'enfonça donc profondément dans le bois du plancher jusqu'à côté de Richard. Celui-ci, ne se posant pas davantage de questions, en profita alors pour se relever en position assise tout en envoyant simultanément un solide coup de poêle à la tête de son agresseur. Ce dernier chancela un peu, sans toutefois fléchir. Cependant, cela permit au roux de se relever debout et de lancer une nouvelle fois sa massue improvisée. À son grand soulagement, le maniaque échappa son arme et plia les jambes. Sans hésiter, Richard le frappa une troisième fois avec encore plus de rigueur. Cette fois, son assaillant tomba enfin par terre, inconscient.

— Ouf ! souffla-t-il. Seigneur ! Mais qu'est-ce que c'était que ça ?

Il fixa un moment son agresseur étendu, s'attendant à tout moment à le voir se relever. La poêle élevée, prête à être rabattue de nouveau, tremblait sans arrêt.

— Richard ? l'appela bientôt, Hugo. Richard, tu es là ?

Dès qu'il entendit la voix de son partenaire, le rouquin abandonna son poste de garde et se prépara à regagner la cuisine. Mais à l'instant où il le quitta des yeux, l'homme masqué se releva en position assise et agrippa les jambes de celui qui lui faisait dos. Pris par surprise, ce dernier poussa un cri de frayeur tout en trébuchant à plat ventre.

Aussitôt qu'il fut sur le plancher, le psychopathe commença à lui grimper dessus. Richard eut à peine le temps de se retourner que déjà le colosse lui enveloppait le cou de ses puissantes mains. En sentant l'étreinte se resserrer, le pauvre homme se mit à paniquer totalement. Il tenta de se libérer, mais sans succès. Il sentait son souffle se couper et son esprit le quitter lentement. Son seul réflexe fut alors de pousser sur le visage de l'étrangleur. C'est alors que, par le plus grand des hasards, son pouce s'inséra dans sa plaie à la joue, produite plus tôt par le couteau. En remarquant son assaillant broncher, il poussa encore plus fort pour tenter de le déstabiliser. Il le fit avec tant de vigueur que la coupure se déchira de façon impressionnante.

Pendant qu'il s'exécutait, le sang se mit à couler abondamment sur son visage. Malgré cela, il poursuivit son manège jusqu'à ce que l'étrangleur lâche enfin sa prise tout en gémissant. Richard profita de ce délai pour jeter un coup d'œil afin de dénicher quelque chose pour se défendre. Il fut alors ravi d'apercevoir le hachoir un peu plus loin. Mais avant de se déplacer pour l'atteindre, il vérifia l'état de son adversaire pour s'assurer qu'il en avait le temps. Jugeant que oui, il se prépara à se hisser lorsque curieusement, en retournant la tête, l'arme se retrouva à portée de main. Sans s'interroger, il l'attrapa et l'abattit vigoureusement en plein front. Dès que la partie coupante s'enfonça profondément, le maniaque retourna à nouveau au tapis. Mais cette fois, Richard n'en resta pas là et il le frappa encore et encore avec l'arme blanche. Lorsque le crâne fut en morceaux, l'homme, dans tous ses états, s'arrêta enfin.

Toujours à genoux, tout en respirant de façon haletante et en poussant de légères plaintes, il fixa le cadavre mutilé, son visage et son torse couverts de liquide rouge, en tentant de reprendre ses esprits.

— Nom d'un chien ! s'exclama Hugo en arrivant devant la scène d'horreur.

— Je... Je n'ai pas eu le choix... Il allait... Il allait me tuer ! Il... Il n'arrêtait pas de se relever et...

— Est-ce... Est-ce que tu es blessé ?

— Il m'a étranglé et... Si je ne l'avais pas tué, c'est lui qui l'aurait fait ! Je croyais l'avoir assommé et là, il s'est relevé et...

— Richard ! C'est bon ! Ce type était complétement cinglé ! Tu n'as... Tu n'as pas eu le choix de te défendre !

— Mais qu'est-ce que c'était que ça?! Il n'a même pas dit un seul mot! Et il a pris le hachoir et...

— Es-tu blessé?

— Non... Non, je ne crois pas... Et toi? finit-il par lui demander en remarquant son nez ensanglanté.

— Ce salaud ne m'a pas raté! Il m'a certainement cassé le nez!

— Il faut... Il faut foutre le camp d'ici! Il faut appeler la police et...

— Oh, doucement! Tu viens de tuer ce type! Tu lui as broyé le crâne! Je ne crois pas que d'appeler la police soit la chose à faire en ce moment!

— Je... Je leur expliquerai... Ils comprendront...

— Richard, il faut te ressaisir, maintenant! Personne ne croira que nous sommes venus jusqu'ici parce que j'ai perçu une coordonnée sur ton âme gravée par Dieu. Les faits sont que nous sommes entrés par infraction et avons tué le propriétaire, alors laisse tomber la police pour l'instant!

— Alors quoi?! On fout le camp sans rien dire à personne et on tente de reprendre nos vies comme si rien ne s'était passé?!

— Non, il n'est pas question de partir! Nous sommes venus jusqu'ici pour une raison. Cet enragé est la preuve qu'il y a bien quelque chose de spécial ici ! Que ce que je ressens est véridique !

— Quoi ?! Tu veux qu'on continue à chercher ?! Et s'il y en avait d'autres, des comme lui.

— Et si la fille était réellement ici, dans cette maison ! Tu veux sérieusement t'en aller et la laisser à son sort ? Tu veux vraiment continuer à vivre avec ça sur la conscience ?

— Désolé vieux, mais j'ai… Je suis venu ici en me disant qu'encore une fois, je prouverais que toutes ces histoires de surnaturel ne sont que des conneries ! Que tu n'étais qu'un imposteur comme les autres ! Mais là… Ça va trop loin !

— Quoi ? Maintenant que tu as enfin obtenu la réponse que tu attendais tant, tu comptes abandonner ? Ce n'est pas ce que j'ai lu en toi ! J'y ai vu un homme courageux, avec du cœur et…

— Et ça, tu l'as lu en moi ?! répliqua-t-il en pointant le cadavre mutilé.

— Écoute, Richard, je… Je ne te force pas à rester… Mais moi, il n'est pas question que je parte d'ici sans avoir fouillé cette baraque. Cette fille est ici, je le sens ! Et elle dégage une telle aura. Je sais que c'est ma mission d'être ici, en ce moment. Que c'est pour cette raison que j'ai reçu ce don… Alors, fou le camp si tu veux, mais moi je vais continuer à chercher. Et tant pis si j'y reste…

— Je... Je... Eh, merde! Mais tout ça, c'est complétement dingue! Putain de merde! C'est bon... OK... OK... OK, on fait le tour de cette putain de baraque. Mais dès qu'on a fini, on fout le feu à cet endroit de malheur et on part le plus loin possible d'ici!

— Ça me va, partenaire, lui dit-il en lui tendant la main pour l'aider à se relever.

Une fois sur pied, Richard, qui commençait peu à peu à reprendre ses esprits, s'essuya le visage du mieux qu'il put avec le bas de son T-shirt. Une fois qu'il eut pris quelques grandes inspirations, il se décida enfin à reprendre les recherches.

Sur le qui-vive, le hachoir encore en main, il fit le tour des quelques pièces restantes, suivi de près par Hugo, qui pour sa part tenait un long couteau de boucher. À chaque coin de mur qu'ils tournèrent, ils se tinrent prêts à faire face à un autre être ignoble. L'adrénaline dans le fond, ils poursuivirent leur avance même si leurs jambes tremblantes hésitaient à chaque pas.

Dans la première chambre à coucher, ils découvrirent sur un bureau un paquet de masques, tous aussi ignobles les uns que les autres. Reptile, démon ou encore loup-garou, tous exposaient un style gothique. Sans s'y attarder davantage, ils poursuivirent leurs recherches. Mis à part de vieux meubles, de la poussière et d'innombrables toiles d'araignée, ils ne trouvèrent rien d'autre d'alarmant. Finalement, après avoir inspecté la dernière pièce, les deux hommes ne purent que conclure qu'il n'y avait personne d'autre qui errait dans la bâtisse.

— Je ne comprends pas, laissa échapper Hugo alors qu'ils retournaient au salon. Elle n'est pas ici ! J'aurais pourtant juré que… Mais à quoi ça rime tout ça ? Pourquoi nous envoyer jusqu'ici pour… Pour affronter ce type…

— Écoute Hugo, je… Je ne sais pas quoi te dire, mais… Mais il n'y a rien d'autre ici. Je…

— Mais je le sens, Richard ! C'est juste ici ! C'est… Peut-être qu'il y a un… Un passage secret quelque part… Dans un garde-robe ou…

— Hugo, nous ne sommes pas dans un épisode de Scooby-Doo ! Un passage secret, vraiment…

— Il faut qu'il y ait quelque chose ! C'est impossible qu'elle ne soit pas ici, poursuivit-il en se mettant à longer les murs et à déplacer des meubles. Il y a forcément quelque chose qui nous a échappé.

— Hugo ! tenta de le raisonner Richard en se déplaçant vers lui.

Soudain, ce dernier s'immobilisa en passant sur un vieux tapis. Ayant senti quelque chose bouger sous ses pieds, il se recula et le releva d'un coup. Il fut alors surpris d'y découvrir une trappe menant à une cave.

— Hugo ! J'ai trouvé quelque chose !

— Quoi ? dit-il en se précipitant.

— Une trappe ! Il y a une trappe ici !

— Je le savais !

Sans attendre, Richard l'ouvrit lentement. Il fut alors étonné d'apercevoir un escalier de bois complètement éclairé, se terminant sur un sol en terre. La lumière, provenant d'une ampoule électrique, leur prouva ainsi qu'il y avait bien quelque chose sous le plancher.

Les deux hommes se regardèrent un moment en se demandant si c'était réellement une bonne idée d'y descendre. Cependant, bien qu'ils furent totalement effrayés, la curiosité l'emporta. C'est pourquoi Richard posa finalement le pied sur la première marche qui, à son grand désespoir, craqua bruyamment. Malgré cela, il serra les dents et poursuivit sa descente.

Dès qu'il en eut l'occasion, il jeta un œil dans la pièce secrète. Il remarqua aussitôt, tout au fond de ce qui semblait être un atelier d'outils, une adolescente Afro-Américaine aux cheveux courts, de belle apparence, prisonnière derrière des barreaux en fer rouillé. À première vue, cette dernière, dont la bouche était scellée d'un morceau de ruban adhésif gris, semblait être attachée à une chaise à l'aide d'une corde.

En le voyant, la fille se mit à s'agiter et à gémir, comme s'il elle tentait de dire quelque chose. En l'entendant, Hugo dévala à son tour l'escalier.

—Ah ben, merde alors! chuchota-t-il. Elle est là! Elle est bien là!

Même s'il était lui aussi très excité par cette découverte, Richard ne répondit pas et se contenta d'observer tout autour afin d'apercevoir un autre geôlier. Ne voyant personne, il se décida enfin à avancer.

— Oh, doucement, dit-il à la prisonnière tout en s'approchant. Ça va aller! Nous ne sommes pas ici pour vous faire du mal. Nous sommes venus vous libérer!

Mais malgré les mots réconfortants, la détenue se mit à se débattre davantage. Toutefois, le rouquin continua de marcher vers elle en essayant de la calmer. Lorsqu'il arriva à proximité, il remarqua que la porte de la cage était scellée à l'aide d'un impressionnant cadenas.

Trop concentré à trouver un moyen de la libérer, il ne remarqua pas à cet instant que la fille lui faisait des signes de négation de la tête. Il chercha plutôt un outil dans tous ceux accrochés aux murs ou sur l'établi en bois pour briser la serrure.

Tout à coup, le surprenant totalement, un homme, qui était dissimulé dans un coin sombre, s'avança vers lui. Celui-ci, de petite stature, au visage ignoble affreusement mince, qui arborait une chevelure foncée longue, grasse et très dégarnie, le fixa de ses yeux sombres.

En le voyant, Richard se recula en élevant son hachoir. Dès qu'il s'exécuta, l'abject personnage s'immobilisa. Mais au même instant, un autre individu sortit de l'ombre, juste derrière lui. Celui-ci, qui pour sa part portait un masque de clown démoniaque, était encore plus baraqué que celui qu'il avait eu à affronter plus tôt.

Pris en souricière entre les deux, Richard et Hugo se questionnèrent réellement sur ce qu'ils allaient bien pouvoir faire pour se sortir de là. Malgré tout, ils les menacèrent de leurs armes blanches, tentant ainsi de les maintenir à distance.

— Eh bien, je croyais que tu serais assez fort pour briser le cadenas de tes mains, finit par dire le plus petit, en anglais, tout en dévoilant d'hideuses dents pourries. Je croyais qu'un ange pourrait la libérer plus aisément que cela.

— N'approchez pas ! se contenta de le prévenir Richard dans la même langue que l'homme venait d'employer. Je vous jure que si vous approchez…

— Faisons donc un autre test. Klesius, à toi de jouer !

Sur ces mots, le grand derrière exposa une barre à clou tout en se rapprochant du roux. Ce dernier tenta alors de l'atteindre de son hachoir, mais le masqué bloqua avec vigueur l'attaque avec sa tige de fer. Malencontreusement, le couperet de Richard lui glissa d'entre les doigts et le pauvre se retrouva à mains nues. Ne lui laissant pas le temps de trouver autre chose, le grand clown éleva son bâton en métal avant de le rabattre violemment. Richard se protégea instinctivement de son avant-bras, qui se fractura douloureusement à l'impact. Et comme si ce n'en était pas assez, le maniaque retourna à la charge en le frappant une seconde fois aux côtes, ce qui le fit plier en deux. Une fois qu'il fut penché, Klesius tenta de l'atteindre une troisième fois, mais à son grand étonnement, il rata complètement sa cible. Le colosse se contenta donc d'enchaîner avec un puissant coup de pied, qui l'envoya valser au sol.

— Décevant, commenta le premier qui regardait le spectacle. Tu n'es peut-être pas celui que j'attendais, finalement. À moins que ce ne soit toi, plutôt, poursuivit-il en se tournant vers Hugo.

— Non, ce n'est pas moi ! Non, attends ! Je ne suis pas celui que…

— Vérifions ! Klesius !

Aussitôt qu'il entendit son nom, le clown sadique se dirigea vers le médium en élevant sa barre au bout de son bras.

— Non, arrêtez ! Non, ne fais pas ça ! Attends, fils de pute ! Je…

— Ce devait être plutôt moi que vous attendiez ! répondit soudainement Max, qui apparut subitement derrière le costaux.

En effet, ce dernier, une fois descendu d'avion, s'était immédiatement senti guidé vers l'endroit où la fille de ses visions était retenue captive, comme si une force spirituelle avait réussi à entrer en communication avec son esprit d'ange. Miraculeusement, il avait déniché ce lieu presqu'en même temps que Richard et Hugo. Une fois sur place, il avait perçu les cris du médium depuis l'extérieur. À une vitesse surhumaine, il était donc entré dans la maison et descendu à la cave juste à temps pour arrêter Klesius.

Le puissant soldat de Dieu attrapa alors le poignet du clown et le tordit avec une telle force surnaturelle que l'os de son avant-bras se fractura, lui faisant échapper son outil en fer. Puis, malgré le cri de douleur du gros masqué, Max l'attrapa au collet et le projeta à l'autre bout de la pièce comme s'il s'agissait d'une vulgaire poupée de chiffon. Ce dernier se riva si fort contre le mur qu'il en perdit conscience.

— Ah, voilà celui que je cherchais ! s'exclama l'autre bizarroïde, toujours en anglais. Zaro ! Murtchazori ! Zarnuit chamir kamortis zerka !

Tout à coup, contre toute attente, alors que le sorcier s'était mis à réciter cette étrange formule satanique, une crampe extrêmement douloureuse traversa le cerveau de Max. Et plus l'étranger continuait, plus la souffrance était intense. Si bien que l'ange dût se prendre la tête à deux mains en poussant de longues plaintes. Ne comprenant aucunement ce qui était en train de se produire, il ne put faire autrement que de rester là à tenter de supporter ce mal.

— Seigneur! se dit-il. Aaahhh! Qu'est-ce qui ce passe?! Aaahhh! C'est quoi cette merde?!

C'est alors que Sarah, qui avait tenté de suivre son amoureux du mieux qu'elle avait pu, fit à son tour son entrée. Bouche bée devant la scène qui se déroulait devant elle, celle-ci dégaina par réflexe son pistolet dissimulé derrière son dos. Cependant, l'hideux maigrichon lui pointa plus rapidement un impressionnant revolver et lui tira un coup en pleine poitrine. La pauvre s'effondra aussitôt au sol.

— Noooon! hurla Max.

— Ne t'en fais pas, cher ange! Tu vas bientôt la rejoindre!

Sur ces mots, le sorcier vida la munition restante sur l'être divin, l'atteignant à une jambe, au torse, au ventre, à l'épaule et à un bras. Néanmoins, malgré les plaies sanglantes, Max s'efforça à rester debout, déterminé à faire face à l'abject individu. Mais lorsque celui-ci se remit à réciter les mots démoniaques, la douleur intense, incomparable aux simples blessures par balle, refit surface.

Tout en s'exécutant, le maigrichon attrapa un long couteau à sa ceinture, dont un affreux crâne était sculpté sur la poignée. Puis, tout en continuant de parler en langue inconnue, il s'approcha de Max, totalement pris au dépourvu. Malgré tout, lorsque le sorcier tenta de percer son cœur, l'homme de Dieu réussit à temps à parer l'attaque avec sa main. Toutefois, la lame traversa celle-ci de part en part. À ce moment, une souffrance comme il n'en avait encore jamais ressentie lui brûla le membre atteint. Le pauvre ne put alors s'empêcher de pousser un long hurlement.

Mais cela n'arrêta pas son adversaire qui enchaîna aussitôt avec un second coup de son arme blanche, qui cette fois lui lacéra profondément la joue gauche. À nouveau, une douleur atroce traversa Max.

Ne comprenant pas ce qui était en train de lui arriver, l'ange blessé se contenta de reculer instinctivement. Cependant, le sorcier poursuivit son assaut et se prépara à le poignarder une nouvelle fois. Ce dernier, qui avait maintenant du mal à voir devant lui, était totalement à sa merci. Il n'arrivait même pas à saisir son épée derrière son dos.

Mais comme le répugnant personnage se préparait à en finir, Richard le bouscula juste à temps de toutes ses forces. Le sorcier alla se river brusquement contre les outils suspendus au mur et s'embrocha sur un imposant crochet en fer. La pointe de celui-ci lui perça le dos pour ensuite ressortir au milieu du ventre. En voyant la blessure mortelle, le prêtre des ténèbres comprit que ce serait bientôt la fin pour lui. Il n'eut que le temps de pousser un dernier soupir, en laissant échapper un peu de sang par sa bouche, que son âme quittait déjà son corps.

Au même moment, l'homme au masque de clown se releva difficilement. Mais à peine venait-il de faire un pas qu'Hugo lui enfonça profondément un lourd marteau, trouvé sur l'établi, derrière la tête. Le psychopathe s'effondra sur le coup.

— Sarah ! s'écria Max.

— Aïe ! Ça va ! répondit-elle aussitôt en lui exposant le plomb incrusté dans son gilet pare-balles, sous son chandail. Et toi ?! lui demanda-t-elle ensuite en le découvrant complètement ensanglanté.

— Je... Je crois que ça va aller, dit-il malgré la souffrance qu'il ressentait toujours.

Sur ces mots, les projectiles du revolver se mirent à s'extraire sans aide des plaies de l'être surnaturel, pour ensuite chutés à ses pieds sur le plancher. Peu après, les blessures commencèrent à se refermer toutes seules en moins d'une dizaine de secondes. Cependant, les lésions dues au couteau du sorcier ne semblèrent pas vouloir se guérir comme les autres.

— Putain de merde ! s'exclama Richard en voyant ce spectacle. Qu'est-ce que c'est que ça ?! poursuivit-il en se reculant.

— Ça va, doucement, le rassura Max. Je ne suis pas un démon.

— Un démon?! Comment ça, un démon?! Qu'est-ce que c'est que cette maison de dingue?!

— Vous parlez français? les interrogea alors Sarah.

— C'est... Nom d'un chien, je le sens! envoya Hugo à son tour, sans tenir compte des propos de la jeune femme. Ce puissant pouvoir spirituel qu'il dégage! C'est... C'est... C'est un ange! Un ange venu du Ciel pour nous sauver!

— Quoi?! s'étonna le rouquin. Un ange?! Mais qu'est-ce que c'est que ces conneries?!

— Écoutez messieurs, dit Max. Je ne sais pas qui vous êtes, mais une chose est certaine, vous m'avez sauvé la vie. Comment vous appelez-vous?

— Richard...

— Eh bien, Richard, je tiens sincèrement à vous remercier. Je ne sais pas qui sont ces types étranges, ni avec quelle sorcellerie leur chef a réussi à me faire ça, mais si vous ne seriez pas intervenu, je crois bien qu'ils auraient réussi à me tuer. Écoutez, je vois bien que vous semblez avoir plusieurs questions en tête en ce moment, et je dois avouer que j'en ai aussi, mais je crains que l'endroit et l'heure ne soient mal choisis. En réalité, si je suis venu ici, c'est pour sauver cette jeune femme.

— Ah ben ça.... Nous sommes également venus jusqu'ici pour elle, sans toutefois savoir pourquoi?

— Vraiment?

— Oui... En fait, c'est... C'est une histoire de dingue... Mais qu'est-ce qu'elle a de si spéciale pour qu'un... Qu'un être comme vous soit venu jusqu'ici?

— Je... Je l'ignore. Et je crois qu'il est temps d'en apprendre plus à son sujet.

Sans plus attendre, Max, dont les blessures restantes devenaient de moins en moins douloureuses, se dirigea vers la prisonnière. Celle-ci le regarda sans broncher le moindrement. Lorsqu'il arriva aux barreaux, il saisit le cadenas de sa main encore intacte et l'arracha comme s'il avait été fait de carton. Il ouvrit ensuite la cage et alla défaire ses liens. Puis, curieux de connaître enfin la réponse à sa présence ici, il enleva enfin le ruban sur sa bouche.

— Êtes-vous... Êtes-vous venu pour me sauver? demanda-t-elle aussitôt dans un français impeccable.

— Oui.

— Ah, merci Seigneur! J'ai prié, tant prié pour que quelqu'un vienne! Et vous voilà, enfin!

— Vraiment? Êtes-vous... Êtes-vous blessée?

— Non… Ils ne m'ont pas touché…

— Pourquoi… Pourquoi ces types vous ont-ils kidnappé ?

— Je l'ignore totalement !

— Vous… Vous l'ignorez ?!

— Oui, je revenais de l'école et ils m'ont attrapé par surprise… Ils m'ont embarqué de force dans un vieux van et ils m'ont enfermé ici. Ça doit faire presqu'un mois qu'ils me retiennent ici, sans me dire le moindre mot. Le seul temps où je les voyais était lorsqu'ils m'apportaient deux repas par jour, si l'on peut appeler ça de la nourriture. Ils m'amenaient ensuite à la toilette pour au final me remettre dans cette cage. Il n'y a que cet après-midi qu'ils ont agi différemment pour m'attacher à cette chaise, lorsqu'ils ont entendu du bruit à l'étage… J'ai tenté de vous prévenir qu'ils étaient cachés ici ! poursuivit-elle en regardant Richard.

— Alors vous n'avez pas la moindre idée de la raison pour laquelle vous vous êtes retrouvée ici ?

— Non ! J'ai bien cru que c'était pour me violer, mais… J'ai eu si peur…

— Alors là, je n'y comprends rien ! Pourquoi ?

— Comment se fait-il que vous ignoriez ce qu'elle a de spéciale ? demanda soudainement Hugo. Vous êtes un ange venu du Ciel pour…

— Je ne suis pas venu du paradis ! Je suis un homme… En fait, je l'étais... C'est… C'est compliqué… Mais pour être bref, dernièrement, j'ai… J'ai eu des visions… Et ce sont elles qui m'ont conduites ici… Cependant, j'ignore totalement pourquoi…

— Vraiment ? Ça alors… En tout cas, elle dégage un fort pouvoir spirituel. Écoutez, cher ange…

— Max, je m'appelle Max.

— Eh bien, Max, je suis ce qu'on peut appeler un médium. Dieu m'a donné un don et j'arrive à sentir les choses. Et ce que cette fille dégage est puissant. Pas comme vous… C'est différent… Je ne sais comment l'expliquer…

— Quoi ? demanda la prisonnière. Qu'est-ce que vous dites ? C'est quoi ces histoires d'ange et de médium ?!

— Combien étaient-ils, vos kidnappeurs ? les coupa brusquement Richard. Écoutez, tout comme vous, apparemment, je ne comprends rien à ce qui se passe en ce moment ! Mais je sais par contre que ceux qui vous ont enlevés sont loin d'être des enfants de chœur ! Alors, combien étaient-ils ?

— Je… Je l'ignore, répondit-elle. Ils portaient toujours des masques différents.

— Donc, on n'a aucune idée s'il n'y a pas un autre de ces types qui va nous tomber dessus ! Bien que je sois totalement perdu dans tout ceci, je crois vraiment qu'on devrait foutre le camp au plus vite et en discuter plus loin.

— Il a raison, Max, l'appuya Sarah. Surtout que ces hommes semblent connaître un moyen de te blesser. Allons-nous-en d'ici au plus vite !

— Bien, acquiesça ce dernier. Comment t'appelles-tu, jeune fille ?

— Alicia…

— Alicia, tu n'as plus rien à craindre, maintenant. Bon, partons !

Chapitre 11

30 minutes après Alicia

Les deux voitures de location arrivèrent bientôt dans le stationnement d'un petit motel, situé à une cinquantaine de kilomètres de l'endroit où Alicia avait été retenue captive. En route, Max avait contacté Tom par téléphone pour lui faire un compte-rendu de l'étrange situation. À son tour, le chef des Protecteurs leurs avait raconté les péripéties de la morgue. Par la suite, après s'être donnés rendez-vous le lendemain à l'aéroport, les deux soldats de Dieu étaient retournés chacun à leurs occupations. Juste avant de terminer l'appel, Tom lui avait fortement suggéré de tenir à l'œil ces deux nouveaux venus, même si l'un d'entre eux lui avait sauvé la vie.

Max avait ensuite discuté avec Henri, toujours à Rome à feuilleter les nombreux manuscrits inédits de la bibliothèque secrète. Il lui avait demandé son opinion sur ce sorcier qui avait bien failli le tuer. L'aumônier lui avait alors dit qu'à son avis, comme les démons, tout être surnaturel avait forcément un point faible en ce monde. Que si de l'eau bénite ou un symbole du Bien pouvait blesser un démon, alors en l'occurrence, une formule satanique ou une arme maudite par un prêtre du diable pourrait tout aussi bien affecter une créature de Dieu. Max et Sarah avaient évidemment trouvé l'explication du vieux sage très cohérente.

Une fois installé dans une modeste chambre, Richard, toujours sur ses gardes, remarqua que toutes les blessures du supposé ange avaient disparues. Cependant, contrairement aux plaies de balles, sa coupure au visage faite avec le couteau maudit avait laissé une légère cicatrice. Malgré toutes ses interrogations, le rouquin resta silencieux devant cet être extraordinaire. Ce fut donc le médium qui entama la conversation.

— Quelle histoire, tout ça! J'avoue que mon esprit est totalement embrouillé en ce moment! Si... Si je puis me permettre... Si vous étiez un homme, comment êtes-vous devenu ce que vous êtes?

— Comment dire? Ça va vous paraître fou, mais je vous jure que c'est la vérité. Eh bien, pour faire court, disons que le Mal, ou Satan si vous voulez, a utilisé une partie de son être pour façonner des démons dans le but de nous détruire. Une fois sur Terre, dans les corps de personnes prêtes à se sacrifier pour les accueillir, ils ont pu prendre les traits de créatures existantes sur notre planète afin d'inspirer la peur dans le cœur des hommes. Un vampire, sous les traits d'une chauve-souris, un lycan, à l'apparence d'un loup, un léviathan, ressemblant à un serpent, un armark, sous l'aspect d'une araignée et dernièrement, un aniota, ayant l'allure d'une panthère noire. Heureusement, Dieu a érigé une barrière pour leur bloquer l'accès au monde physique. Cependant, malgré cela, le diable a réussi à pénétrer dans nos lignes, pour un bref moment, le temps de rédiger un manuscrit. Avec ces pages maudites, un puissant sorcier pouvait briser les sceaux qui empêchaient les soldats du Mal de venir nous attaquer. Il faut absolument ces pages écrites avec le sang de Lucifer pour briser tous les sceaux d'un coup. Cependant, un prêtre satanique peut quand même arriver à en ouvrir un, ou deux tout au plus, avec une réplique du livre, si son pouvoir spirituel est assez fort et que la copie a été maudite avec un autre rituel. Malheureusement, cette pratique est de plus en plus fréquente. Enfin bref, lorsqu'un humain tue l'un de ces démons, il acquiert des dons divins afin de devenir un protecteur de ce monde, un soldat de Dieu. Et plus il en tue, plus il devient puissant. C'est en éliminant mon troisième démon que je suis devenu ce que je suis.

— Quoi?! lança Richard. Des démons! Des anges! Mais qu'est-ce que c'est que ce ramassis de conneries?! Je n'ai rien dit plus tôt parce que je voulais foutre le camp au plus vite de cette cabane! Mais là, non! Ça suffit les sottises! J'ai fait des recherches pendant des années pour trouver la moindre petite preuve d'une vie après la mort et là, vous me dites que je serais passé à côté de tout ça?! Non! Désolé, mais je n'y crois pas!

— Il a l'air cassé, ton bras, dit alors Max en le voyant soutenir son membre blessé. Attends, laisse-moi faire.

À ce moment, il s'avança vers le rouquin en levant la main. Richard hésita un instant, avant de finalement le laisser faire. L'ange lui prit donc doucement le membre blessé et se concentra pour utiliser son don de guérison. L'homme à la cicatrice, qui le regardait s'exécuter avec beaucoup de méfiance, fut bientôt des plus étonnés de sentir la douleur de sa fracture s'estomper peu à peu. Une fois qu'il eut fini, Max fit de même avec ses deux côtes brisées. Lorsque Richard fut complètement rétabli, en un temps record, le sceptique ne put que se rendre à l'évidence ; l'homme devant lui était un être miraculeux.

— Alors, c'est vrai ? Tout est vrai ? finit-il par dire.

— Toi, qui demandais un signe de Dieu, tu es bien servi maintenant ! commenta Hugo.

— Bon sang ! Mais… Mais si tout est vrai, que faites-vous ici ?

— Comme je le disais, dernièrement, j'ai eu des visions d'Alicia, prisonnière, qui m'ont menées jusqu'ici… Mais sans réellement savoir pourquoi ! Et vous, c'est quoi votre histoire ?

Comme Richard était encore trop ébahi par tout ça, ce fut Hugo qui leur raconta tout le cheminement qui les avait mené jusqu'à la vieille maison et ses trois psychopathes. Durant le récit, Sarah et Max semblèrent tout aussi étonnés que pouvait l'être le rouquin en apprenant la vérité à propos d'un message codé dans l'esprit de celui-ci. N'ayant malheureusement pas davantage d'éclaircissement sur la raison de sa quête, l'ange se tourna ensuite vers Alicia, assise sur le lit, qui écoutait tous ces dires, plus cinglés les uns que les autres.

— Quel âge as-tu ?

— J'ai 17 ans.

— Est-ce que tes parents habitent dans le coin ?

— Je suis orpheline. Mes parents m'ont apparemment abandonné, pour une raison que j'ignore, à un couvent tout près d'ici. C'est là que j'ai grandi, élevée par de très gentilles religieuses. Elles ont entièrement subvenu à mes besoins et je n'ai jamais manqué de rien. Elles m'ont fait l'école jusqu'à l'âge de 12 ans. Elles m'ont même apprise quatre langues, dont le français. Puis, j'ai fait mes études au lycée, comme n'importe quelle fille de mon âge... Écoutez, si toutes vos histoires de dingues sont vraies, alors il est évident que vous cherchiez à savoir pourquoi Dieu vous a tous guidé jusqu'à moi. Mais je vais être honnête, je n'en ai pas la moindre idée ! Je ne sais pas pourquoi ces types m'ont kidnappé... Je... Je n'ai rien d'exceptionnelle ! Je n'ai pas de dons comme vous ! Je... Je... Je veux seulement retrouver ma vie !

— OK, doucement, la consola Sarah en la prenant dans ses bras. Nous savons que ce que tu as vécu a été très dur. Mais tu n'as plus rien à craindre maintenant.

— Écoutez, Alicia, enchaîna Hugo. Je sais que vous êtes épuisée, mais si vous le permettez, je pourrais peut-être trouver la raison de votre kidnapping. Comme je l'ai expliqué plus tôt, je peux percevoir des choses que les autres ne voient pas. Alors, si vous me le permettez, je pourrais tenter de lire en vous pour vérifier si je ne trouverais pas un petit quelque chose.

— Je… Oui… Si vous voulez…

— Bien, tendez-moi vos bras.

Le médium posa alors ses mains sur la peau foncée de la jeune femme, encore sous le choc de toute cette histoire. Puis il ferma les yeux et se concentra en silence. Tous le regardèrent s'exécuter sans dire le moindre mot, attendant impatiemment le verdict. Après un moment, Hugo lâcha Alicia, ouvrit les yeux et la fixa d'un air stupéfié.

— Quoi ?! le questionna aussitôt Max.

— Le pourvoir spirituel que j'ai ressenti ne venait pas d'elle, mais… Mais de son bébé ! Alicia, tu es enceinte !

— Comment ? répliqua-t-elle. Mais… Mais c'est impossible ! Je suis… Enfin… Je suis encore vierge !

— Ah, Seigneur ! s'exclama l'ange.

— Ce n'est pas vrai ! commenta à son tour Sarah.

— Alors là, cette journée va de mieux en mieux ! rajouta Richard.

— Quoi ? questionna Alicia. Alors vous croyez que je serais... Que je serais une immaculée ! Une seconde Marie en quelque sorte ?! Et que je porterais, genre, le futur Jésus ?!

— Peut-être bien..., résonna Max. Ça expliquerait beaucoup de chose... Ma mission serait donc de te protéger...

— Oh là ! les coupa Sarah. Je crois que nous allons un peu vite ! Écoutez Hugo, ce n'est pas que je ne vous crois pas, mais je pense qu'un test de grossesse serait peut-être de mise.

— Tu as raison ! l'appuya Max.

— Si vous voulez, mais je sais ce que j'ai vu, affirma le médium. Cependant, il serait probablement plus sage de confirmer.

— Bien ! Avant de sauter aux conclusions, laissez-moi une quinzaine de minutes. Je vais aller acheter un test et nous pourrons ensuite savoir réellement de quoi il en retourne.

Lorsque tous acquiescèrent, la belle se dépêcha de retourner à la voiture. Lorsqu'elle quitta pour la pharmacie, les autres restèrent silencieux un bon moment, tentant de digérer ce qui venait de se passer. Finalement, après un moment, Max, interrogé par Hugo, reprit le récit de son évolution en ange du début. Du moment où Isigard, le loup-garou, l'avait attaqué près de son garage à aller jusqu'à maintenant, en passant par toutes leurs folles aventures dont leur rencontre avec les Protecteurs et même son combat contre la bête. Richard n'en cru pas ses oreilles et se questionna un moment à savoir s'il n'était pas devenu complètement fou.

Juste comme Max terminait son exposé, Alicia aperçut la voiture de Sarah se stationner devant la chambre. Cette dernière, qui avait également pris le temps d'acheter quelques provisions, agrippa ses sacs d'épicerie et se dirigea vers la porte, qui s'ouvrit bien avant qu'elle n'arrive.

Une fois à l'intérieur, elle sortit le test de grossesse et expliqua la procédure à l'adolescente. Celle-ci se dirigea ensuite vers la toilette. Les autres, impatients, attendirent les quelques minutes, qui leurs parurent des heures, jusqu'à ce qu'elle ressorte enfin. Ce fut alors en silence qu'elle dévoila le verdict positif qu'elle tenait dans sa main.

— Alors, c'est bien vrai ! s'écria Max. Tu… Tu es enceinte ! Et tu es certaine que…

— Je suis vierge ! Je n'ai même jamais eu de petit copain ! C'est impossible que je sois enceinte ! Impossible ! Et ces types qui m'ont kidnappé ne m'ont pas drogué ! Ils ne m'ont même jamais touché ! Bon sang ! Pourquoi ? Pourquoi, moi ? Je ne veux pas ! Tout ce que je désire, c'est retrouver ma petite vie tranquille ! Non… Je… Je…

Mais avant de pourvoir terminer sa phrase, la jeune femme épuisée fondit en larmes. À nouveau Sarah tenta de la réconforter un peu.

— Sarah, je..., lui dit alors Max. Je crois que je vais aller passer un coup de téléphone. Je dois prévenir les autres.

Chapitre 12

6 heures après Alicia

Pendant qu'Hugo, assit sur son lit, vérifiait à la télévision si les médias parlaient du triple homicide des sataniques psychopathes, Richard, sous la douche, tentait de faire le point sur toute cette histoire. Malgré tout ce qu'il avait entendu et vu aujourd'hui, il se surprit à ressentir un grand bonheur, puisqu'il avait enfin obtenu la preuve qu'il attendait depuis si longtemps. En effet, il allait un jour ou l'autre revoir sa femme et ses enfants dans une autre vie.

Après plusieurs minutes, lorsqu'il retrouva le médium, il fut ravi de l'entendre lui confirmer que personne ne semblait encore avoir retrouvé les corps.

Durant ce temps, dans la chambre de motel à côté, Sarah, en brassière sport bleue, analysait l'impressionnante ecchymose sur sa poitrine, juste au-dessus de ses jolis seins. Au même moment, Max entra dans la salle de bain.

— Elle vient de s'endormir, dit-il en passant la porte.

— La pauvre, elle est exténuée. Il faudrait la laisser appeler les religieuses qui l'ont élevée. Elles doivent être mortes d'inquiétude.

— Je ne sais pas… Elles étaient peut-être dans le coup ?! Et si elles étaient impliquées dans le kidnapping ?! Non, vaut mieux attendre un peu.

— Tu as raison…

— Dis donc, ce n'est pas jolie ça.

— En effet, heureusement que tu m'as forcée à mettre ce gilet pare-balles. Mais ça a quand même fait un mal de chien.

— Quand je pense que j'ai failli te perdre ! Si la balle avait traversé le gilet ou s'il avait visé la tête…

— Mais ce n'est pas le cas.

— J'aurais dû te protéger.

— Max, je suis une grande fille. Je n'ai pas toujours besoin de mon ange gardien pour me défendre. C'est moi qui aie failli te perdre aujourd'hui. Regarde-moi cette vilaine cicatrice que ce coup de couteau t'a laissée… Si ce Richard n'était pas intervenu à temps… Tu vois, je ne crois pas que ce soit un hasard que ces deux hommes aient été là. Je crois… Je crois que Dieu les a envoyés aussi car Il savait que ces sorciers pourraient te tuer et qu'Il savait que tu aurais besoin d'eux.

— Tu as sans doute raison.

— Je l'espère... Alors comme ça, Tom a figé au téléphone.

— Oui, il n'a pas parlé pendant près d'une minute. Je croyais même qu'il avait raccroché.

— Quelle histoire de dingue!

— Oui... Tu l'as dit.

— Tu sais ce que je trouve un peu étrange? Si Alicia porte le prochain messie, alors pourquoi ces sorciers ne l'ont-ils pas simplement tuée? Pourquoi seulement la kidnapper? J'ai réellement l'impression qu'il y a quelque chose qui cloche.

— Ils voulaient probablement m'atteindre d'abord. Ils devaient savoir que le Bien m'enverrait la sauver et ils voulaient me tendre un piège.

— Peut-être que tu as raison... Mais... Je ne suis pas certaine que ce soit la seule explication...

— Henri réussira peut-être à trouver davantage de réponses. Mais pour l'instant, laisse-moi guérir ça.

— Non, Max, ça va. Tu devrais plutôt conserver tes forces. Qui sait ce qui nous attend? Si elle est bien ce que l'on croit, le Mal tentera sans aucun doute un assaut pour reprendre la fille.

— Oui, tu as sans doute raison. Si l'on peut au moins rejoindre les autres demain sans embûche, on sera plus nombreux pour lui faire face. Tu es certaine que tu ne veux pas que…

— Ça va, mon amour. Tu ne trouves pas que ça me donne un look de dur à cuire ?

— Ha ! Ha ! Oui, en effet. Dans ce cas, tu devrais aller te reposer. Nous allons partir très tôt demain. Je vais monter la garde cette nuit.

— Je ne crois pas y arriver, mais je vais essayer de dormir. Est-ce que j'ai au moins le droit de me faire border ?

— Bien sûr ! Allez, approche ici !

Il l'attrapa alors par la taille et la tira vers lui avant de l'embrasser tendrement. Conscient qu'une fois de plus, la chance lui avait souri aujourd'hui, il remercia le Ciel et profita de ce court moment de répit.

Chapitre 13

12 heures après Alicia

Lorsque le réveille-matin sonna à quatre heures du matin, Sarah, qui venait à peine de réussir à s'endormir, hésita pendant un court instant à se lever. Mais lorsqu'elle reprit enfin ses esprits et se souvint de la mission qui les attendait, elle se glissa rapidement hors des draps. En se levant, elle aperçut Max par la fenêtre, qui fixait l'horizon. Elle fut alors ravie de constater qu'aucun évènement majeur ne s'était produit pendant la nuit.

En entendant du bruit à l'intérieur, Max rentra pour saluer son amoureuse. Après une brève discussion, il alla réveiller Alicia, qui dormait encore profondément. Il lui expliqua alors qu'ils devaient se rendre à l'aéroport pour prendre l'avion s'ils voulaient rejoindre au plus vite des amis, qui allaient pouvoir les aider à la protéger. Il lui tendit également des vêtements que Sarah avait préparés pour elle.

Une fois qu'ils eurent plié bagages, ils quittèrent la chambre en direction de la voiture. En mettant le nez dehors, ils tombèrent sur Richard et Hugo qui, tel que convenu la veille, allaient les accompagner pour le voyage de retour au Canada.

En route, Max s'assura avec un membre des affaires publiques qu'un arrangement avec les douanes avait bien été effectué. Celui-ci lui confirma alors qu'en passant sa carte d'agent spécial, que tous les Protecteurs avaient désormais en leur possession, le système indiquerait aux douaniers de les laisser tous passer sans vérification de passeports, puisqu'ils n'en possédaient pas pour Alicia.

Fort heureusement, ce dernier leurs avait dit vrai et ils réussirent tous à quitter aisément le pays. D'ailleurs, le vol fut même des plus agréables. En discutant longuement avec l'adolescente durant le voyage, Max apprit à connaître une jeune femme courageuse, gentille et généreuse. Elle lui raconta entre autre toutes les heures de bénévolat qu'elle avait données sans compter à des sans-abris, des junkies dans les rues et des enfants malades dans plusieurs hôpitaux. Plus il l'écoutait et plus il comprenait pourquoi le Bien l'avait choisi. Elle avait le profil parfait pour accomplir la mission qui lui avait été confiée.

Malgré une petite chute de neige en ce début d'après-midi, l'avion atterrit sans problème sur la piste. Une fois arrivés au terminal, ils aperçurent Tom, Irsilda et Yohanda, vêtus en civil, leur faire un signe de la main.

— Alors, la voilà! s'exclama le Chevalier de Dieu lorsque les deux groupes se rejoignirent. Très enchanté, Mademoiselle. Je me présente; je m'appelle Tom.

— Et moi Irsilda.

— Yohanda.

— Bonjour! Comme vous le savez… Je suis Alicia.

— Eh bien Alicia, nous allons prendre bien soin de vous, la rassura Irsilda.

— Je… Je vous remercie, répondit l'adolescente, encore totalement confuse.

— En passant, tous, voici Richard et Hugo, les présenta ensuite Max. Sans eux, Sarah et moi ne serions pas ici en ce moment.

— Bienvenue Messieurs, les accueillit le chef d'équipe. Je suis heureux de faire enfin votre connaissance.

— Ah oui, je le sens, dit Hugo en lui serrant la main. Ce grand pourvoir de… Comment vous dites déjà… Ah oui, de Chevalier de Dieu. Il n'est pas aussi puissant que celui de Max, mais bien plus fort qu'un simple mortel.

— Je vois… Tu dois être le médium.

— En effet.

— Et moi, je suis celui qui n'a pas de pouvoirs, affirma à son tour le roux aux cicatrices sur un ton sarcastique pendant la poignée de main. Mais au moins, j'ai une grande volonté.

— Ha! Ha! Vous me plaisez déjà tous les deux, avoua Tom. Bon, ne traînons pas ici. Nous sommes installés dans un repaire tout près d'ici. Les autres nous attendent dans l'auto.

Sur ce, tous se dirigèrent vers l'extérieur en cette froide journée d'hiver. Alicia, qui n'avait jamais vu de neige de sa vie, fut totalement émerveillée devant les flocons blancs qui tombaient du ciel. Max fut réellement heureux de la voir sourire pour la première fois depuis qu'ils l'avaient sauvée. En effet, ce dernier s'était senti un peu comme un kidnappeur en ne la laissant pas retourner au couvent où elle avait grandi. De la voir ainsi lui donna un peu moins l'impression qu'il la retenait contre son gré.

Trois Suburbain noirs les attendaient sur le bord du trottoir devant eux. Une fois qu'ils les eurent rejoint, Tucker, celui qui s'était blessé en parachute, Wallas, l'ancien membre de l'armée britannique et Kevin, le prêtre athlétique, vinrent se présenter ainsi que les aider avec leurs bagages. Puis, tous prirent place à l'intérieur. Avant de monter, Max sortit son épée porte-bonheur de la boîte de transport et l'accrocha à sa ceinture afin d'être prêt à intervenir, au cas où.

Comme il avait réellement l'impression que Dieu l'avait chargé de veiller sur la vierge, et qu'il en était vraiment fier, il s'assura qu'Alicia prenne place dans le même véhicule que Sarah et lui, situé au centre du convoi. Richard et Hugo prirent également place avec eux. Pour sa part, Tom, Irsilda et Kevin se placèrent en tête tandis que Yohanda, Wallas et Tucker fermèrent la marche.

Malgré l'état des routes plutôt enneigées, le trajet allait bon train et ils avaient déjà presque parcouru le trois quarts du chemin sans aucune complication. Tout semblait sous contrôle quand tout à coup, alors qu'ils venaient de s'engager dans une petite route de campagne déserte, un Jeep vert olive, chaussé de chenilles à neige, sortit du bois et leur coupa littéralement la route. Tom n'eut donc d'autre choix que de freiner sur la chaussée glissante. Et au moment où les trois Suburbain s'immobilisèrent, un second camion équipé pour le terrain hivernal, semblable au premier, leur barra la route derrière.

Sentant l'embuscade à plein nez, les Protecteurs attrapèrent leurs pistolets et sortirent pour affronter ces adversaires qui les tenaient en souricière. Max ordonna à ses passagers de rester à l'intérieur et sortit à son tour. Ceux-ci, complètement paniqués face à la situation imprévue, durent se contenter d'observer par les vitres du VUS les soldats du Bien se préparer à l'affrontement.

Mais pendant que les Protecteurs émergeaient de leurs 4x4, une dizaine d'hommes en noir, portant des cagoules de ninja, les entourèrent à une vitesse fulgurante tout en leur pointant leurs fusils d'assauts QBZ-95.

Soudain, comme une fusillade s'apprêtait à éclater, l'un des assaillants, de petite taille, retira sa cagoule et leva les mains en l'air.

— Doucement Messieurs-Dames ! dit l'asiatique aux cheveux rasés à la peau avec un accent chinois. Nous ne vous voulons aucun mal ! Laissez-moi d'abord me présenter. Je me nomme Lieng Wu. Je suis le chef des Guerriers de la Lumière. Nous sommes tout comme vous un groupe de chasseurs de démons.

— Oui, j'ai entendu parler de vous, répondit Tom. Les bruits qui courent à propos de vos méthodes plutôt drastiques sont parvenus jusqu'au Vatican. Comme lorsque vous avez éliminé ce sorcier russe, il y a près de 6 mois, alors que nous étions sur le point d'intervenir.

— Nous nous efforçons de faire le nécessaire pour protéger notre monde, tout comme vous ! Alors maintenant que nous savons que nous sommes dans le même camp, baissons nos armes pour discuter un peu.

— Vous d'abord !

Un sourire en coin se dessina aussitôt sur le visage dur de Lieng. Par la suite, ce dernier prononça une phrase en chinois à ses soldats, qui jetèrent carrément leurs armes au sol sans s'objecter le moindrement. En les voyant agir, Tom, voulant éviter un bain de sang, ordonna également aux membres de son équipe de rengainer leurs pistolets. Pour leurs parts, ces derniers hésitèrent un peu, avant de finalement céder à la demande de leur chef, lorsqu'il insista.

— Qu'est-ce que vous nous voulez? demanda ensuite Max. À quoi ça rime cette mascarade?! Ne me dites pas que vous venez de nous aborder de la sorte simplement pour discuter!

— Alors le voilà enfin! Le fameux demi-dieu. J'ai tellement entendu parler de vous. J'ai vu des tas de photos et, en fait, je dois... Je dois avouer que je vous imaginais plus grand... Enfin, je tiens à vous offrir tous mes respects, M. Gunnar, pour votre exploit face à cette bête. On dit qu'elle était immense.

— Je ne répéterai pas ma question! poursuivit l'ange en ignorant le dernier commentaire. Que faites-vous ici?

— Vous avez fait bon voyage aux États-Unis? Vous avez trouvé ce que vous cherchiez, M. Gunnar?

— Écoutez-moi bien, M. Wu! Je n'ai pas la moindre idée de vos véritables intentions, mais je dois vous avouez que vous ne m'inspirez aucune confiance! Alors je vous conseille de vous pousser de notre chemin ou vous pourrez constater par vous-même ce dont je suis capable!

— Moi aussi, j'ai eu une vision, M. Gunnar! J'ai également vu la jeune femme avant que vous ne la trouviez. Lors de mes séances de méditation, j'arrive à percevoir des tas choses. C'est comme cela que j'arrive à dénicher des sorciers, la plupart du temps. C'est comme cela que j'ai su qu'Orzel était entré dans notre monde. C'est pourquoi nous avons voyagé jusqu'ici. Mais hier, j'ai eu une tout autre vision… Une vision qui a complètement changé la priorité de ma mission. Je l'ai vu, elle !

— Nous n'avons pas besoin de vous ! Nous sommes amplement capables de la protéger seuls.

— Écoutez, M. Gunnar, je… Je ne suis pas venu pour la protéger… En fait, vous… Vous ne connaissez malheureusement pas toute la vérité.

— Que voulez-vous dire ?

— Vous faites erreur sur la personne ! Elle n'est pas celle que vous pensez ! Son bébé n'est pas ce que vous croyez ! Je l'ai très clairement vu ! Je l'ai très distinctement senti. Cet enfant ne sera pas le futur messie, comme vous, les catholiques, vous l'espérez tant ! En fait, c'est plutôt le contraire ! Pour utiliser les mêmes termes que ceux que vous servez, au Vatican, c'est l'antéchrist que porte cette jeune femme.

— Quoi ?!

— Il ne sera pas le fils du Bien, mais plutôt celui du Mal !

Max se retourna à ce moment vers Alicia, encore assise à bord du Suburbain. Cette dernière tourna aussitôt les yeux vers lui en faisant de grands signes de négation de la tête. Ce ne pouvait être vrai! Son visage était bien trop innocent et son regard beaucoup trop inoffensif.

— Non! s'écria-t-elle, alors que tous la dévisageait. Non, je vous jure que non!

— Impossible! finit par reprendre Max. Je n'y crois pas!

— M. Gunnar, faites-moi confiance! Je sais ce que j'ai vu! Je parie que même la jeune fille doit l'ignorer! Mais moi, je le sais! Pourquoi croyez-vous que les sorciers qui la tenaient captives ne l'aient pas tuée? Elle porte l'enfant du Mal. Un être d'une puissance supérieure à tout ce que nous avons connu. Il lèvera des armées, il créera une guerre sans précédent et il détruira ce monde! Et il n'y aura rien que l'on pourra faire pour l'en empêcher! C'est pourquoi il faut le détruire maintenant!

— Non! Jamais... Jamais le Bien ne m'aurait envoyé pour éliminer une adolescente enceinte! C'est pour la protéger qu'Il m'a guidé là-bas! C'est pour cela que j'ai reçu ces dons! Pour protéger la vie!

— Cessez d'être aussi naïf! Pour protéger ce monde, il faut inévitablement en chasser ses ennemis. C'est pour combattre que vous avez reçu tous ces pouvoirs!

— Assez! Je ne sais pas ce que vous avez vu dans cette vision, mais je vous préviens, si vous osez la toucher...

— M. Gunnar, le Mal peut prendre tant de forme! Vous le savez! Quoi de mieux pour dissimuler une arme aussi dévastatrice qu'une jeune femme innocente!

L'image de la belle Eva, qui les avait trahis à Winslow, lui traversa l'esprit au même instant. Le doute se mit alors à grandir en lui. Même si Max refusait d'y croire, les arguments du chef des Guerriers de la Lumière réussirent tout de même à l'atteindre. Mais malgré tout, il s'efforça de conserver la Foi, de maintenir ses convictions et de tenir tête à ce dernier.

— Je vous avertis pour la dernière fois, laissez-nous passer ou vous le regretterez amèrement!

— Rappelez-moi qui est le chef de votre équipe, encore?

— Lieng! se prononça Tom. Ne jouez pas à ce petit jeu! Vous avez entendu?! Nous ne vous laisserons jamais la jeune fille! Alors maintenant, sois vous partez, sois cette histoire risque de mal se terminer!

— Vous êtes certains?

— Aucun doute!

Tous, sur le qui-vive, tant dans un camp que dans l'autre, attendirent impatiemment la réponse du moine Shaolin. La tension était palpable et la bagarre était imminente. Autour, les hommes et les femmes se fixèrent, prêts à réagir à tout moment.

— Tom, finit par répondre Lieng. La dernière chose que je désire, c'est une bagarre entre nous ! Mais il n'est pas question que je laisse cet être destructeur me filer entre les pattes ! Si les agents du Mal remettent la main sur cette Alicia, vous pourrez être certains que ce coup-ci, ils la terreront le plus creux possible afin que nous n'ayons plus la chance de la retrouver ! Il faut m'écouter, bon sang ! Cet enfant va anéantir notre monde ! Et je ferai tout ce qui est en mon pouvoir pour l'en empêcher !

Voyant que la bataille était maintenant inévitable, Irsilda décida d'agir. Subtilement, elle actionna l'eau bénite de son système Chester sous sa manche en visant les yeux du ninja en face d'elle. Le liquide le prit totalement par surprise et la belle profita de sa diversion pour lui envoyer un brutal coup de pied dans les testicules. Lorsque l'homme se plia instantanément, la latino enchaîna en lui fracassant le nez à l'aide de la paume de sa main.

Dès qu'Irsilda partit le bal, Max en attrapa un autre à une vitesse surhumaine et le projeta de toutes ses forces vers Lieng. Malgré ses réflexes très aiguisés, ce dernier ne put l'éviter et l'impact violent les projeta tous deux loin dans la neige.

À son tour, Tom attrapa un soldat cagoulé et le projeta par-dessus son épaule en utilisant une technique de judo. Une fois son adversaire étendu au sol, il l'assomma d'un solide coup de poing.

Kevin, le jeune prêtre athlétique, tenta également de neutraliser l'un d'entre eux. Mais il ne put rivaliser avec l'asiatique en face de lui, expert en arts martiaux. Ce dernier le riva de coups, tant avec les pieds qu'avec les mains, et le pauvre se retrouva rapidement étendu sur le sol.

Pour sa part, Yohanda attrapa à la taille celui qui se dressait devant lui, le souleva pour enfin le projeter durement sur l'asphalte enneigée. Ne lui laissant pas le temps de reprendre son souffle, il le cogna à plusieurs reprises avec ses coudes.

Tucker, le petit chauve à la peau foncé, qui s'était foulé la cheville en Irak, vit enfin l'occasion de se racheter. Il se dirigea donc vers le plus gros d'entre eux, Riu, l'asiatique aux cheveux teints en blond et portant une barbiche noire. Sans hésiter, il lui envoya un rapide crochet du droit. Mais le colosse le bloqua aisément et, avant que le membre des Protecteurs n'eut le temps de se défendre, il lui lança à son tour un solide « uppercut ». Le pauvre Tucker leva carrément de terre avant d'aller s'étendre dans la neige, complètement K.O.

En voyant son coéquipier tomber, Wallas, le grand anglais ayant servi avec les SAS, dégaina son pistolet et pointa Riu, qui au même instant se penchait vers son fusil d'assaut. Ce dernier se releva rapidement en le pointant également de son arme à feu. Les deux se dévisagèrent alors, sans toutefois presser leur détente. Après un moment, le chinois baraqué rejeta sa mitrailleuse et leva les poings, l'invitant ainsi à un combat loyal. Wallas, bagarreur de nature, lâcha à son tour son 9 mm et adopta une position agressive.

Durant ce temps, Max plaqua un bouddhiste, qui alla valser plusieurs mètres plus loin, avant d'en neutraliser un autre du revers de la main, lui faisant faire une culbute vers l'arrière. Puis, l'ange se précipita vers le véhicule à chenilles qui bloquait le chemin à l'avant. Incertain s'il en serait capable, il agrippa le pare-chocs arrière et força afin de le soulever. À son grand étonnement, il réussit, non sans effort, à le lever assez pour réussir à le pousser sur le côté.

Lorsqu'elle vit son amoureux lui créer une ouverture, Sarah sauta derrière le volant et décolla avec le VUS noir, dans lequel Richard, Hugo et Alicia prenaient toujours place. Ces derniers, qui regardaient la violente bataille qui ce déroulait autour d'eux, furent surpris de se départ précipité. Mais ils comprirent rapidement ce qu'il en était lorsque la conductrice évita le premier Suburbain avant de foncer vers le passage.

Pour sa part, lorsque Yohanda en termina avec son adversaire, il se releva juste à temps pour affronter un second antagoniste, de plus petite taille cette fois. Celui-ci l'attaqua avec un coup de pied, que le barbu esquiva de justesse. Rapidement, ce dernier tenta de l'agripper pour le faire chuter au sol, mais ses doigts ne réussir qu'à saisir sa cagoule. En retirant cette dernière, le visage d'une superbe asiatique aux cheveux longs fut dévoilé. Yohanda resta tellement surpris de découvrir que son assaillant était une femme d'une si grande beauté qu'il ne vit pas le talon de Wayuki lui atteindre le menton, lui faisant plier les genoux.

Alors que Max déposait le véhicule hivernal, Lieng se releva malgré la douleur. Puis, il sortit une étoile de ninja et la lança en direction de l'ange. Le surhomme, qui aperçut l'arme blanche volante au dernier instant, l'attrapa au vol avant d'être atteint. Cependant, dès qu'il s'en empara, ses doigts se mirent à bruler atrocement, semblable à ce qu'il avait ressenti la veille dans la cave des sorciers. Il ne put faire autrement que de laisser tomber le morceau de métal. Puis, il leva les yeux vers le chinois avec un air stupéfait.

— Comment as-tu osé ?! s'écria-t-il. Tu as maudit tes armes pour m'atteindre ?! Tu utilises le pouvoir du Mal pour me battre ?!

— Je vous l'ai dit, M. Gunnar ! Je suis prêt à tout sacrifier pour empêcher cet enfant de venir au monde, y compris mon âme !

Max n'eut toutefois pas le temps de répliquer puisque Sarah immobilisa son SUV entre les deux adversaires. En l'apercevant, il lui fit signe de ne pas s'arrêter et de poursuivre sa route, ce qu'elle fit après un bref délai.

Mais ce moment d'hésitation permit à Wayuki, qui était tout près, de grimper sur le toit du véhicule en passant par l'arrière et de se déplacer à quatre pattes jusqu'au-dessus du siège du chauffeur. Puis, connaissant l'importance de sa mission, elle sortit le sabre qu'elle portait derrière son dos et le planta sans hésiter à visant la conductrice. Fort heureusement, la lame effleura le visage de Sarah avant de terminer son chemin dans le siège entre ses jambes. Celle-ci freina alors brusquement et la chinoise glissa devant le pare-brise. Aussitôt qu'elles se virent, elles dégainèrent simultanément leurs pistolets, sans toutefois faire feu. Ayant chacune un canon pointé vers elle, les deux femmes restèrent un moment ainsi, se fixant agressivement en attendant que l'une ou l'autre ne tente quelque chose. Mais soudain, Yohanda, qui s'était rapidement relevé pour ensuite pourchasser celle qui l'avait frappé, régla le problème en attrapant Wayuki à la taille et en la projetant sur le côté. Dès que l'accès fut libre, Hugo lui hurla de poursuivre sa route avant qu'un autre n'arrive, ce qu'elle fit aussitôt. Pour sa part, Yohanda ne laissa aucune chance cette fois à la femme et, avant qu'elle ne se relève, il lui fit perdre conscience à l'aide d'un brutal coup de pied au visage.

Plus loin, Wallas réussit à placer un direct à la joue de Riu, mais sans toutefois atteindre le résultat escompté. En effet, le colosse broncha à peine avant de passer à son tour à l'action. Le britannique évita néanmoins les poings de son opposant et trompa de nouveau la garde du chinois en lui touchant la mâchoire. Mais encore une fois, le membre des

Guerriers de la Lumière encaissa le choc. Ce dernier fonça alors carrément sur le grand mince et agrippa son manteau. Puis, il le tira vers le bas tout en lui assenant un sauvage coup de genou au visage, qui eut finalement raison du bagarreur.

Pendant ce temps, Tom, qui échangeait encore des coups avec le karatéka qui avait battu Kevin, commençait lentement à perdre le dessus. Malgré sa force de Chevalier de Dieu, son opposant, qui avait passé sa vie à pratiquer les arts martiaux, s'avéra être un adversaire de taille. Lorsque ce dernier envoya son pied sur le nez du chef des Protecteurs, celui-ci perdit l'équilibre et tomba au sol. Mais alors que le ninja se préparait à enchaîner avec une autre de ses techniques, Irsilda arriva de nulle part à toute vitesse sur sa droite pour le frapper brutalement au torse de ses deux pieds. L'homme en noir fut alors projeté beaucoup plus loin sur la route. Lorsqu'elle le vit ensuite se tordre de douleur, elle se releva et fonça vers l'un des Suburbain restants.

— Vite Tom ! s'écria-t-elle en même temps. Il faut foutre le camp d'ici !

Celui-ci, qui venait de se faire sauver par sa femme, se secoua un peu la tête avant d'aller la rejoindre. En se déplaçant, il attrapa un pistolet qui traînait par terre. Tout en s'exécutant, il remarqua Wallas se faire envoyer au tapis. Il changea donc son itinéraire et se dirigea plutôt vers lui. Arrivé à portée de tir, il ouvrit le feu en visant autour de Riu. L'effet escompté fut atteint puisque le colosse se jeta aussitôt à l'abri derrière un banc de neige.

Le Chevalier de Dieu en profita alors pour aller ramasser le pauvre Wallas étendu au sol. Pour sa part, Tucker, qui reprenait lentement ses esprits, réussit à se remettre sur pied tout seul.

Dès qu'Irsilda immobilisa son véhicule tout près d'eux, Tucker grimpa rapidement à l'intérieur. Tom jeta ensuite Wallas sur le siège arrière avant de monter à son tour. Une fois à bord, le chef reconnut Kevin, qui avait rejoint sa femme en titubant avant qu'elle ne démarre.

La conductrice pressa ensuite l'accélérateur en se dirigeant vers le passage que Max avait créé plus tôt. Lorsqu'elle arriva à proximité, elle aperçut Yohanda portant Wayuki inconsciente sur son épaule. Elle freina sec en lui faisant signe de s'approcher. Dès qu'il arriva, Tucker lui ouvrit la portière. Le barbu lança alors la guerrière à l'intérieur avant de la suivre pour s'entasser avec les autres passagers.

— Qu'est-ce que tu fais avec elle? demanda Irsilda.

— On pourra la questionner!

N'ayant pas le temps de discuter, elle poursuivit sans attendre son chemin.

De son côté, Lieng exposa d'abord à Max son kusarigama. Puis, lorsqu'il fit tournoyer son imposante lame effilée, légèrement courbée, au bout de sa longue chaîne, l'ange comprit qu'il allait devoir le combattre. À son tour, il dégaina sa fameuse épée ayant la poignée à l'effigie d'un dragon et se plaça en position pour l'accueillir. Les deux adversaires se fixèrent ensuite pendant un moment, attendant que l'un ou l'autre ne passe à l'action.

— Je suppose que cette lame est maudite également ! commenta Max.

— Nous ne sommes pas obligés d'en arriver là !

— Tu as raison ! Vas-t-en maintenant et je promets de te laisser partir !

— Je ne peux pas ! Vous savez très bien que je ne peux pas ! Je vous l'ai dit, j'ai vu ce que je devais accomplir ! Nous devons faire le nécessaire où nous péririons tous ! Vous devez m'écouter !

— Max ! les interrompit tout à coup Irsilda en passant rapidement près d'eux. Max, grimpe ! Allez, viens !

En voyant le VUS filer à vive allure, Max décida qu'il valait mieux suivre cette option. Il abaissa donc son glaive et se prépara à aller les rejoindre lorsque Lieng l'arrêta.

— Attends, Max ! Ne fais pas ça ! Tu dois me croire ! Cet enfant sera le Mal incarné !

Dès que le moine Shaolin termina sa dernière tentative, l'ange, sans répondre, se retourna et bondit de façon impressionnante dans les airs. Il atterrit ensuite sur le toit du véhicule sans que celui-ci ne ralentisse le moindrement.

C'est alors que Riu, conscient qu'il devait faire le nécessaire pour éviter qu'ils ne se sauvent, attrapa son fusil d'assaut. Puis, il visa les fugitifs et ouvrit le feu. Toutefois, Max, l'ayant vu se positionner, fit apparaitre derrière son dos son bouclier spirituel blanchâtre, ressemblant à des ailes, pour couvrir la majorité du SUV. Les balles se rivèrent donc contre l'armure surnaturelle.

Lorsqu'il termina son chargeur, Riu baissa son arme et s'avança auprès de son chef. Puis, les deux hommes regardèrent le véhicule disparaître à l'horizon.

— Cet ange est plus fort que je ne le croyais, affirma Lieng dans sa langue d'origine. La prochaine fois, nous allons devoir user de plus de stratégie.

— Ils ont pris Wayuki avec eux!

— Vraiment?! C'est une bonne chose. Elle arrivera peut-être à les convaincre. S'il fallait que cet enfant vienne au monde, ce serait une catastrophe.

Chapitre 14

24 heures après Alicia

Dès qu'il eut réussi à se faire une place à l'intérieur du grand SUV, Max s'assura d'abord que personne ne souffrait d'une blessure grave. Comme il avait utilisé une grande partie de ses pouvoirs pour ériger son bouclier, il avoua à ses confrères qu'il aurait sacrifié son énergie pour des dommages importants, mais qu'il préférait la conserver pour l'instant, en cas d'urgence. Néanmoins, il promit de guérir leurs mâchoires ou nez cassés plus tard, quand la situation le permettrait. Pendant ce temps, Tom attrapa son téléphone afin de confirmer que le reste de l'équipe allait bien. Sarah certifia bientôt que tous ses passagers étaient sains et saufs et qu'ils se dirigeaient vers le repère secret le plus près, comme prévu. Le chef lui dit alors de poursuivre sa route sans s'arrêter et ils allaient se rejoindre là-bas seulement.

Max poussa un soupir de soulagement en entendant la voix de son amoureuse. De son côté, la belle fut également fort apaisée d'apprendre que tous s'en étaient sortis indemnes.

Irsilda, dont le pied tremblait sans arrêt sur l'accélérateur, s'efforça de ralentir et de rester concentrer sur la route enneigée. La dernière chose dont ils avaient besoin, c'était bien de faire un accident.

— Le sale fils de pute ! finit par envoyé Tom après un instant de silence. Comment a-t-il pu oser s'en prendre à nous ? Ce n'est pas croyable tout ça !

— Il avait l'air si convaincu, commenta Yohanda.

— Qu'il croit ou non à son histoire de dingue, il n'aurait jamais dû nous tomber dessus de la sorte !

— Il a même osé maudire ses armes pour m'atteindre, rajouta Max. Ils sont complètement cinglés, ces types !

— J'ai souvent entendu parler d'eux, poursuivit le chef de l'équipe. Il prenne de plus en plus de place dans le domaine. Je savais que leurs méthodes étaient très radicales, mais nous embusquer... Vraiment !

— Il savait que nous ne lui laisserions jamais la fille, en conclue Irsilda. Surtout avec ses intentions. C'est pourquoi il a utilisé la force.

— Mais... Putain de merde ! Ce n'est une raison pour en venir à ça, surtout aussi drastiquement !

La conversation continua donc ainsi entre les passagers encore sous le choc. Cette dernière tourna rapidement en rond jusqu'à ce qu'ils arrivent enfin. Lorsque le deuxième véhicule 4x4 se stationna devant le repère, soit une vieille demeure abandonnée de deux étages, complètement isolée par une forêt dense, ils aperçurent Sarah, Richard et Hugo qui les attendaient impatiemment à l'extérieur. Pour sa part, Alicia était toujours assise sur son siège en fixant le vide.

Dès que Max apparut, son amoureuse lui sauta dans les bras et le serra de toutes ses forces. Yohanda, quant à lui, alla rapidement ligoter son otage avant qu'elle ne se réveille. Après de brèves salutations de part et d'autre, Tom ordonna à tous de rentrer à l'intérieur. Lorsque Sarah alla inviter l'adolescente à les suivre, cette dernière refusa totalement de coopérer.

— Je ne bougerai pas d'ici ! lança-t-elle lorsque la sportive insista. Tout ça, c'est beaucoup trop pour moi ! Je... Je ne peux plus en supporter davantage !

— Je sais ce que tu ressens. Je suis passée par là, moi aussi. Il y a trois ans, j'ai découvert la vérité à la dure à propos de tout ça. J'ai été transformée en vampire et j'ai fait un séjour en enfer. Et là-bas, c'est loin d'être un camp de vacances. Il a fallu que Max pratique un exorcisme sur moi pour me sortir de là. Alors quand je te dis que je sais ce que tu ressens, tu peux me croire ! Mais on s'y fait. Je te jure qu'on finit par accepter toutes ces histoires de cinglé.

— Je menais ma petite vie tranquille et tout d'un coup, ça m'explose en plein visage ! D'abord le kidnapping, ensuite on m'annonce que je vais enfanter le prochain Jésus, puis que finalement ce serait l'enfant du diable! Comment... Comment peut-on se faire à ça?!

— Ces types étaient complètement à côté de la plaque! Tu ne portes pas le fils du Mal!

— Qu'est-ce que tu en sais?! Et s'ils avaient raison?! Et si j'allais réellement mettre au monde l'être qui va provoquer la destruction de notre planète?!

— Allons! Allons! Tu ne dois pas te torturer de la sorte. Viens à l'intérieur avec nous. Après un bon bain chaud, tu y verras plus clair.

— Je... Je...

— Allez, viens maintenant. On en reparlera plus tard.

À force d'insister, Sarah réussit enfin à la convaincre de rentrer. Max, témoin de la conversation, envoya un clin d'œil à sa copine, qui répondit d'un sourire.

— Tu ne viens pas? le questionna-t-elle en le voyant rester à l'extérieur.

— Non, j'ai... J'ai besoin de prendre un peu l'air. Quand je sors mes ailes, ça consomme beaucoup d'énergie et être dehors me fait du bien.

— Je ne crois pas réellement que ce soit tes ailes qui te tirent de l'énergie en ce moment, lui répondit-elle, ayant cerné l'inquiétude dans son regard. Tu devrais appeler mon père. Vous êtes si complice. Il sera certainement de bons conseils.

— Je ne veux pas le mêler à tout ça...

— Comme tu veux, mais ne tardes pas trop si tu veux donner ton opinion sur le plan à adopter. Je crois bien qu'une discussion de groupe s'impose.

Sur ce, elle disparut à l'intérieur en tenant le bras de la jeune fille, complètent déboussolée, afin de l'aider à avancer. Une fois seul, Max sortit son cellulaire et songea un instant à appeler son acolyte. Toutefois, il composa d'abord le numéro d'Henri. Après lui avoir exposé rapidement la situation, il lui demanda de faire des recherches à propos de l'antéchrist et de la naissance du messie. Le gardien de la bibliothèque secrète, estomaqué par le récit, lui répondit qu'il ferait tout son possible pour tenter de les éclairer.

Une fois qu'il eut raccroché, il se laissa finalement tenter et appela son ami du tout début de l'aventure. Le simple fait d'entendre la voix de Robert le réconforta un peu. Après tout, ils formaient la fine équipe. À nouveau, Max relata toutes leurs folles péripéties, à partir de sa bagarre contre le groupe satanique dans la cave jusqu'à leur affrontement contre un autre groupe de chasseurs de démons. À l'autre bout, l'aîné, tout comme Henri, fut saisit par toute cette histoire. Malgré cela, il s'efforça de le cacher, sentant que son ami avait réellement besoin de lui en ce moment. À la fin, le jeune demanda conseil à son équipier.

— Et si… Et si elle portait réellement l'antéchrist ? Ce Lieng a peut-être raison après tout ! Pour être honnête, je… Je suis un peu déboussolé en ce moment.

— Eh bien, je crois que tu dois te fier à ton instinct, lui recommanda Robert. C'est ce que tu as toujours fait et ça t'a toujours réussi jusqu'à maintenant. Si tu sens que tu dois protéger cette fille, peu importe la raison, et bien fais-le ! Suis ton cœur !

Sur ces sages paroles, l'ange remercia son copain avant de se diriger à son tour vers le seuil d'entrée. L'intérieur parut beaucoup plus spacieux et neuf que ce que l'extérieur du domicile présentait. Une fois qu'il eut passé la porte menant directement à une grande pièce comprenant cuisine, salle à manger et salon, il retrouva Sarah en train de faire du café pour tout le monde, ainsi que Tom, Irsilda, Richard et Hugo, assis à la table, face à leurs tasses vides. Pour leur part, Kevin et Tucker étaient étendus sur de vieux sofas, attendant impatiemment que Max retrouve assez de forces pour les guérir de leurs douloureuses blessures au visage.

— Où sont les autres ?

— Yohanda s'occupe de sa prisonnière, répondit Tom. Wallas est parti laver le sang sur son visage à l'étage et la petite est à la salle de bain.

— Alors, qu'est-ce qu'il t'a dit? lui demanda son amoureuse, sachant très bien qu'il n'aurait pas pu résister de demander conseil à son acolyte.

— Quoi?

— Mon père, qu'est-ce qu'il t'a dit?

— En fait... Il m'a dit de suivre mon cœur.

— Et qu'est-ce qu'il te dicte? l'interrogea Tom.

— Je... Je crois que ce Lieng se trompe. Je crois réellement qu'Alicia porte l'enfant du Bien.

— Eh bien moi, je vous le confirme! ajouta Hugo. Je l'ai très bien ressenti! Ce bébé ne dégage que des ondes positives. Je n'y ai vu aucune trace de méchanceté ou de noirceur.

— Qu'est-ce qu'on fait, maintenant? questionna Richard.

— Pour l'instant, nous allons passer la nuit ici et tenter d'y voir plus clair demain, annonça le chef. Ces Guerriers de la Lumière reviendrons à la charge tôt au tard. Sans compter qu'Orzel et ses esclaves courent toujours les rues en récoltant des âmes. Mon plan pour demain sera de séparer le groupe en deux. Une partie d'entre nous s'occupera du démon araignée tandis que l'autre s'enfuira loin d'ici avec Alicia pour la protéger.

— Et si jamais il avait raison ? sonda Wallas, de son accent anglais, alors qu'il revenait dans la pièce. Si jamais ce chinois disait vrai ?

— Nous ne devons pas céder au premier doute ! Il n'est pas question de faire le moindre mal à cette jeune fille ou à cet enfant ! Nous la protégerons, peu importe ce qu'il en coûtera ! Nous avons déjà vaincu une armée de démons, de zombies et d'adeptes du Mal à Winslow. Sans compter l'inoubliable bête. Alors nous trouverons bien un moyen d'arrêter un antéchrist ! Donc, si jamais nous nous trompons et qu'elle donne réellement naissance à la progéniture de Satan, et bien nous interviendrons le moment venu !

Richard et Hugo comprirent à cet instant pourquoi ils avaient nommé cet homme si charismatique à la tête de leur groupe. Tous approuvèrent le programme, en particulier Max.

Alicia, qui avait écouté la conversation à travers la porte, revint juste à temps pour avoir sa portion de café. Elle remercia alors tout le monde de s'être donné tant de mal pour elle. Elle évoqua également à nouveau le fait de ne pas connaître du tout la vérité à propos de tout ceci. Devant cette charmante fille, tous ne purent faire autrement que de la croire.

Lorsque Max sentit un regain d'énergie l'envahir, il soulagea enfin les souffrances des blessés. Une fois qu'il eut terminé, le groupe descendit jusqu'à la pièce secrète au sous-sol contenant entre autre des armes, des combinaisons de protections et des systèmes de communication. En entrant, le rouquin et le médium restèrent complètement bouche bée.

Ils s'équipèrent donc principalement d'armes contre les armarks, dont une autre nouvelle invention de Travos, soit une grenade qui, en explosant, répandait un liquide gluant hautement inflammable sur son adversaire. Une fois que chacun eut reçu son « kit » personnel empaqueté dans un grand sac en tissu camouflage, ils remontèrent et commencèrent à s'installer dans les chambres pour la nuit. Irsilda distribua alors des draps et des taies d'oreiller à tous.

Pendant ce temps, Tom, l'attirail de Yohanda en main, traversait le long corridor à l'étage, passant devant les chambres de part et d'autre, pour aller rejoindre celui-ci dans la dernière au bout sur sa gauche. Lorsqu'il entra, il le retrouva en train de surveiller la belle asiatique, toujours inconsciente, qu'il avait ligotée à un lit.

— Tu veux que je prenne la relève ?

— Non, ça va pour l'instant. Je l'ai salement amochée. Ça fait un bon moment qu'elle est dans les vapes. Si elle ne se réveille pas bientôt, je crois que je vais faire appel à Max.

— Peut-être que ce serait une bonne idée. Alors, dis-moi, qu'est-ce que tu crois en tirer ? Tu penses vraiment qu'elle va tout nous dire sur son clan juste comme ça, tout simplement ?

— Je n'ai pas l'intention de la torturer, si c'est à cela que tu veux en venir ?

— Entre autre, oui. Mais je me demande surtout pourquoi tu l'as amenée ici? Elle n'est qu'un souci de plus à gérer. Elle sera un boulet à traîner. Et si jamais elle réussissait à s'enfuir, elle pourrait alors tout rapporter sur ce qu'elle aurait appris sur nous et nous risquerions de perdre l'avantage.

— Je… Je sais Tom… En fait, je ne sais pas trop pourquoi je l'ai fait. Je… Tu sais, j'ai fait un paquet de choses pas très nettes au cours de ma vie, mais frapper une femme, ça jamais ! Je ne sais pas si mon subconscient a voulu que je m'assure qu'elle allait s'en tirer ou… Je ne sais pas… Dans le feu de la bataille, j'ai juste agi sans réfléchir, en suivant mon instinct... Je suis désolé, Tom.

— Allons mon vieux, ne le soit pas. Tu as fait ce qui t'as paru juste. C'est toujours ce que nous faisons. Et puis, peut-être qu'après tout, elle nous sera utile.

— Merci Tom. Je… Je remercie le Seigneur à chaque jour d'être tombé sur vous tous. Tu sais… Tu es le meilleur pote que j'ai jamais eu.

— Qu'est-ce que tu me fais là ? Tu joues les sentimentaux maintenant ?

— Va te faire foutre alors, sale fils de pute !

— Ah, là je te reconnais ! Bon, je vais aller prendre une douche et manger un morceau. Quand j'aurai fini, je viendrai te remplacer. S'il elle n'a pas ouvert les yeux d'ici-là, nous demanderons à notre ange de réaliser à nouveau un miracle.

— C'est bon. À plus.

Mais à peine le Chevalier de Dieu venait-il de quitter la pièce que Wayuki se mit enfin à bouger sur le matelas. Peu à peu, elle sembla reprendre ses esprits. Quand elle revint finalement à elle, le barbu s'approcha lentement. La guerrière se mit aussitôt à se débattre pour tenter de se libérer.

— Oh là ! Doucement ! Ce n'est pas la peine, tes liens sont trop solides.

— Je te le souhaite, car si je réussis à me dégager, je te jure que tu vas y goûter ! le menaça-t-elle avec un accent chinois.

— Je te rappelle que c'est vous qui avez commencé ! C'est vous qui nous avez attaqué !

— Nous n'avions pas le choix ! Nous savions que vous seriez trop faibles pour faire le nécessaire !

— Alors quoi ? Faire le nécessaire pour vous c'est de s'en prendre à une pauvre adolescente innocente !

— Mon maître ne s'est jamais trompé ! Ses visions sont toujours justes ! Cette fille est loin d'être innocente ! Elle mettra au monde la création du Mal ! Son enfant sera la clé pour ouvrir toutes les portes de l'enfer ! Il sera doté de pouvoirs surhumains et sera indestructible ! Étant venu au monde comme un humain, il pourra briser les sceaux et faire passer tous les démons ! Il redonnera vie à la bête qui vous en a fait tant baver ! Il aura un réel don pour influencer les peuples à se rallier à sa cause ! Ce monde sera plongé dans une guerre qui vous dépassera complètement ! Alors oui, si nous pouvons éviter tout cela en sacrifiant cette jeune femme, nous le ferons !

— Et si ton chef était dans l'erreur ?! Si elle portait en fait le fils du Bien ? Et si son enfant était le messager de Dieu qui unirait le monde et bannirait le Mal de la Terre ?!

— Es-tu réellement prêt à prendre un tel risque ?

— Même s'il n'y a qu'une infime chance qu'il s'agisse du messie, oui, je suis prêt à essayer. Nous ne pourrons jamais vaincre le diable sans lui. Ce sera un éternel combat sans fin. Satan reviendra sans cesse à la charge. Comme il s'alimente à même le mal dans notre monde, nous ne pourrons le vaincre tant et aussi longtemps que les gens ne vivront pas que d'amour. Mais cet être pourrait guider les hommes vers la lumière. Grâce à lui, nous aurions peut-être notre seule chance de gagner cette guerre pour de bon ! Enfin, c'est comme cela que je vois les choses. Même moi, qui suit juif à la base, je suis prêt à croire en un Sauveur !

Wayuki, qui ne s'attendait pas du tout à une réplique aussi sensée venant de la part de ce grand barbu aux allures de dur à cuire, resta si surprise qu'elle ne sut que dire de plus pour argumenter. Elle se contenta donc de le fixer agressivement en silence. Yohanda attrapa ensuite sa gourde et s'approcha de sa détenue.

— Tiens, bois !

— Va te faire foutre !

— Tu n'as pas à t'inquiéter, je ne te ferai aucun mal. Nous sommes dans le même camp, après tout.

— Alors, libère-moi dans ce cas !

— Très drôle ! Tu n'es peut-être pas aussi crispée que tu en as l'air, finalement. Est-ce que ça va au moins ? Je crois que je t'ai frappé un peu trop fort.

— Et toi ? Ta mâchoire ne te fait pas trop mal ?

— Ça faisait longtemps que quelqu'un ne m'avait pas fait plier comme cela. Disons juste que j'ai été surpris par…

— Par ?

— Eh bien, par… Par ta beauté.

La chinoise figea totalement devant la réponse. Elle se surprit même à ressentir quelque chose qu'elle n'avait pas éprouvée depuis longtemps. Elle s'efforça de mettre aussitôt cette faiblesse de côté et resta de glace face à ce curieux individu. Voilà pourquoi elle refusa totalement de prendre une gorgée d'eau. Puis, ne voulant pas faire grandir cet étrange sentiment qui venait de naître en elle, Wayuki tourna la tête et refusa de répondre aux autres questions du colosse. Ce dernier, qui se demandait encore pourquoi il lui avait dit tout ça, finit par s'abstenir de lui parler et s'assit pour la surveiller en silence.

Durant ce temps, dans la cuisine, Max expliqua à Tom que, comme il avait abusé beaucoup de ses dons aujourd'hui, il allait devoir dormir deux ou trois heures. Cependant, il lui indiqua qu'après cela, il pourrait monter la garde le reste de la nuit. Le chef en prit bonne note avant de dresser une liste de sentinelles pour la soirée, le temps que l'ange reprenne ses forces. Une fois qu'il l'eut exposé à tous, Kevin s'installa pour le premier quart et tous les autres, même s'il était encore tôt, allèrent se reposer de cette longue et insolite journée.

Irsilda appela alors Isabelle pour prendre des nouvelles de son fils. Cette dernière lui confirma que tout allait bien. Comme le petit venait à peine de se coucher, la femme de Robert alla vérifier s'il s'était endormi. En voyant qu'il avait encore les yeux ouverts, elle lui passa le téléphone. Daniel fut alors ravi de parler à sa mère. Après les évènements de l'après-midi, qui aurait pu lui coûter la vie, Irsilda en profita pour lui dire à quel point elle l'aimait et qu'elle s'ennuyait de lui. Puis, elle donna le téléphone à son père, qui à son tour lui avoua qu'il lui manquait énormément. Il lui souhaita ensuite de passer une bonne nuit et lui dit qu'il l'embrassait très fort. Lorsqu'Isabelle reprit l'appareil, Tom la remercia encore une fois avant de terminer la conversation.

— Je dois avouer que je trouve ça difficile, avoua la belle latino. C'est la première fois que je le laisse aussi longtemps. Je suis contente d'être impliquée sur la mission, mais…

— Je sais… Ce n'est plus pareil quand on sait que quelqu'un dépend de nous.

— S'il fallait qu'il nous arrive quelque chose, le pauvre serait… Ah, Seigneur! Tom, je… Je dois t'avouer que je me remets en question présentement. On aurait pu y rester dans cette morgue… Sans parler d'aujourd'hui… Est-ce qu'on ne devrait pas s'arrêter là? Je veux dire… On a fait notre part après tout. Peut-être qu'on devrait laisser tout ça de côté, maintenant.

— Mon amour, imagine qu'un autre Winslow se reproduise, et à l'échelle mondiale cette fois! Crois-tu sincèrement que ce serait mieux pour notre fils? On ne peut pas abandonner! Si on ne se place pas entre le Mal et notre monde, personne d'autre ne le fera!

— Nous ne sommes pas les seuls à combattre!

— C'est vrai! Il y a entre autre ces Guerriers de la Lumière qui étaient prêts à sacrifier la petite simplement en se fiant à une vision! En effet, la relève est très prometteuse ! Je suis désolé, Irsilda, mais je ne suis pas d'accord avec toi ! On ne peut pas s'arrêter ! Je ne pourrais pas vivre en sachant que quelque part dans le monde, un démon est en train de massacrer de pauvre gens, comme c'est le cas présentement avec Orzel. J'ai dû poignarder une fillette en flamme avant-hier ! Je ferai tout ce qui est en mon pouvoir pour empêcher qu'une chose pareil ne se reproduise ! Pour que d'autres enfants comme elle ne souffrent pas ! D'autant plus qu'avec les dons que j'ai reçus…

— Je sais, Tom… Tu as raison… Mais notre Daniel ne pourra jamais avoir une enfance normale. Ce ne sera pas une vie saine pour notre fils, tout ça !

— Je… Je sais… Mais je ne peux pas abandonner… Si ce médium dit vrai, Alicia porte le fils de Dieu. Tu imagines l'impact que ça aura sur le monde ! Le Mal fera nécessairement tout ce qui est en son pouvoir pour l'arrêter. Elle aura besoin qu'on la protège. Sans compter qu'en plus des soldats de Satan, voilà qu'il faut faire face à une autre équipe du Bien ! Non, jamais je ne la laisserai tomber !

— Je sais, Tom… Je comprends tout ça… C'est juste que…

— Allez, viens ici, l'invita-t-il après un moment de silence en lui tendant les bras. Allons-y un jour à la fois. Commençons par éliminer Orzel et mettre Alicia à l'abri. Ensuite, nous réévaluerons la situation, d'accord ?

— OK, mon amour. Navrée... Je...

— Ça va, je sais...

Pendant ce temps, dans la chambre d'à côté, Max se tourna vers Sarah, étendue à ses côtés sur l'étroit matelas.

— Malgré tout ce que ton père et Tom ont dit je... Je... Je n'arrête pas de me questionner, avoua le surhomme. Et si on se plantait carrément? Et si ces bouddhistes avaient raison et qu'il s'agissait réellement de l'antéchrist? Je... Je ne suis plus certain de ce que je ressens à propos de tout ça...

— Eh bien, si tu te trompes, tu n'auras qu'à le combattre le moment venu.

— Je crois que tu me surestime un peu trop. Il... Il sera le Mal incarné!

— Je t'ai vu à l'œuvre aujourd'hui. On aurait dit Superman.

— Eh bien, même lui a son point faible; la Kryptonite. Même s'il s'agirait du fils de Satan, il serait tout de même un homme. Ce qui veut dire qu'il pourrait certainement maudire des armes pour m'atteindre ou utiliser une formule satanique, comme ce sorcier l'a fait, hier. Sans considérer que je ne sache toujours pas ce qui m'arriverait si je me faisais décapiter. Oh non, je suis loin d'être invincible.

— Tu n'étais qu'un humain sans pourvoir quand tu as affronté tous ces démons, ces zombies et ces membres de la secte des Serviteurs du Mal au tout début. Imagine ce que tu pourras accomplir maintenant ! Cesse de t'inquiéter et suis tes convictions. Personnellement, je suis persuadée que nous faisons le bon choix !

— Ouais… Je l'espère… Est-ce que tu savais que je t'aimais, toi ?

— Non… Ha ! Ha ! Je t'aime aussi.

— Bon, je vais essayer de dormir un peu. Je dois reprendre des forces.

— C'est rare que je te voie aussi fatigué.

— Disons que guérir et surtout sortir mon bouclier prend beaucoup d'énergie.

— Bonne nuit dans ce cas.

— Bonne nuit, ma belle.

Chapitre 15

31 heures après Alicia

Wallas enfila son manteau pour sortir fumer une dernière cigarette avant la fin de son tour de garde. Encore une dizaine de minutes et il allait pouvoir se remettre enfin au lit.

Une fois dehors, il en profita pour patrouiller autour de la vieille maison afin de confirmer que tout était sous contrôle. Tout en s'allumant, il marcha lentement en suivant les pistes dans la neige que son prédécesseur avait laissées. En avançant, l'ancien soldat britannique scruta attentivement à travers la forêt de conifères qui entourait leur refuge. Pour l'instant, rien ne lui sembla anormal et seul le bruit de ses pas résonnait dans la nuit.

Mais lorsqu'il atteignit l'arrière du bâtiment, il remarqua soudainement d'autres traces de pas venant du bois. Son niveau d'alerte grimpa alors d'un seul coup. Avec ses talents de pisteur, il compta qu'au moins cinq individus s'étaient approchés en douce par derrière. Comme les empreintes se dessinaient jusqu'au refuge, Wallas vérifia si l'une des fenêtres avait été forcée.

Malheureusement pour lui, il comprit trop tard de quoi il retournait lorsqu'il leva les yeux en direction des six armarks accrochés au mur. Dès qu'il releva la tête, l'un d'entre eux bondit directement sur lui. Le pauvre s'écroula sous le poids de la créature sans avoir le temps de lever son fusil d'assaut C-8. Néanmoins, il réussit à bloquer les crocs qui se dirigeaient vers sa gorge en repoussant son assaillant de toutes ses forces au niveau du menton. Jugeant qu'il ne pourrait tenir ainsi encore bien longtemps, il se risqua à libérer une main pour aller agripper son pistolet à sa cuisse. Sans perdre de temps, il enfonça ensuite le canon dans la bouche d'araignée de la chose. En pressant la détente, un impressionnant jet de sang jaunâtre lui aspergea le visage.

Wallas poussa ensuite son adversaire sur le côté et se releva rapidement. Mais ce fut en vain puisque déjà un autre armark lui tombait dessus. Le visage enfoncé dans la neige, l'homme se débattit du mieux qu'il put pour se sortir de là. Malgré tout, le démon réussit à le contaminer en lui sectionnant une jugulaire à l'aide de ses dents pointues.

Lorsque le coup de feu retentit, les Protecteurs à l'intérieur se réveillèrent en sursaut. Aussitôt, Tom, encore en sous-vêtement, se précipita vers la fenêtre de sa chambre, qui donnait sur l'arrière. C'est alors que, le prenant totalement par surprise, l'un des armarks, qui étaient encore accrochés au mur extérieur, passa au travers de la vitre et se jeta sur lui. Et comme le Chevalier de Dieu levait instinctivement son bras dénudé pour se protéger, le monstre lui attrapa le membre de sa gueule tel un chien enragé. Le chef perdit alors l'équilibre et se retrouva sur le dos. La bête lui grimpa sans attendre dessus et commença à lui lacérer profondément le torse de ses longues griffes.

Irsilda, qui portait un long T-shirt en guise de robe de nuit, attrapa alors un crucifix posé sur la table de chevet et l'exposa à l'assaillant de son mari pour le repousser. Mais à peine venait-elle de s'exécuter que déjà un deuxième armark, ayant les traits d'une femme cette fois, entra à son tour dans la pièce. Celui sur Tom profita donc de cette diversion pour pousser le bras de sa proie ensanglantée afin d'avoir accès directement à son cou.

— Noooon! hurla la belle latino en voyant son amoureux se faire mordre mortellement sous ses yeux.

Pendant ce temps, un autre esclave d'Orzel pénétra dans la chambre de Max et Sarah. Cependant, dès qu'il vit la cicatrice de brûlure en forme de croix sur la poitrine dénudée de l'ange, qui se levait de son lit au même instant, le monstre ferma non seulement les yeux, mais tenta même de les cacher avec ses mains. Sans hésiter, Max empoigna son épée, posée sur son sac d'équipement au pied du lit, avant de s'avancer rapidement vers lui. Et avant que le sbire du démon-araignée ne puisse se défendre, il lui transperça le cœur de son glaive. La lame bénite par ce puissant soldat de Dieu eut alors le même effet qu'aurait eu le feu sur l'armark et celui-ci s'éteignit en reprenant ses traits humains.

Un quatrième monstre fit à son tour son entrée, cette fois dans la pièce où Wayuki était retenue prisonnière. Kevin, le jeune prêtre, qui surveillait à son tour la détenue, figea littéralement de frayeur devant l'hideuse créature. Incapable de bouger, il se contenta de rester là, à l'autre bout lit, pendant que le démon s'approchait de la proie facile toujours ligotée.

— Non ! s'écria la chinoise en se débattant. Aide-moi ! Vite, il va m'attraper ! Mais aide-moi, merde ! Au secours ! Laisse-moi, saloperie ! termina-t-elle dans sa langue native.

Mais la recrue ne broncha pas le moindrement malgré les appels de la guerrière. Pour sa part, celle-ci, complètement paniquée en voyant l'armark s'approcher dangereusement, tira de toutes ses forces sur ses liens pour tenter de se libérer. Ce fut cependant en vain puisqu'ils étaient bien trop solides. Malgré tout, elle continua d'essayer, n'ayant aucune autre alternative pour échapper au monstre qui se penchait maintenant vers elle. Et comme celui-ci s'apprêtait à la contaminer, une balle le frappa de plein fouet dans le dos. Dérangé par la douleur, il se retourna vivement vers Yohanda, torse nu, qui venait de passer la porte juste à temps, un pistolet à la main. Fou de rage, l'esclave du Mal lui fonça littéralement dessus. Même s'il aurait facilement pu le ralentir en lui tirant dessus, le barbu, abaissa son arme et le laissa approcher. Dès qu'il fut à sa portée, le juif exposa son autre main, cachée derrière son dos, qui tenait un couteau anti-armark allumé.

Et avant que la créature ne puisse l'esquiver, il la poignarda directement dans sa partie vitale.

— Vite, libère-moi ! supplia Wayuki lorsque la chose s'écroula.

— Pour que tu t'attaques à Alicia ?! Il n'en est pas question !

— Il va en venir d'autre ! Vous allez avoir besoin de mon aide ! Je… Je te jure que je ne toucherai pas à un seul cheveu de la fille !

— Comment puis-je te faire confiance ?

— Écoute ce qui se passe autour ! Tu vois bien que toute cette maison est assiégée par ces armarks ! Nous n'avons pas le temps de discuter ! Alors soit tu me libères, soit tu me tues ! Mais je t'en supplie, ne me laisse pas aller en enfer ! Allez, libère-moi au plus vite ! finit-elle en répétant sa dernière phrase dans sa langue native, démontrant ainsi son énervement.

— Eh, merde ! Je sens que je vais le regretter ! Je t'avertis ! Si tu approches Alicia, je te jure que tu regretteras de ne pas avoir été plutôt en enfer !

Suite à cette mise en garde, Yohanda coupa les cordes qui retenaient les mains et les pieds de la prisonnière. Celle-ci regarda le colosse, musclé de façon impressionnante, s'exécuter en remerciant le Bien. Elle lui fit ensuite un signe de la tête pour démontrer sa gratitude. Une fois qu'il l'eut détaché, l'homme alla chercher le sabre posé plus loin sur un bureau, que Sarah avait conservé après l'avoir retiré du toit de son véhicule, un peu plus loin du barrage. Une fois en main, le barbu hésita un bref instant, pour finalement le lancer à sa propriétaire.

— Fais-en bon usage ! Voyons voir ce que tu vaux !

Lorsque son confrère redonna l'arme blanche à la femme, Kevin se recula un peu, se demandant ce qu'elle allait en faire. Mais celle-ci se contenta de le regarder et de le traiter de sans couilles en chinois.

— Kevin, ça va ? lui demanda ensuite Yohanda.

— Je… J'ai totalement figé ! Désolé, j'ai…

— Ce n'est pas le moment de discuter ! Est-ce que tu peux te battre ?

— Oui… Oui, je peux…

— Bon, alors c'est le moment de te reprendre ! Allons aider les autres !

Durant ce temps, Richard et Hugo, qui portaient tous deux un chandail, arrivèrent juste à temps dans la chambre de Max pour le voir évincer l'armark. Dès que ce dernier retira son épée de la dépouille, il se retourna vers Sarah et les deux hommes.

— Sortez la fille d'ici ! Allez la chercher et foutez le camp d'ici ! Je vais m'occuper d'eux !

Sans s'obstiner, la jeune femme enfila son pantalon et ses bottes, avant d'attraper sa veste de combat. Puis, elle se dirigea vers le corridor.

Les deux nouveaux venus, quant à eux, allèrent à la chambre d'Alicia. Ils retrouvèrent cette dernière, dont la frayeur pouvait se lire sur son visage, encore assise dans son lit. Richard lui attrapa sans attendre le bras et lui ordonna de venir avec lui. Celle-ci, en pyjama, n'eut d'autre choix que de le suivre.

Lorsqu'il passa devant la chambre d'Irsilda, Max aperçut cette dernière qui tentait de tenir à distance les deux armarks devant elle à l'aide de son crucifix. Dès que l'ange se rua à son secours, les deux esclaves d'Orzel sentirent qu'ils ne faisaient pas le poids et s'enfuirent aussitôt à l'extérieur, en passant par où ils étaient entrés. Au moment où ils disparurent, Irsilda se jeta sur le corps inerte et mutilé de Tom.

— Non ! Seigneur, non ! Pas ça ! Mon Dieu, pas lui !

Max totalement estomaqué, n'arrivait pas à en croire ses yeux. Il resta donc là, à observer le cadavre de son ami, sentant une douleur intense lui saisir la poitrine.

— Vite, Max ! lui hurla-t-elle. Viens le guérir !

— Est-ce qu'il est mort ? lui demanda-t-il même si la gorge sauvagement déchirée et la mare de sang dans laquelle il gisait répondaient déjà à sa question.

— Je n'en sais rien ! On dirait que oui ! Oh non !

— Je ne peux pas réveiller les morts !

— Qu'est-ce que t'en sais ?! As-tu déjà essayé seulement ?! Et il n'est peut-être pas encore parti ? Viens essayer au moins, merde !

— Irsilda, il est trop tard. Il faut sortir la fille…

— Max je t'en supplie, essaie quelque chose !

Par principe, l'ange se pencha alors et posa sa main sur le front de Tom. Puis, il tenta de mettre son don en pratique, mais comme il le craignait, il n'y avait plus rien à faire.

— Désolé, Irsilda. C'est trop tard !

— Nooon ! Mon amour, non ! Tu ne peux pas me faire cela !

Et pendant que la femme pleurait son mari, Tucker, le chauve, qui dormait sur le sofa en bas, grimpa l'escalier pour venir aider ses confrères. En arrivant en haut, il retrouva tout le monde rassemblé dans le corridor, excepté Max et Irsilda, qui se préparait à descendre.

— Qu'est-ce qui se passe ?

— C'est une attaque des armarks! lui avoua Yohanda. Il faut partir!

— Par ici! La voie est libre!

Mais dès qu'il termina sa phrase, une étrange brume monta rapidement juste derrière lui pour venir former une imposante silhouette. Sarah, témoin de la scène, alerta au plus vite son acolyte. Ce dernier se retourna alors juste à temps pour voir le nuage noir se transformer en un être physique de grande stature. Et en moins d'une seconde, une affreuse créature prit forme devant lui. L'ignoble chose, qui ne portait aucun vêtement, n'avait que quelques poils rigides ici et là pour habiller sa peau grisâtre. De son corps costaud sortaient huit membres, soit deux grandes jambes solides et six bras minces. À ces derniers s'ajoutaient des mains ne comptant que trois gros doigts pourvus d'énormes griffes. Au bout de son cou, tellement musclé qu'il donnait presque l'impression de ne pas exister, trônait une tête chauve au visage hideux. Huit yeux ronds totalement noirs et deux petits trous en guise de nez ornaient son visage. Mais ce qui effraya le plus Tucker fut sa monstrueuse gueule béante composée de deux imposants crocs, sortant horizontalement de part et d'autre de la bouche, ainsi que d'une série de petites dents pointues.

Les spectateurs dans le corridor, qui faisaient tous pour la première fois face à Orzel en personne, furent totalement subjugués devant l'abjecte créature. Même Yohanda, qui avait déjà combattu la bête, se sentit terrorisé devant cette effroyable araignée humanoïde. Pour sa part, Richard, qui avait encore des doutes face à toutes ces histoires de démons, resta complètement abasourdi devant la scène.

Cependant, le chef des armarks ne leur laissa point le temps pour le dévisager davantage et, avant que l'un d'entre eux ne puisse réagir, il tendit sa patte vers Tucker, devant lui. Par chance, ce dernier eut le réflexe de se reculer au dernier instant pour l'éviter. Néanmoins, le démon, dont l'un de ses sbires venait d'absorber l'âme d'un Chevalier de Dieu, utilisa aussitôt sa nouvelle faculté de télékinésie. C'est alors que, sans qu'il ne puisse se retenir, le membre des Protecteurs se fit aspirer vers Orzel à toute vitesse. Et dès qu'il arriva à sa hauteur, le monstre l'attrapa pour ensuite lui prendre son âme, à l'aide de ses crocs imposants.

Même s'il voyait bien qu'il était trop tard, Yohanda leva son pistolet et ouvrit le feu. Comme il le craignait, Orzel ne broncha presque pas à l'impact des balles. Et avant que le barbu ne finisse son chargeur, son arme lui glissa d'entre les doigts pour s'envoler jusqu'à l'une des pattes du démon. Le fusil se fit ensuite broyé aisément sous son étreinte. Puis, le barbu se sentit poussé vers l'arrière comme si un vent violent l'emportait. Ses pieds se décollèrent littéralement du sol et il alla se river durement contre le mur au bout du corridor.

— Vite! ordonna Sarah aux autres. Entrez là-dedans!

Pendant que ces derniers se mettaient à l'abri dans la pièce à droite, la belle ouvrit le feu à son tour, cherchant ainsi à gagner du temps. Mais rapidement, elle se sentit également aspirée vers le démon. En la voyant s'envoler, Richard lui attrapa juste à temps la cheville d'une main et le cadre de porte de l'autre. Il tenta alors de la retenir de toutes ses forces.

Kevin, qui regardait la scène, réussit cette fois à surpasser sa peur afin de réagir. Il sortit donc le crucifix qu'il portait à son cou et l'exposa devant le chef des armarks. Malheureusement, ce dernier était maintenant beaucoup trop puissant pour être repoussé par une croix, même s'il s'agissait d'un prêtre. Toutefois, ne voulant pas être gêné davantage par lui, Orzel lui envoya une boule de toile d'araignée en plein visage. Incapable de respirer, Kevin se mit alors à paniquer et tenta d'arracher le tissu adhésif de ses deux mains.

Au même moment, Richard, malgré tous ses efforts, échappa contre son gré Sarah, qui s'envola en direction de l'arachnide géant. Celui-ci s'apprêtait à la saisir quand soudain, au dernier instant, Max sortit à toute vitesse de la chambre où il se trouvait et agrippa à son tour sa copine par un pied. Dès qu'il mit la main dessus, elle stoppa net, flottant à l'horizontal au-dessus du plancher. Voyant que sa force pouvait rivaliser avec le pouvoir d'Orzel, l'ange ne perdit pas une seconde et lança Sarah dans la pièce d'à côté. Lorsqu'elle passa le cadre de porte, la jeune femme chuta au sol et glissa jusqu'au cadavre de Tom.

Fou de rage, le démon-araignée tenta immédiatement sa nouvelle faculté sur le surhomme. Mais à son grand regret, ni ce dernier, ni son épée ne furent affectés par sa télékinésie. Malgré une tenace tentative de la créature du Mal, le puissant soldat de Dieu ne broncha pas le moindrement et resta sur place au milieu du couloir.

Au même moment, l'attention de Max fut attirée par les plaintes de Kevin, qui tentait encore de libérer sa bouche et son nez. Rapidement, il arracha d'une main la toile qui empêchait son collègue de respirer. Dès qu'une ouverture se créa, le pauvre Kevin, qui commençait sérieusement à croire que c'était la fin, inspira profondément.

L'abject monstre profita alors de ce délai et changea de cible. Ses yeux se posèrent alors sur Richard, encore dans le corridor. Ce dernier sentit aussitôt un morceau de toile blanche l'attraper au thorax pour ensuite être aspiré d'un seul coup. Et avant que Max ne puisse se retourner à temps pour l'attraper, le rouquin se retrouva sous l'emprise du démon, qui lui agrippa le cou de ses doigts robustes.

Plus loin, Wayuki, qui s'était dissimulée lorsque Sarah les avait couverts, se retrouva seule avec Alicia et Hugo. Ces derniers se reculèrent aussitôt devant la femme et son sabre, qui les fixait attentivement.

— Lâche ton arme ou je lui brise la nuque! menaça pendant ce temps le chef armark, toujours dans le passage, de son abominable voix, à la fois aigüe et grave, comme s'ils étaient deux à parler.

— Cette épée a raté ton cœur de peu lors de notre dernière rencontre dans les égouts de Winslow, lui répondit Max. Si tu oses le tuer, je te jure que tu n'auras pas autant de chance cette fois-ci ! Lâche-le et je te laisserai partir ! Dans le cas contraire…

— J'arrive à sonder ton âme, l'ange ! Tu n'es pas prêt à le sacrifier, répliqua-t-il en ballotant son otage à bout de bras. Je le sais. Alors lâche ton glaive si tu veux le sauver !

— No… Aaaarghh ! Ne… Fais… Pas… Ça ! essaya de dire Richard.

— Je connais les salopards de ton espèce ! répliqua le brave. Même si je dépose mon arme, tu le tueras de toute façon ! Tu as raison, je ne veux pas le sacrifier ! Mais je ne suis pas aussi stupide !

Pendant que Max se retrouvait dans cette impasse, dans la pièce d'à côté, Wayuki s'avançait silencieusement vers la vierge. Cette dernière, qui crut à ce moment que la chinoise allait en profiter pour la tailler en pièces, se recourba sur elle-même en dernier recours afin de se protéger.

— Pitié ! Ne me tuez pas ! Je ne suis au courant de rien ! Je vous le jure !

— C'est ton jour de chance ! Je viens de promettre de ne pas te toucher ! Enfin, pour l'instant ! répondit-elle en passant près d'elle avant de se diriger vers la veste tactique de Richard, encore posée à côté de son lit.

Hugo, qui était resté totalement immobile, la regarda fouiller dans l'équipement en se demandant quelles étaient ses intentions. Il comprit bientôt lorsqu'elle sortit l'un de ces fameux couteaux ayant la capacité de s'enflammer.

— Dernière chance, Max ! l'avertit plus loin Orzel. Tu n'es pas prêt à le voir mourir sous tes yeux ! Tu le sais très bien !

L'ange, qui ne pouvait qu'admettre que le démon avait tout à fait raison, se demanda réellement ce qu'il devait faire à présent. Il tenta d'exposer sa marque de croix cicatrisée, mais en vain. Elle n'avait aucun effet sur celui qui détenait un trop grand pouvoir à présent. Ne voyant pas d'autres options, il songea alors à lâcher la poignée de son épée, même s'il savait que les chances de sauver Richard ainsi étaient minces.

Pour sa part, le rouquin, qui avait de plus en plus de mal à respirer, se débattait de toutes ses forces pour se sortir de là. Mais l'emprise du monstre était beaucoup trop serrée. Malgré tout, poussé par la panique, il continua ses tentatives sans ralentir.

— Dis-lui au revoir dans ce cas !

— Non ! Arrête ! C'est bon, je vais le faire ! Mais laisse-le partir !

Le chef des armarks salivait déjà en voyant la puissante âme de l'ange à sa portée, alors que celui-ci s'apprêtait à céder. Et comme la situation semblait tourner à l'avantage du démon, Wayuki ressortit brusquement dans le couloir en lançant son arme en feu. Celle-ci tournoya ensuite sur elle-même tout en voyageant à une vitesse fulgurante sous les yeux de Richard, comme si un vent la propulsait pour qu'elle exécute encore plus vite le trajet. Par chance, la lame alla se loger dans l'épaule de l'araignée humanoïde avant que cette dernière ne la remarque. Dès que l'élément meurtrier pour Orzel le toucha, la douleur lui fit desserrer sa prise et son otage en profita pour se pousser sur le torse grisâtre avec vigueur à l'aide de ses pieds. Contre toute attente, l'homme se sentit glisser miraculeusement hors de la prise. Cependant, une fois libéré, il chuta directement dans l'escalier. Ce fut ensuite le souffle coupé qu'il déboula le reste des marches.

Dès que l'otage fût relâché, Max leva son glaive et fonça sans hésiter vers son adversaire.

— Max! le supplia Irsilda au même instant. Si tu le tues, Tom est fichu! La seule chance de le sauver est de garder ce monstre en vie jusqu'à ce que son corps termine sa transformation en l'un de ses sbires!

Elle avait raison. S'il le tuait, son ami était perdu pour de bon. Il devait donc retenir ses coups et tenter seulement de le maîtriser. Il se concentra donc sur l'un des nombreux bras que la chose venait de lever pour se protéger. À l'instant même où sa lame le toucha, l'avant-bras du démon se sectionna en laissant échapper un long jet de sang jaunâtre.

Pendant que le combat des demi-dieux se déroulait, Wayuki aidait Yohanda à se remettre sur pied. Ce dernier, encore un peu sonné, la suivit tout de même jusqu'à l'endroit où se trouvait le médium et l'adolescente.

— Il faut foutre le camp d'ici pendant que votre ange le retient! suggéra la chinoise.

— Oui... Mais par où? s'interrogea le barbu. Les escaliers sont bloqués.

En guise de réponse, elle jeta un sac d'équipement au travers de la fenêtre de la chambre, qui se brisa en plusieurs morceaux. Par la suite, sans hésiter, elle se jeta par l'ouverture pour aller atterrir dans la neige. En la voyant, Alicia accourut pour vérifier son état. Lorsqu'elle la vit se relever sans peine, elle utilisa à son tour le passage pour sauter également. Yohanda pressa alors Hugo à faire de même. Toutefois, lorsque ce dernier arriva au rebord de la fenêtre, sa peur des hauteurs le fit hésiter un peu. N'ayant pas de temps à perdre, le barbu poussa le petit grassouillet, qui n'eut d'autre choix que de tomber également dans la neige. Mais avant que le juif musclé ne les suive, il aperçut au loin d'autres armarks qui sortaient de la forêt et fonçaient sur ceux déjà en bas. Il en compta au moins quatre. Voulant protéger la jeune fille à tout prix, il se précipita sans hésiter à la rescousse.

Toujours dans le corridor, Max lacéra douloureusement le ventre de son adversaire. Ayant pour objectif de lui couper une jambe, il envoya à nouveau son épée en direction d'Orzel. Mais ce dernier, doté également d'une vitesse surhumaine, empoigna la lame juste à temps. Même si cela lui coûta un doigt, il réussit à la retenir assez longtemps pour passer à l'attaque à son tour. Il frappa alors le visage de son opposant de ses griffes, qui lui déchirèrent profondément la peau. Il enchaina ensuite en lui enfonçant ses mêmes immenses lames au bout de ses doigts dans le ventre, pendant qu'avec une autre patte, il lui cogna simultanément la main qui tenait le glaive. Dès que Max échappa ce dernier au sol, Orzel lui assena un brutal « uppercut ». Le pauvre ange, qui venait de subir un enchainement de plusieurs coups de la part de la chose aux bras multiples, se fit projeter sur plusieurs mètres vers l'arrière. Le chef des armarks en profita ensuite pour pousser l'épée bénite vers l'escalier de son pied afin d'écarter cette menace.

Kevin, qui se retrouva à nouveau devant le serviteur du Mal, tenta à nouveau sa chance avec son crucifix. Mais dès qu'il leva le bras, Orzel lui trancha cruellement la main tenant la croix. Puis, comme il s'agissait tout de même d'une âme de prêtre, il prit le temps de l'achever avec ses immenses canines.

Plus bas, Yohanda, poussé par l'adrénaline, ne sentit aucunement la fraîche lorsqu'il termina sa chute en roulant torse nu dans la neige. L'homme se remit debout immédiatement, alluma son couteau et se prépara à affronter les esclaves du démon-araignée qui se ruait sur eux. Wayuki et lui formèrent alors un demi-cercle pour protéger les deux autres derrière eux. Lorsque le premier s'approcha, la ninja lui trancha littéralement la tête de son sabre. De son côté, le colosse évita un coup de patte avant d'achever son opposant en lui plantant son poignard spécial dans le cœur. Mais alors que les combattants étaient occupés avec leurs adversaires, une femme contaminée bondit par-dessus eux en direction d'Alicia. Lorsqu'elle toucha le sol juste devant l'immaculé, la créature se rua sans attendre vers elle. Yohanda, l'ayant vu se propulser au-dessus de sa tête, se retourna trop tard. La chose était déjà grimpée sur l'adolescente tout en lui retenant les poignets. Malheureusement, le barbu était bien trop loin d'elle pour intervenir à temps. Il tenta tout de même de la sauver en se dirigeant à toute vitesse vers eux.

C'est alors que le sbire d'Orzel, qui aurait facilement pu la mordre, se contenta seulement de renifler le visage de la vierge, qui hurlait d'effroi. Et contre toute attente, il la relâcha subitement et se releva pour faire face au grand musclé qui approchait. Celui-ci l'attaqua alors sans hésiter. Après l'avoir brûlé au visage et au ventre, il termina enfin l'affrontement en logeant son couteau dans son point vital.

À l'instant où la femme possédée reprit ses traits d'humaine, Yohanda leva les yeux vers Wayuki. Cette dernière, qui avait été également témoin du spectacle, lui envoya un signe de négation de la tête, signifiant ainsi qu'il était impossible qu'un démon n'ait épargné la fille si réellement elle portait le fils de Dieu. Cependant, étant en plein combat, ils ne purent en délibérer davantage et continuèrent tout de même à se battre.

Même s'il ressentait de la douleur lorsque ses sujets se faisaient éliminer dehors, le puissant démon resta concentré sur son combat avec l'ange, qui n'avait maintenant plus son arme en main. Profitant de cet avantage, le soldat du Mal rejeta le cadavre de Kevin sur le côté et se rua vers Max, qui venait à peine de se relever, la figure ensanglantée. Le pauvre n'eut que le temps de le voir arriver que déjà son ennemi le propulsait jusqu'au fond du couloir. Il y atterrit si fort que le mur céda carrément, envoyant Max atterrir jusque dans la neige à l'extérieur.

Pendant que le guerrier du Bien passait au travers du mur Ouest de la maison, au Nord, la chinoise trancha d'abord la jambe du dernier armark autour d'eux, avant de le décapiter. Même si elle savait que ce n'était qu'un moyen temporaire pour neutraliser un démon, cela allait tout de même leur laisser le temps de s'enfuir. Elle saisit donc le sac d'équipement lancé plus tôt et se dirigea vers le côté Est. Yohanda, quant à lui, attrapa le bras d'Alicia, qui semblait complètement sous le choc, et la tira pour la forcer à se relever. Mais même lorsqu'elle fut debout, il dut la traîner afin qu'elle avance. Hugo, lui, se contenta de les suivre en silence. Comme ils contournaient le refuge par l'autre flanc, ils ne virent pas le nuage blanc se dessiner lorsque Max se riva contre le sol. À l'instant où ils atteignirent l'un des véhicules, ils montèrent rapidement à bord. Le barbu dut carrément prendre Alicia dans ses bras, elle qui tremblait comme une feuille, pour l'installer sur le siège arrière. Wayuki ne prit pas de chance et s'installa au volant afin de ne pas être abandonnée. Dès que le juif referma la portière du côté passager, la guerrière démarra sans attendre.

Ne laissant pas le temps à son adversaire de se relever, Orzel, quant à lui, bondit par l'ouverture qui venait d'être créée et alla atterrir directement sur lui. Dès qu'il lui tomba dessus, il tenta de le mordre sans hésitation. Mais Max eut à temps le réflexe de saisir ses deux longs crocs, de chaque côté de sa gueule, afin de l'arrêter. Tout en le retenant au-dessus de son visage, l'ange, le dos nu dans la neige, sentit la dégoutante bave visqueuse lui couler sur les joues.

Sarah, qui venait d'assister à la bagarre, sortit alors son arme anti-armark et se retourna vers le cadavre du chef des Protecteurs. Puis, tout en allumant son couteau, elle s'avança vers le corps mutilé.

— Qu'est-ce que tu fais ? l'interrogea Irsilda.

— C'est l'âme de Tom qui donne autant de force à ce monstre ! Il faut la lui enlever !

— Il n'est pas question que tu le touches ! Si tu t'approches de lui…

— Irsilda, l'âme de Tom est en train de se faire torturer en enfer ! Je l'ai déjà vécu et crois-moi, ce fut une expérience des plus horribles ! Il faut le libérer !

— Non ! Si on veut le sauver, il faut attendre qu'il se réveille en armark. À ce moment-là, Max pourra l'exorciser !

— Max est en train de se battre contre l'un des plus puissants démons qui ait existé. Si on ne fait rien pour l'aider, il ne sera plus là pour aider ton mari ! Imagine si Orzel s'accapare son âme ! Il sera indestructible !

— Il... Il faut prendre le risque !

Ignorant les dires de son amie attristée, Sarah continua tout de même à avancer. Mais lorsqu'elle arriva à proximité du Chevalier de Dieu, Irsilda fonça sur elle en lui agrippant le poignet qui tenait le couteau.

— Je t'avertis, Sarah ! Je ne te laisserai pas tuer Tom !

— Si on ne fait rien, c'est Max qui risque d'y passer !

Sur ces mots, la fille de Robert plaqua sa lame enflammée sur l'avant-bras de la main qui la retenait. La douleur la fit automatiquement lâcher prise. Cependant, dès qu'elle se fit brûler, Irsilda comprit que sa nouvelle rivale était prête à tout pour arriver à ses fins. Alors, cherchant désespérément à protéger son homme, elle saisit cette dernière par les hanches et la jeta avec force contre le bureau derrière. Et sans lui laisser le temps de reprendre son souffle, elle frappa la main armée, lui faisant échapper son poignard, qui glissa jusque sous le lit. Sans attendre, elle lui envoya ensuite un brutal crochet du droit. Sarah tomba alors sur la table de nuit juste à côté.

— Je ne peux pas te laisser faire ! s'expliqua la latino. Je suis désolée.

— Oui, moi aussi !

En terminant sa phrase, la copine de l'ange saisit la lampe devant elle et, en se retourna rapidement, la fracassa violemment contre le visage de son adversaire. Cette dernière, complètement ébranlée, recula de quelque pas en tentant de reprendre ses esprits. Sans attendre, Sarah enchaîna en bondissant sur elle. Appliquant une prise que Yohanda lui avait apprise, celle-ci enveloppa ensuite le cou de l'espagnole de ses jambes et la projeta au sol. Une fois par terre, la tête et le bras droit de la doyenne entre ses cuisses, la plus jeune serra de toutes ses forces pour tenter de lui faire perdre conscience.

Pendant ce temps, Max, toujours prisonnier sous le soldat de Satan, tentait désespérément de le repousser. Soudain, contre toute attente, lorsqu'il appliqua une ferme pression à droite, le croc s'arracha complètement de la joue du prédateur. Profitant de l'occasion, l'ange planta alors la longue dent qu'il tenait à présent dans sa main en plein milieu de l'un de ses nombreux yeux noirs. Puis, lorsque la créature se recula pour hurler de douleur, il plaça ses pieds sur le ventre grisâtre et le propulsa de plusieurs mètres vers l'arrière. Cependant, à l'instant où Max se releva pour poursuivre le combat, une femme contaminée par Orzel arriva en douce dernière lui.

Dans la maison, alors que Sarah tentait toujours d'appliquer adéquatement sa prise de jiu-jitsu, celle-ci remarqua du coin de l'œil que son poignard anti-armark échappé plus tôt était en train de mettre le feu aux draps blancs. La diversion, sans qu'elle ne s'en rende compte, lui fit desserrer légèrement les jambes. Irsilda exploita ce relâchement pour se déplacer juste assez afin de lui mordre sauvagement une cuisse. Surprise par la douleur, la jeune relâcha son opposante, qui en profita pour se hisser hâtivement sur elle. Sans attendre, Irsilda lui envoya ensuite une série de rapides coups de poings. Ayant les réflexes aiguisés, Sarah réussit à se protéger à temps avec ses avant-bras. Mais la latino poursuivit tout de même ses attaques sans ralentir. Toutefois, lorsque l'occasion se présenta, la fille de Robert réussit à agripper les longs cheveux qui pendaient et à les tirer férocement, l'obligeant à se rapprocher. Puis, la copine de Max lui saisit la tête entre ses bras, l'empêchant ainsi de continuer à la river de coup. Néanmoins, Irsilda ne s'arrêta pas là. Une fois dans cette position, elle remarqua un long morceau de verre provenant de la fenêtre cassée, qui se trouvait à sa portée. Sans réfléchir, elle s'en saisit pour ensuite le planter dans la cuisse de celle qui la retenait. Encore une fois, Sarah lâcha prise. Mais cette fois, Irsilda se releva et accourut vers son équipement dans le coin. Rapidement, elle trouva son pistolet encore dans l'étui. Et avant que Sarah ne puisse l'arrêter, elle se retourna en pointant le canon dans sa direction.

— Ça suffit, Sarah ! Ne me force pas à faire cela !

— Qu'est-ce que tu vas me faire ?! Tu vas me tuer ?!

— Je t'avertis ! Ne bouge plus !

— Irsilda ! Tu as complétement perdu l'esprit ! Tu sais bien pourtant que c'est ce que Tom voudrait !

Plus bas, à l'instant où l'armark femelle bondissait vers Max, ce dernier se retourna juste à temps et l'attrapa à la gorge. Puis, tout en retenant la chose qui se débattait au-dessus du sol, il enfonça, sans réfléchir, son poing de façon robuste dans sa poitrine. Il empoigna ensuite son cœur et le broya entre ses puissants doigts divins. La pratique sembla fonctionner, puisque dès qu'il s'exécuta, elle cessa de bouger d'un seul coup en reprenant lentement ses traits humains.

Il n'eut cependant pas le temps de regarder plus longtemps ce spectacle puisque pendant qu'il s'exécutait, Orzel fit léviter le Suburbain restant dans sa direction. Le côté du véhicule le happa alors de plein fouet sans qu'il ne puisse l'éviter, avant d'aller l'écraser brutalement contre la maison. Miraculeusement, Max, toujours vivant, repoussa le VUS. Mais à l'instant où il se libérait, un morceau de bois en pointe échappé de la cavité dans le mur plus haut se dirigea à toute vitesse vers lui. Comme son réflexe fut de se protéger avec sa main, le pic traversa celle-ci de part en part pour ensuite terminer sa course en s'enfonçant profondément dans le mur. Au même moment, un autre madrier pointu vola vers lui. Cette fois encore, un scénario similaire se reproduisit. Le pauvre Max se retrouva alors littéralement crucifié contre l'extérieur du refuge.

— Irsilda, merde ! insistait encore Sarah, alors que les flammes sur le lit prenait de plus en plus d'ardeur. Il faut le faire ! L'âme de Tom rend Orzel trop puissant ! Tu l'as vu plus tôt ?! Même Max avait de la difficulté à rivaliser contre lui !

— Je… Je ne peux pas…

— Tu l'as fait dans cette morgue parce que c'était la meilleure chose à faire ! Parce qu'on ne voulait pas que les âmes des membres de cette famille ne souffrent davantage en enfer ! C'est encore le cas ici ! Dans son intérêt ! Il subit les pires tourments présentement, nom d'un chien !

— C'est… C'est trop dur !

Pendant cette discussion, un autre morceau de bois cassé alla empaler l'ange dans le ventre, cette fois. Et le démon ne s'arrêta pas là. Tout en avançant vers son adversaire, il utilisa sa faculté de télékinésie pour l'attaquer avec tout ce qui se trouvait sous ses yeux. Lorsque ce fut au tour d'une tige métallique de lui traverser la poitrine, Max poussa un long hurlement de douleur, qui parvint jusqu'aux oreilles de sa copine.

— Irsilda ! Écoute, merde ! Vite, il faut en finir !

— Non ! Non… Pas lui…

— Tu as entendu ! On ne peut plus attendre ! Tu… Tu vas devoir me tuer ! Je n'ai pas l'intention de rester sans rien faire !

Sur ces mots, Sarah se retourna vers le lit, maintenant en flamme. Elle tenta de retrouver son couteau, mais en vain. Elle chercha alors un autre objet pointu déjà en feu pour faire le travail.

— Sarah, lui cria l'espagnole en lui dévoilant sa dague conçut pout éliminer les armarks, qu'elle venait d'aller chercher dans son équipement. C'est bon, vas-y ! Fais-le !

Une larme sur la joue, elle le lui lança alors contre son gré. Celle-ci l'attrapa au vol pour ensuite s'avancer vers Tom, le cœur battant la chamade. Éliminer un inconnu, c'était une chose. Mais poignarder son ami en était une toute autre.

Pendant que la belle hésitait, Orzel fit léviter un large morceau de verre, provenant du pare-brise fracassé, à la hauteur de la gorge de Max, cloué au mur devant lui. Et pendant qu'il se préparait à trancher la tête de l'ange, Sarah éleva son couteau de feu au-dessus de la poitrine du chef des Protecteurs, devant le regard attristé d'Irsilda. Sans le savoir, elle devait faire au plus vite puisque la mort de Max était imminente.

Tout portait à croire que s'en serait bientôt fini pour Tom ou pour Max quand soudain, une explosion retentit près du démon. Les deux femmes à fleur de peau sursautèrent aussitôt en poussant de petits cris. Lorsqu'elles réalisèrent enfin que le bruit provenait de l'extérieur, elles accoururent à la fenêtre. Les deux femmes aperçurent d'abord Orzel en flamme, se roulant dans la neige en hurlant de douleur, avant de reconnaître Richard, à proximité de lui, tenant l'épée de Max.

En effet, ce dernier, après avoir repris ses esprits suite à sa chute dans l'escalier, avait immédiatement remarqué la fameuse lame qui avait atterrit au bas des marches. Une fois sur pied, son œil avait été attiré par la chute de Max. En voyant ensuite Orzel se ruer sur lui, il avait vite fait d'accourir à son secours. En passant devant l'équipement de Tucker, au pied du sofa, il y avait évidemment cherché quelque chose d'autre qu'un glaive médiéval pour se défendre. Il était alors tombé sur les grenades spécialement conçues pour ce genre de démon. Une fois à l'extérieur, il était intervenu juste à temps pour sauver l'ange.

Tout en regardant la créature se débattre, le rouquin se demanda un instant s'il allait réellement s'approcher pour l'attaquer avec l'épée qu'il tenait. À l'instant où il se décida enfin à bouger, Orzel leva un bras dans les airs. C'est alors que le cadavre de Tom s'envola à travers la pièce en flammes pour ensuite passer à vive allure entre les deux femmes sans que celles-ci n'aient le temps de l'arrêter. Une fois qu'il eut traversé la fenêtre, le corps se dirigea directement sous l'emprise du démon. Celui-ci, qui sentait que la situation ne tournait pas à son avantage, voulut garder près de lui le Chevalier de Dieu avant que quelqu'un ne libère son âme, celle-ci étant la source de tout son pouvoir. Puis, surprenant totalement Richard, qui se rapprochait dangereusement, le monstre bondit excessivement haut pour retomber beaucoup plus loin dans la forêt.

— Nooon ! lâcha Irsilda en voyant le sbire du Mal disparaître avec son mari sur son épaule. Le salaud ! Le salaud ! Mon Dieu, non ! Pitié !

Une fois que l'effroyable chose fut partie, Richard poussa un soupir avant de s'approcher de Max, immobile, pour vérifier s'il était toujours en vie. Comme celui-ci ne semblait plus respirer, le rouquin se questionna un instant sur ce qu'il devait faire. Soudain, l'être surnaturel releva la tête, le faisant tressauter. Puis, l'ange arracha du mur le pic en bois qui retenait sa main droite avant de secouer cette dernière pour l'extraire de sa paume. Une fois qu'elle fut libérée, ce dernier s'en servit pour retirer les autres qui le retenaient contre la demeure. Lorsqu'il se débarrassa péniblement du dernier, le pauvre s'effondra à plat ventre contre le sol.

Richard, qui le regardait s'exécuter avec dégoût, accourut à ses côtés. Puis, il le prit sur ses épaule et alla le déposer sur le capot du véhicule accidenté afin qu'il ne soit pas étendu dans la neige froide.

En voyant son amoureux blessé, Sarah se dépêcha d'aller le rejoindre. Toutefois, une fois qu'elle eut traversé la pièce en flammes, elle s'arrêta pour vérifier si Irsilda la suivait. Lorsqu'elle perçut à travers la fumée que celle-ci était toujours sur le bord de la fenêtre en train de pleurer, la jeune femme retourna à l'intérieur pour aller la chercher. En chemin, elle en profita pour ramasser un sac d'équipement.

— Vite Irsilda, viens ! lui dit-elle lorsqu'elle arriva à proximité.

— Qu'est-ce que j'ai fait ?

— Ce n'est pas le moment ! Viens vite !

— Il est en train de souffrir et moi je...

— Irsilda, écoute-moi ! Il faut te ressaisir ! Tout n'est pas perdu ! On peut encore le sauver ! Mais il faut y aller maintenant ! Nous allons suffoquer si nous restons ici !

Sur ces mots, Sarah lança d'abord le sac par la vitre cassée pour ensuite tirer sur le bras de la latino. Celle-ci se décida enfin à la suivre dans le corridor. Une fois sorties de la chambre, elles descendirent les marches et se dirigèrent rapidement en dehors du refuge.

Lorsque la fille de Robert arriva enfin auprès de Max, celui-ci commençait déjà à guérir de ses impressionnantes blessures. Sans attendre que toutes les plaies ne se soient refermées, elle lui sauta dans les bras en couvrant son visage de baisers.

— Oh, mon chéri ! J'ai eu si peur !

— Est-ce que tu vas bien ?

— Oui, et toi ?

— Ça va... Aïe... Grâce à Richard, encore une fois. Je commence à croire que Dieu t'a placé sur ma route pour veiller sur moi. C'est toi, l'ange-gardien !

— Je ne crois pas, répondit ce dernier. J'ai été simplement à la bonne place au bon moment. En plus, j'ai bien failli tout faire foirer plus tôt !

— Tu m'as sauvé, Richard ! Pour la deuxième fois depuis notre rencontre !

— Mais qu'est-ce que c'était que ce truc, bordel de merde ?!

— C'était Orzel, le démon à l'aspect d'araignée.... Aïe... Le plus hideux d'entre eux. Les autres étaient ses serviteurs qu'il avait créés en les contaminant.

— Nom d'un chien ! Je crois que je n'arriverai plus jamais à dormir ! Comment ai-je pu passer à côté de tout ça dans mon enquête, durant toutes ces années ?!

— C'est normal, mon ami. Cela faisait plus de trois ans qu'il n'y avait pas eu de démon sur Terre.

Et Nospheus n'était pas resté très longtemps avant qu'on ne le bute... Aïe... Il ne m'a pas épargné ce salaud... Ouch! Ça a fait un mal de chien... Dites, où est Alicia?! Où sont les autres?!

— Il manque un Suburbain, remarqua Sarah. Comme il n'y a plus personne à l'intérieur, ils doivent s'être enfuis.

— Espérons-le!

— Sont-ils également partis avec la prisonnière?

— C'est elle qui a sauvée Richard, commenta Max. Alors, je ne crois plus qu'elle soit réellement notre prisonnière.

— Vraiment?!

— Irsilda, enchaîna l'ange en remarquant celle-ci en larmes. Ne désespère pas! Nous allons le retrouver et nous allons le sauver!

— Merci, Max. Mais... Tu n'aurais pas dû m'écouter et tu aurais dû tuer ce fils de pute!

— Ne te fais pas ça! Je suis entièrement capable de prendre mes propres décisions! Tu n'es pas coupable de ça!

— Nous ne devrions peut-être pas traîner ici! suggéra brusquement le rouquin. Qui sait ce qui peut nous tomber encore dessus?

— Richard a raison, acquiesça Max. Je suis loin d'être au sommet de ma forme. Cette guérison vient de prendre beaucoup d'énergie. Allons-nous-en au plus vite! En plus, les pompiers risquent de débarquer d'un instant à l'autre.

Pendant que Sarah alla quérir le sac qu'elle avait lancé plus tôt, le veuf essaya de démarrer le 4x4 endommagé, qui était encore sur ses roues. À sa grande surprise, le moteur se mit à tourner aisément.

Avant de partir, Max, qui était déjà presqu'entièrement guéri, monta à l'étage pour récupérer les corps de Tucker et Kevin. Toutefois, lorsqu'il découvrit ceux-ci déjà dans les flammes, il se contenta de prononcer une courte prière, sachant que leurs âmes seraient ainsi libérées. Il vérifia ensuite alentour afin de s'assurer qu'il n'oubliait personne d'autre. Il ne trouva alors que les corps des armarks que Yohanda avait évincés. Il espéra à ce moment que tous ceux qui manquaient à l'appel se trouvaient bien à bord de l'autre Suburbain.

Une fois de retour au véhicule, Sarah démarra sans même savoir où ils allaient maintenant. Tout ce qui comptait, c'était de quitter ce repaire en feu qui était désormais compromis.

Chapitre 16

32 heures après Alicia

— Et maintenant, où est-ce qu'on va ? demanda Wayuki, encore au volant.

— Je… Je me demande si l'on ne devrait pas retourner là-bas. Ils ont peut-être besoin de nous ! se questionna Yohanda.

— Votre chef est un Chevalier de Dieu. Sans compter votre ange. Tu l'as vu à l'œuvre cet après-midi ? Ils vont s'en sortir, j'en suis certaine. Je ne crois pas que retourner là-bas avec elle soit une bonne idée. Peu importe de quel côté elle se trouve… D'autant plus qu'avec ce qui s'est produit…

— Je vous jure que je n'ai aucune idée pourquoi ce monstre m'a épargné ! se justifia aussitôt Alicia, encore sous le choc.

— Je… Je voudrais bien te croire, commenta Yohanda. Mais… Il aurait facilement pu en finir… C'est… C'est impossible que tu portes l'enfant du Bien ! Jamais il ne t'aurait épargné si c'était le cas !

— Puisque je vous dis que je ne sais rien ! C'est vous qui avez supposé des choses lorsque vous avez su que j'étais enceinte! Moi, je ne suis au courant de rien! Je n'ai jamais voulu de tout ça! Je n'ai aucune idée de ce qu'est cette chose à l'intérieur de moi! Et ce monstre était si... Horrible! Ah, Seigneur! Pourquoi? Pourquoi me faire ça? Tout ce que je veux, c'est retrouver ma petite vie tranquille!

— Je comprends vos doutes, précisa Hugo. Moi-même, je ne comprends pas pourquoi cette créature a agi de la sorte. Mais je sais ce que je ressens. Cet enfant est bel et bien la création du Bien.

— Tu vas croire ça? interrogea la chinoise en fixant le barbu. Mon maître Lieng, en qui j'ai entièrement confiance, est persuadé que ce qu'il a vu dans sa vision était véridique. Il ne s'est jamais trompé jusqu'à maintenant. Et ce qui s'est passé ne fait que confirmer le tout. Désolée, mais je ne crois pas que cette petite porte un messie en elle! Ou elle nous ment, ou alors elle ignore totalement ce qui lui arrive!

— Et si c'était le pouvoir du Bien qui avait repoussé ce démon! insista le médium. Si c'était l'aura dont je viens de vous parler qui l'aurait empêché de l'approcher, tout comme le terrain d'une église!

— Non, je n'y crois pas! persista la conductrice. Il faut l'amener à mon maître!

— Ça, il n'en est pas question! s'exclama Yohanda. Je t'avertis, si tu le préviens ou si tu oses toucher à la fille, je vais te le faire payer!

— Tu peux toujours essayer!

— Ne me fais pas regretter de t'avoir libéré! Ce n'est pas encore le moment de sauter aux conclusions à propos d'elle.

— C'est quoi ton plan alors, le caïd?

— Il y a un autre repaire à environ deux heures de route. C'est un entrepôt de véhicules. Il y a également là-bas des vivres et des armes. Rendons-nous à cet endroit. Lorsque les autres nous aurons rejoint, nous en reparlerons. D'ici-là, Alicia, je ne sais pas encore si tu es une excellente actrice ou si tu dis vrai, mais je te garde à l'œil! Quant à toi…

— Wayuki. Je m'appelle Wayuki.

— Eh bien, Wayuki, tiens-t-en à la conduite!

— Tu fais une grave erreur! Tu sais très bien qu'il faut l'éliminer avant qu'elle ne tombe entre leurs mains!

— Si tu veux, je peux te laisser ici, sur le bord de la route par cette nuit froide!

— C'est bon, je la ferme!

— Bien! Et surtout, ne tente rien de stupide!

Le silence plana ensuite à bord du véhicule. La femme poursuivit sa route en serrant les dents, se demandant sincèrement pourquoi elle n'avait pas coupé la tête de l'adolescente lorsqu'elle en avait eue l'occasion. Cette dernière, pour sa part, pleurait discrètement tout en priant en pensée afin que Dieu lui vienne en aide. Pendant ce temps, Yohanda demanda à Hugo de lui trouver un chandail dans le sac à côté de lui.

À peine venait-il de se vêtir d'un gilet noir à manche longue ajusté que soudainement, une sonnerie retentit dans le coffre à gant. Le barbu se dépêcha alors de répondre au cellulaire de secours.

— Yohanda ?

— Max ? C'est toi ?

— Oui. Est-ce que vous allez bien ?

— Ça va ? On est tous sains et saufs. Nous sommes en route vers l'entrepôt de véhicules. Et vous ?

— On est également en chemin. On avait aussi en tête de se rendre là-bas ! Est-ce qu'Alicia est avec vous ?

— Oui. Elle est avec nous.

— Merci, Seigneur… Qui d'autre est là ?

— Le médium et la bouddhiste.

— Wallas n'est pas là ?

— Non.

— Putain de merde, j'ai pourtant fait le tour avant de partir ! Je ne l'ai pas vu !

— C'est lui qui montait la garde. Le coup de feu qui nous a réveillé devait provenir de son arme. Je… Je ne crois pas qu'il s'en soit sorti…

— Saloperie, un autre !

— Ouais, en effet. Tucker non plus ne s'en est pas tiré.

— Pas seulement lui. Kevin y est resté également et… Tom a été contaminé.

— Quoi ?!

— L'un des armarks l'a mordu et Orzel a disparu avec son corps. C'est pour cela qu'il était aussi puissant.

— Ce n'est pas vrai ! Non !

— Désolé, vieux… Je suis navré.

— Putain de bordel de merde ! s'écria-t-il en frappant agressivement le coffre à gant plusieurs fois, qui se fissura.

— Yohanda, comme j'ai dit à Irsilda, tout n'est pas perdu! On peut encore le sauver! On va le retrouver et on va le sortir de là!

— À quoi ça rime, tout ça! Seigneur, pas lui!

— Je sais… Je sais… Bon, allons nous rejoindre à l'entrepôt. De là, nous ferons un plan pour le récupérer. Je te jure que je ferai tout ce qui est en mon pouvoir pour le libérer!

— Merci, Max. Merci…

— Et… Et comment se porte Alicia?

— Écoute, Max… Il… Il s'est passé quelque chose…

— Est-ce qu'elle va bien?

— Oui… Mais il va falloir qu'on se parle… J'ai… Je ne sais plus que penser de toute cette histoire…

— Qu'est-ce que tu me chante-là?

— Je… Je te raconterai tout là-bas.

— OK, on se voit plus tard… Yohanda, ça va aller? Jure-moi que tu ne feras pas de connerie!

— C'est bon, Max! On se voit à l'entrepôt.

Lorsqu'il raccrocha, le barbu, enragé par la situation, lança le vieux téléphone sur le tableau de bord. En voyant son visage colérique, Wayuki compris que quelque chose n'allait pas. Elle ne lui posa toutefois aucune question et se contenta de rouler. Comme il était plus facile pour Yohanda de garder un œil sur elle pendant qu'elle conduisait, il préféra la laisser derrière le volant et lui indiqua plutôt le chemin au fur et à mesure.

— Il y a quelque chose qui cloche, en déduisit de son côté Max en mettant fin à la conversation. Il… Il s'est passé quelque chose… Ou bien la ninja a réussi à le convaincre, ou il a été témoin de… De je ne sais quoi. Mais il avait l'air vraiment tourmenté à propos d'Alicia.

— Qui ne l'est pas? commenta Sarah. Nous avons perdu trois frères d'armes ce soir, en plus de... Il est donc évident qu'aucun d'entre nous n'ait les idées claires. D'ailleurs comment l'a-t-il pris pour Tom?

— Comme quelqu'un qui vient d'apprendre que son meilleur ami est présentement en train de souffrir en enfer.

— Le pauvre…

— Je… Je me demande comment ces armarks ont pu nous trouver. Comment Orzel savait exactement où l'on était? Avec notre camouflage spirituel, il n'aurait jamais dû parvenir nous retrouver.

— Peut-être que le Mal arrive à sentir la fille. Peut-être que le pouvoir spirituel qu'elle dégage est si fort que le démon l'a perçu de loin.

— Oui, peut-être bien…

— Alors, c'est quoi le plan ? demanda bientôt Richard à l'arrière.

— Ils ont eu la même idée que nous pour l'entrepôt. Nous allons nous rejoindre là-bas.

— Et ensuite ?

— Ensuite, je ne sais pas… Ce démon est réellement puissant. Si on veut l'attraper avant qu'il ne soit trop tard, on aura besoin d'un coup de main. Attendons d'avoir rejoint Yohanda avant d'en discuter, mais… Je n'en sais rien… Il… Il va nous falloir de l'aide… Sans compter que ces Guerriers de la Lumière peuvent nous retomber dessus d'un moment à l'autre. Peut-être… Peut-être qu'il faudrait prendre en considération de s'allier avec eux.

— Quoi ?! s'exclamèrent tous les passagers en même temps.

— Nous ne sommes plus assez nombreux maintenant. Mais l'armée d'Orzel, elle, continue de croître. Il a bien failli m'avoir tout à l'heure. On n'y arrivera pas tout seul.

— Tu n'y songe pas réellement ! s'opposa Irsilda.

— Si c'est le seul moyen pour sauver Tom, alors oui, j'y pense ! Je ferai tout ce qui est en pouvoir pour le récupérer.

— Mais tu l'as vu comme moi? rajouta Sarah. Ils étaient prêts à nous tuer pour mettre la main sur la fille!

— Mais ils ne l'ont pas fait! La femme qu'on a fait prisonnière a même sauvé Richard au lieu de profiter de l'occasion pour s'en prendre à Alicia. On devrait peut-être organiser une rencontre avec eux, pour discuter. Évidemment, on planquerait la fille avant.

— Tu as perdu la tête ou quoi? poursuivit son amoureuse. Leur chef avait même maudit ses armes pour t'atteindre. Si on leur donne notre position, il nous tendrons certainement une embuscade.

— Au moins, nous y serons préparés. Je n'ai pas envie de les voir débarquer encore une fois à l'improviste.

— Mais Max....

— Je sais... Mais tu dois comprendre... On n'arrivera pas à arrêter Orzel tout seul! Et j'ai peut-être une idée pour garder l'avantage au cas où ils nous tendraient un piège...

Chapitre 17

34 heures après Alicia

En arrivant devant le bâtiment industriel désaffecté, Sarah coupa le moteur du Suburbain accidenté, surprise que celui-ci ait duré tout le long du trajet. Par cette nuit hivernale, les membres du groupe, qui s'étaient tous vêtus à même le sac que la jeune femme avait sauvé des flammes précédemment, ne traînèrent pas dehors plus longtemps par ce temps glacial et allèrent au plus vite rejoindre les autres arrivés un peu plus tôt, qui les attendaient à l'intérieur.

Une fois passés la lourde porte de métal de l'entrée, fermement verrouillée par un système nécessitant une reconnaissance oculaire, ils se retrouvèrent dans une grande salle où étaient stationnés une trentaine de Hummer et de Suburbain noirs.

En les apercevant, Yohanda s'avança rapidement vers eux. Aussitôt, Irsilda lui sauta dans les bras. Et sans pouvoir s'en empêcher, elle se remit à pleurer à chaudes larmes. Le barbu, tout aussi affecté par ce qui était arrivé à Tom, s'efforça de retenir ses sanglots. Mais il ne put ignorer le douloureux nœud dans sa poitrine.

Alicia, quant à elle, fut des plus ravies de voir le séduisant Max et sa copine Sarah, en qui elle avait le plus confiance. En effet, depuis leur départ du refuge, elle ne se sentait pas du tout en sécurité avec la bouddhiste et le gros dur à cuir, qui ne semblait pas savoir de quel côté se ranger.

En arrivant, le couple alla aussitôt s'assurer qu'elle allait bien. Voyant qu'elle paraissait complétement déboussolée, ils tentèrent de la consoler du mieux qu'ils purent.

Richard, lui, alla saluer son acolyte Hugo. Il lui raconta ensuite toutes les folles péripéties en répétant à plusieurs reprises à quel point il trouvait toute cette histoire totalement cinglée. Le médium acquiesça à chaque fois pendant le récit, pour ensuite relater ses aventures à son tour. Toutefois, il garda pour lui les détails concernant les évènements avec Alicia et le démon.

Après un moment, Yohanda attira Max à l'écart pour discuter. À voir la réaction sur le visage de ce dernier, l'adolescente comprit que le barbu était en train de lui parler de l'incompréhensible réaction de l'armark face à elle. Lorsque l'ange se tourna ensuite vers la vierge, celle-ci baissa la tête, inquiète de savoir ce qu'il allait en penser.

— Qu'est-ce qui se passe? l'interrogea alors Sarah encore à ses côtés, consciente que quelque chose n'allait pas.

— Quand vous allez le savoir, vous allez me regarder comme eux, répondit l'orpheline.

— Qu'est-ce que tu me chante là?

— Mais je te jure que je ne suis au courant de rien!

— Au courant de quoi?

— Je... S'il te plaît, Sarah, ne les laisse pas me faire de mal!

— Alicia, je ne comprends pas! Pourquoi voudraient-ils t'en faire?

— Eh bien... Je... Je ne sais pour quelle raison, mais... Tout à l'heure, lorsqu'on était en train de s'enfuir, l'une de ces choses a réussi à s'approcher de moi... Et... Et pour une raison que j'ignore, elle m'a épargné. Depuis, Yohanda semble vraiment confus et... Et il me fait peur!

— Ah Seigneur... Ne... Ne t'inquiète pas... Nous ne te ferons aucun mal.

Sur ces mots, Sarah alla rejoindre les deux hommes en sérieuse discussion. Lorsqu'elle arriva assez près, elle entendit Max annoncer son plan de se jumeler aux Guerriers de la Lumière.

— Je me demande toujours si c'est réellement une bonne idée, les interrompit la belle. Alicia vient de me raconter ce qui s'est passé au refuge. Lorsque les bouddhistes apprendront cela, ils seront déterminés à la tuer!

— Serait-ce réellement une mauvaise chose?! lança le juif. Je veux dire... Ces types avaient peut-être raison après tout.

— Je n'arrive pas à croire que tu puisses penser une telle chose!

— Je l'ai vu, Sarah! Cet armark l'a laissé vivre! Il y a forcément une raison! Qui nous dit que ce ne sont pas ces fameux sorciers masqués qui ont mis cet être en elle à l'aide d'un sortilège quelconque. Ou encore, qui nous dit qu'elle ne nous ment pas! Ça fait deux fois que des serviteurs du Mal l'épargne! Et je sais que le Mal peut prendre tant de forme!

— Elle ne nous ment pas!

— En es-tu certaine? Je... Je ne suis pas sûr que ce soit une si bonne idée de la protéger!

— Si tu oses l'approcher...

— OK, assez! les coupa Max. Il n'est pas question de faire quoi que ce soit à cette jeune femme tant qu'on n'en saura pas davantage. Maintenant, il va falloir prendre une décision! Je ne suis pas le chef, alors c'est pour cette raison que je veux avoir votre opinion. Votre opinion à tous! répéta-t-il plus fort pour que tous entendent. Le plan que je propose est de séparer le groupe en deux, comme le voulait Tom. Une partie d'entre nous pourrait se terrer à l'abri des démons avec Alicia. Dans une église, par exemple. Pour les autres, j'ai l'intention d'organiser une rencontre avec les Guerriers de la Lumière.

— Quoi ?! s'exclama l'adolescente.

— Ne t'inquiète pas Alicia. Nous attendrons que tu sois loin et même nous, nous ne saurons pas où vous vous trouverez. Wayuki, c'est bien cela ton nom ?

— Oui.

— Yohanda vient de me dire qu'on pouvait te faire confiance. Alors, qu'en penses-tu ? Crois-tu que ton chef serait prêt à s'associer avec nous pour combattre Orzel ?

— Jamais Lieng ne laissera tomber pour la fille… Il est persuadé qu'il faut l'éliminer pour sauver le monde, tout comme moi !

— Je m'en doute. Mais chaque chose en son temps. Pour l'instant, nous devons trouver et tuer l'araignée avant qu'il ne soit trop tard pour Tom. Crois-tu qu'il y a une chance qu'il mette de côté sa quête contre Alicia pour se battre dans nos rangs contre le plus puissant démon que je n'ai jamais croisé.

— Je... Peut-être bien... Il a beaucoup d'admiration pour vous. Il se peut que vous arriviez à le convaincre. Mais soyez certain que lorsqu'Orzel sera éliminé, il fera tout ce qui est en son pouvoir pour la retrouver.

— Alors nous règlerons le problème le moment venu ! Alors qu'en pensez-vous ?

Mis à part la jeune femme enceinte, tous parurent en accord avec le plan, même la bouddhiste. Évidemment, ils étaient conscients que c'était risqué, mais ils ne pouvaient à la fois protéger la vierge et attaquer le monstre en si petit nombre.

— Bien, qu'il en soit ainsi. Wayuki, seras-tu en mesure de prévenir ton chef que nous l'attendrons ici, le moment venu ? En étant avec nous, tu pourras lui confirmer qu'il ne s'agit pas d'un piège.

— Oui, c'est bon... Je... Je le ferai.

— Qui va rester ici et qui ira avec la fille ? questionna alors Irsilda.

— En fait... Je crois que tu devrais partir avec Alicia, Richard et Hugo.

— Pardon ?! Il n'est pas question que je ne participe pas au combat pour sauver mon mari !

— Irsilda, tu es consciente qu'il se peut que... Enfin... Que les choses tournent mal et qu'il faille faire le nécessaire pour Tom.

— Max, tu ne peux pas m'écarter comme ça !

— Écoute, je vais être honnête. Sarah m'a raconté votre bagarre. Je ne crois réellement pas que ce soit une bonne idée que tu participes à la chasse. En plus, sans vouloir vous vexer, Richard et Hugo, je pense qu'il va falloir quelqu'un d'entraîné pour protéger Alicia.

— Va te faire foutre, Max ! poursuivit la latino. Tu n'es pas le chef ! Ce n'est pas toi qui va m'évincer du combat contre Orzel ! J'ai rejoint les Protecteurs bien avant toi ! Tu n'étais encore qu'un ado qui ne savait rien de tout ça alors que je me battais déjà pour protéger ce monde ! Comme j'étais une chef d'équipe quand nous étions plus nombreux, c'est forcément à moi que revient le commandement ! Donc ce n'est pas à toi de décider !

— Irsilda ! la coupa Yohanda. Il a raison ! Si jamais il faut tuer Tom, je ne crois pas que tu en seras capable.

— Et toi ? Le seras-tu ?

— Ce que tu viens de dire est vrai, reprit Max. Je ne suis pas le chef. Mais tu es beaucoup trop impliquée émotivement pour que ce soit toi qui commande. Je propose donc de passer au vote. Que ceux qui croient qu'Irsilda devrait venir pourchasser Orzel lève la main.

Lorsque personne, y compris le barbu, ne leva le bras, la doyenne des Protecteurs les insulta en espagnol avant de se retirer plus loin en colère. Après un instant de malaise, le groupe se sépara lentement de part et d'autre de la pièce.

— Je sens que ça va mal finir avec les bouddhistes, dit Sarah à son amoureux lorsqu'ils se retrouvèrent seuls un peu plus loin. Je… Je sais que tu crois que c'est la meilleure option. Mais… Mais je ne le sens pas du tout.

— Je sais… Mais comme je t'ai dit dans la voiture, je préfère les avoir à l'œil plutôt qu'ils nous retombent encore dessus par surprise. Au moins, le temps que nous nous battrons côte à côté, nous ne nous ferons pas attaquer sur les deux flancs.

— Tu as sans doute raison, mais…

— Et n'oublie pas que nous avons notre as dans la manche.

— Ouais…

— Alors, qu'est-ce que tu en penses de cette histoire concernant Alicia ?

— Je… Je ne sais pas... Mon cœur me dicte qu'elle est réellement du côté du Bien. Regarde-là ! Elle est si inoffensive… Elle ne peut pas être dans l'autre camp.

— Malheureusement, on ne peut pas se fier qu'à ça.

— Ouais… Je sais…

— Je crois que je vais appeler Henri. Il a peut-être déniché quelque chose dans ses bouquins qui pourrait nous aider à y voir plus clair.

— D'accord. Je crois que je vais aller manger une bouchée.

— À plus tard. Je t'aime.

— Je t'aime aussi.

Sur ce, Max alla près d'une fenêtre afin d'avoir une meilleur réception. En route, il composa le numéro du prêtre, qu'il avait rencontré pour la première fois dans l'église de Winslow. Les autres autours le regardèrent en silence s'éloigner.

— Quelle est ton opinion à propos de tout ça, Richard ? lui demanda bientôt Hugo, en regardant l'ange téléphoner.

— Honnêtement, je crois que je suis encore en train de rêver. Mais j'ai encore espoir de me réveiller. Ou encore, peut-être que je suis réellement mort quand je me suis tiré cette balle et que j'ai atterri dans un monde parallèle.

— Ha ! Ha ! Ha ! Oui, ça pourrait être une explication.

— Mais si on suppose que toute cette histoire est bien réelle, alors je crois que s'allier à ces bouddhistes sera une bonne chose. L'ennemi de mes ennemis est forcément mon ami…

— Ouais… Et pour Alicia ? Tu me crois au moins quand je dis qu'elle dégage de l'énergie positive ?

— Oui… Je… Je ne crois pas que le message gravé sur mon âme avait pour but d'éliminer une adolescente. Ou encore pire, un bébé ! Non, ça ne peut pas être cela...

Et pendant que les deux hommes poursuivaient leur discussion, Henri, toujours à Rome, répondait à l'appel de son ami.

— Max, c'est bien toi ?

— Oui. Alors, dis-moi que tu as trouvé quelque chose sur l'antéchrist !

— J'ai trouvé un tas de choses, mais rien de concret. Rien malheureusement qui pourrait vous aider à prendre la bonne décision. Je n'ai pas découvert de texte inédit concernant le fils du Mal. Tous ce que j'ai lus n'a rien d'inconnu. Il est certain que si un être comme lui venait au monde, ce serait catastrophique pour nous. Il aurait des facultés avec lesquelles même toi, tu ne pourrais rivaliser. Sans compter que, comme il serait né dans un corps humain, il pourrait réaliser tous les rituels sataniques existants, et même en créer de nouveaux. Car comme il serait également un demi-diable, il pourrait rédiger d'autres pages maudites, comme celles que Sadman avaient utilisées pour briser les quatre sceaux en même temps. Sans oublier qu'il aurait une grande influence et réussiraient forcément à rallier des milliers de gens à sa cause tout en propageant le mal dans le cœur des hommes. Bref, il créerait un autre Winslow, mais à l'échelle planétaire. Mais ça, tu le savais déjà.

— Est-ce qu'au moins il serait possible de le tuer ?

— Tous les êtres physiques de ce monde peuvent être vaincus, même toi. Maintenant, est-ce qu'il serait aussi vulnérable qu'un humain, ça je l'ignore. Jésus l'était, lui... Mais Max... Eh bien... Une chose est certaine, si c'est réellement la création du Mal qui grandit dans le ventre de cette vierge, et qu'Il vient à mettre la main sur elle, Il la cachera dans le plus profond des cachots cette fois et vous pourriez facilement perdre sa trace. Quand l'antéchrist referait surface des années plus tard, il serait peut-être trop tard.

— Où veux-tu en venir ?

— Eh bien... Je sais que ça va à l'encontre de nos principes, mais... Peut-être que ce bouddhiste a raison après tout. Peut-être qu'on... Eh bien... Qu'on devrait s'assurer de régler le problème maintenant pendant que nous l'avons encore sous la main.

— Tu n'y crois pas sérieusement ?! Tuer une pauvre adolescente ?!

— Je… Non, mais… Max, tu te souviens d'Eva ? Qui aurait dit qu'elle faisait partie de la secte de Sadman ?

— Je ne pourrai jamais l'oublier ! Et je me rappelle très bien qu'elle a demandé pardon avant de se suicider ! Elle avait changé de camp à la dernière minute !

— Oui, je sais… Ce n'est pas là où je voulais en venir… Je crois juste que… Sans s'en prendre à la fille, on pourrait simplement avorter le bébé… Je sais que ça va à l'encontre de ce que prône l'Église, mais…

— Et si c'était le Mal qui avait envoyé cette vision à Lieng pour le monter, lui et sa bande, contre nous ? Tu y as pensé à ça ?

— Oui, peut-être… Tu… Tu as raison, Max… Je… Je suis désolé… Je ne devrais pas t'inciter dans cette direction… Je ne sais pas ce qui m'a pris… Pardon !

— Il n'est pas question que je fasse quoi que ce soit à cette fille, ni à son enfant, avant d'en savoir plus !

— Oui, tu as tout à fait raison ! Je ne voulais pas dire ça ! Je… Je ne le pensais pas réellement ! Mais toute cette histoire me dépasse complètement…

— Ne t'en fais pas, Henri. Moi aussi, j'ai des doutes. Mais je m'efforce de garder la Foi.

— Oui… Comme tu dis… Ah, j'oubliais ! Il y a autre chose, Max. J'ai trouvé un vieux texte écrit par un ami de Joseph.

— Tu parles bien du père adoptif de Jésus ?

— Lui-même ! Selon ces écrits, ce dernier n'était pas en amour avec Marie. Elle était beaucoup trop jeune pour lui. C'est lorsqu'il aurait été témoin d'une bagarre entre un démon et l'ange Gabriel qu'il aurait connu l'existence de la vierge. Il aurait à ce moment décidé de les accompagner pour la protéger, ainsi que son bébé. Apparemment, si Marie a accouché dans une crèche, ce n'était pas parce qu'il n'y avait plus de chambre de libre au village. Mais bien pour se cacher des adeptes du Mal qui la cherchaient désespérément.

— Ça alors…

— Je n'en sais malheureusement pas plus. Je ne crois pas que ce détail puisse t'aider, mais bon… Je trouvais ce fait plutôt intéressant.

— En effet ! Merci, Henri.

— Et vous, tout va bien ? Tu as l'air exténué.

À ce moment, l'ange lui raconta leurs péripéties au refuge. Lorsqu'il parla de Tom, le prêtre resta muet près d'une bonne minute. Il lui expliqua ensuite brièvement le plan en lui promettant de tout mettre en œuvre pour sauver leur chef.

Lorsqu'Henri se calma après un certain temps, Max raccrocha et retourna auprès du groupe. Il relata d'abord rapidement les dires du prêtre. Ensuite, puisqu'il fallait trouver Orzel au plus vite, il suggéra que l'équipe accompagnant Alicia commence déjà à se préparer à partir. Comme il n'était pas question que Wayuki communique avec son commandant tant que la jeune femme enceinte se trouvait avec eux, il n'y avait plus de temps à perdre. Même si c'était contre son gré, Irsilda, en vraie professionnelle, se déplaça tout de même sans protester vers la salle d'équipement.

Chapitre 18

38 heures après Alicia

Alicia était un peu déçue que Max et Sarah ne les accompagnent pas. Toutefois, elle avait également une grande confiance en Richard et Hugo. Et même si elle était quelque peu méfiante à l'égard de la latino, elle préférait de loin que ce soit elle son garde du corps plutôt que le gros barbu, qui la dévisageait de plus en plus.

Il était déjà presque le matin lorsque Yohanda termina de charger les vivres dans le Suburbain encore en bon état, à l'extérieur. Lorsque les membres du groupe accompagnant la vierge enceinte furent tous équipés adéquatement, portant des uniformes de Protecteurs, ils montèrent à bord du véhicule. Pour sa part, Alicia, dont les soldats du Bien étaient encore incertain du camp qu'elle occupait, avait seulement eu droit à de l'équipement de protection. Après un consensus, ils avaient évidemment décidé de ne lui fournir aucune arme.

Avant de partir, Irsilda abaissa sa fenêtre pour discuter avec les autres qui les regardaient.

— Je vous en supplie, retrouvez-le !

— Je te promets que nous ferons tout ce qui sera en notre pouvoir pour le sauver! lui affirma Max. Encore désolé de…

— Ça va, Max! Tu avais tout à fait raison!

— Irsilda, Tom est mon meilleur ami, tu le sais, rajouta Yohanda. Alors tu peux être certaine que je tenterai l'impossible pour te le ramener!

— Merci… Merci beaucoup…

— Veille bien sur elle, lui demanda ensuite l'ange.

— Je la protégerai! répondit la doyenne des Protecteurs. Tu peux compter sur moi!

— Je sais… Merci. Partez maintenant! Et il n'est pas question que nous sachions où vous êtes. Nous vous appellerons pour vous donner des nouvelles.

Sur ce, le véhicule accéléra lentement. Au passage, Alicia envoya la main à Max pour lui dire au revoir. Tout en lui répondant, il demanda au Bien de veiller sur eux. Une fois que le VUS eut disparu, tous retournèrent se réchauffer à l'intérieur.

Avant même que le café soit prêt, le nouveau chef par intérim s'approcha de Wayuki en lui tendant son téléphone.

— Tu peux contacter Lieng maintenant. Dis-lui que nous sommes prêts à le rencontrer ici, sans arme, pour une trêve. Et mentionne-lui bien que nous ne sommes pas en train de lui tendre un piège.

— Je sais.

— Tu crois qu'il acceptera ?

— Honnêtement, comme je l'ai mentionné plus tôt, je n'en sais rien.

— Si jamais tu nous doubles et qu'il nous embusque…

— Max, ce ne serait pas à notre avantage. Nous aussi, nous voulons arrêter Orzel. D'autant plus depuis qu'il a tous ces pouvoirs.

— Bien… C'est bon, appelle-le !

La femme agrippa donc le téléphone et composa le numéro de son maître. Lorsque ce dernier répondit, elle se mit à lui parler en chinois. Le ton, qui était plutôt calme au début, monta de plus en plus. Après un moment, les autres eurent l'impression qu'elle était en train de s'obstiner. Mais l'intonation de sa voix rabaissa par la suite. Max, qui commençait à douter, en fut ravi. Elle raccrocha finalement sur ce qui semblait être une bonne note.

— Il a accepté, dit-elle tout redonnant l'appareil électronique à l'ange.

— Vous êtes certaine ?

— Comme ils se trouvent encore loin d'ici, ils ne seront là qu'en fin d'après-midi, juste avant la tombée de la nuit.

— Et qu'est-ce qu'il en a pensé ?

— Il viendra, c'est tout ce qui compte. Lorsque tu seras en face de lui, ce sera à toi de le convaincre. Je n'ai rien d'autre à rajouter.

Sur ces mots, elle quitta le groupe pour se diriger vers la toilette. Les autres s'échangèrent un regard qui en dit long.

— L'important, c'est qu'il vienne, en conclut Max.

— Crois-tu réussir à le persuader de nous suivre ? l'interrogea le colosse.

— Oui… Enfin, je l'espère.

Lorsque Wayuki revint, Sarah et Max allèrent se doucher. Ce dernier chargea son ami de surveiller de près l'asiatique, ne sachant pas réellement ce qu'elle avait véritablement dit à Lieng.

Une fois seul avec elle, Yohanda lui demanda si elle voulait des vêtements propres. Comme l'uniforme qu'il lui tendit affichait sur la poitrine la croix blanche des Protecteurs, elle refusa, tout en le remerciant tout de même.

— Je ne crois pas que ce soit une bonne idée que Lieng me retrouve avec ça sur le dos !

— Je vois! Tu sais, peu importe le symbole, tant que ça représente le Bien, c'est ce qui compte, non? La preuve, je suis juif et je porte quand même fièrement cet uniforme!

— Yohanda, ça va aller! Je vais conserver ce que j'ai déjà sur le dos!

— Bien... Alors, qu'est-ce qu'il en a pensé, ton chef?

— Je l'ai dit... Il a accepté de venir...

— Mais j'ai cru comprendre qu'il n'était pas d'accord au début.

— Vous avez envoyé cinq de mes confrères à l'hôpital! Sans compter que vous m'avez kidnappé sans lui donner de nouvelles! Alors non, il n'était pas rassuré au début! Il croyait même que je lui parlais sous la menace.

Tout en regardant cette splendide femme s'exprimer, le grand barbu aux cheveux rasés se sentit envahi d'un sentiment qu'il n'avait pas ressenti depuis longtemps. Cette forte guerrière fit, contre son gré, naître quelque chose au fond de son cœur qu'il n'arriva pas à faire taire, faute d'essayer. Toutefois, il tenta de dissimuler le tout du mieux qu'il put. Mais malgré toutes ses tentatives pour cacher ses sentiments, celle-ci avait déjà remarqué son attirance envers elle dans son regard. Et étonnamment, elle se surprit à aimer cela. D'autant plus qu'elle n'arrivait plus à se chasser de la tête l'image de son corps musclé depuis qu'elle avait vu le robuste combattant torse nu cette nuit. Malgré cela, les deux continuèrent de discuter comme si de rien n'était.

— Dit, si les choses se gâtent, tout à l'heure, qu'est-ce que tu feras ? se risqua Yohanda.

— Que veux-tu dire ?

— Je veux dire qu'il y a de forte chance que la rencontre tourne à la bagarre. Si ça arrive, que feras-tu ?

— C'est évident ! Quelle question ? Je suis vouée corps et âme à mon équipe. Alors si ça tourne mal, je me ferai un plaisir de te botter les fesses !

— Tu pourras toujours essayer !

Ce fut ensuite par un sourire en coin que la conversation se termina. Pendant ce temps, dans les douches, Max et Sarah profitèrent de l'eau chaude pour se détendre un peu. Encore une fois, la belle tenta de convaincre son copain de ne pas procéder à cette rencontre. Mais ce dernier resta persuadé de faire le bon choix.

Une fois qu'ils eurent terminés, ils relevèrent Yohanda, qui alla se laver à son tour. Quand Sarah trouva finalement un chandail noir sans l'emblème de l'équipe anti-démon du Vatican pour la bouddhiste, celle-ci accepta enfin de passer sous la douche, une fois que celui qu'elle trouvait de plus en plus séduisant en fut sorti.

Le reste de la journée fut axé sur la préparation à la chasse aux armarks, attendant ainsi impatiemment l'arrivée des Guerriers de la Lumière.

Chapitre 19

49 heures après Alicia

Tous étaient sur le qui-vive alors que la journée tirait à sa fin. Cela faisait maintenant quatre fois que Max questionnait Wayuki, qui à chaque fois lui répondait qu'il avait bel et bien mentionné qu'il passerait avant le coucher du soleil.

Tout en patientant, Yohanda scruta les vitraux crasseux autour du plafond, plus haut, en se demandant s'il ne devrait pas aller patrouiller le toit. Même si de solides grillages y avaient été fixés pour empêcher quiconque d'y pénétrer, le juif se dit que ce serait une position idéale pour un tireur embusqué. Il exposa donc ses craintes à Max, qui refusa carrément de le laisser monter. Il lui expliqua que si les bouddhistes arriveraient au même moment, cela pourrait porter à confusion et ces derniers pourraient croire à une embuscade. Puis, lorsque le barbu insista, Max lui fit un clin d'œil discret, dont il n'en comprit pas totalement le sens. Mais il laissa tout de même tomber, sans toutefois ne cesser d'observer les ouvertures.

En voyant le ciel s'assombrir, les Protecteurs commencèrent à perdre espoir quand soudain, le bruit d'un véhicule se fit entendre. Aussitôt, ces derniers sentirent leurs cœurs se mettre à battre à toute vitesse.

— J'espère m'être trompée et que cette rencontre ne tournera pas au vinaigre, commenta Sarah.

Sans répondre, Max alla nerveusement ouvrir la porte d'entrée. Dès qu'il se pointa dehors, il vit cinq asiatiques à visage découvert descendre de leur Jeep vert olive, qui portait des pneus cette fois. Dès qu'il reconnut leur chef, l'ange le salua de la main.

— Je commençais à désespérer, lui dit-il ensuite.

— Nous n'avons pas le budget du Vatican. Il a fallu poser des roues à notre véhicule avant de venir aussi loin.

— Où sont les autres ?

— À l'hôpital, grâce à vous. Nous ne sommes plus que cinq, à présent.

— Je suis désolé pour vos soldats… Vous savez très bien que je n'ai fait que me défendre… Maintenant, je vous invite à venir discuter à l'intérieur. Mais avant d'entrer, je dois m'assurer que vous n'avez pas d'armes sur vous.

— Nous n'en avons pas !

— Qu'est-ce qui me le prouve ?

— Et vous ? Qui me dit que vous, vous n'en avez pas ?

— Moi ! s'exclama Wayuki en sortant à son tour. Ils n'ont pas l'intention de vous tendre un piège! poursuivit-elle dans sa langue native.

— En es-tu certaine? s'assura Lieng, toujours en dialecte chinois.

— En français, s'il vous plaît ! les coupa Max.

— C'est bon, vous pouvez nous fouiller, finit-il par dire en levant les bras.

À ce moment, Sarah et Yohanda, qui se tenaient prêt à intervenir sur le bord de la porte, sortirent et allèrent les inspecter. Ces derniers tapotèrent alors par-dessus leurs vêtements, sans toutefois sentir quelque chose de louche. Lorsqu'ils confirmèrent que les nouveaux venus disaient bien la vérité, Max offrit aux Guerriers de la Lumière de les vérifier à leur tour. Ce qu'ils firent également. Celui qu'Irsilda avait surpris avec son système Chester en profita alors pour s'assurer que ce coup-ci, les Protecteurs n'avaient rien dans leurs manches. Une fois que tous furent satisfaits, l'ange les invita à discuter à la chaleur.

— Wow! s'étonna Lieng en voyant tous les véhicules stationnés. Comme je le disais, nous n'avons pas le même budget. Nous, nous devons nous contenter de véhicules de location.

— Nous avons des hangars secrets comme celui-ci un peu partout dans le monde. Cela nous permet d'intervenir rapidement et efficacement en cas de crise.

— Comme à Winslow ?

— Oui.

— J'ai eu vent de ce qui s'était passé là-bas. Apparemment, ce fut toute une bataille.

— Oui ! Et beaucoup de sang a coulé dans cette petite ville. Nous y avons perdu énormément de frères et sœurs d'arme, à notre grand regret.

— Et qu'est-ce que cette épée fait là ? l'interrogea Lieng en pointant la lame médiévale posée sur un capot.

— C'est la seule arme que nous ayons gardée à portée de main pour notre rencontre. Mais elle n'est pas là pour nous protéger contre vous, mais contre Orzel, au cas où il nous tomberait dessus encore une fois.

— Oui, Wayuki m'a raconté au téléphone. Je suis désolé pour vos amis et votre chef.

— Oui, nous aussi…

— Ne trouvez-vous pas cela insolite que ce démon vous ait localisé aussi facilement,

M. Gunnar ? C'est presqu'aussi étrange que lorsque l'un de ces monstres a refusé de toucher à la fille.

— Je vois qu'on ne peut rien vous cacher. Wayuki a…

— Ce n'est pas elle qui me l'a dit ! Je l'ai vu, lors de ma dernière séance de méditation. Un autre message du Bien... Un autre avertissement… D'ailleurs, où est-elle ?

— Je l'ignore. Je l'ai envoyé avec un petit groupe se réfugier et j'ai spécifié que je ne voulais absolument pas savoir où ils se trouveraient.

— Je vois ! Alors, M. Gunnar, pourquoi nous faire venir jusqu'ici ?

— Comme vous le savez, Orzel est désormais extrêmement puissant depuis qu'il a acquis l'âme d'un Chevalier de Dieu. Je l'ai appris à mes dépens. Nous allons avoir besoin d'un coup de main pour l'arrêter. Je me suis dit que…

— L'ange, qui a triomphé d'une bête à sept têtes avec son glaive, essaie de me faire croire qu'il a besoin d'une poignée de mortels, qu'il a d'ailleurs balayés du revers de la main sans aucune difficulté ? C'est bien cela ?

— Pourquoi croyez-vous que je vous ai faire venir dans ce cas ?

— Parce que vous voulez nous avoir à l'œil! Vous avez peur que nous nous en prenions à la vierge pendant que vous êtes au prise avec Orzel!

— Ce n'est pas la raison principale. Mais oui, je ne vous cacherai pas qu'il y a une part de vérité dans ce que vous dites. Dans ce cas, si c'est ce que vous croyez, pourquoi avoir accepté notre invitation?

— J'ai encore espoir de réussir à vous convaincre qu'il faut éliminer ce bébé avant qu'il ne devienne ce qu'il a à devenir.

— Vous savez très bien que jamais je ne ferai une telle chose!

— Mais ouvrez les yeux, bon sang! Tous les indices prouvent que mes visions sont véridiques!

— Qui prouve que vos visions ne viennent pas du Mal dans le but de semer la confusion entre nos deux équipes? Après tout, vous avez bien été jusqu'à utiliser les sciences occultes pour maudire vos armes!

— Je n'ai pas fait tout ce chemin pour me faire insulter de la sorte! J'ai consacré mon existence au Bien! J'ai passé ma vie dans un temple à apprendre à me battre pour protéger ce monde! Je ne suis pas tombé du jour au lendemain par hasard sur des agents du Mal comme vous. J'ai été plongé dans cette guerre depuis mon enfance! C'est Bakkar le dragon qui a tué mes parents! Je sais reconnaître la lumière de l'obscurité, jeune blanc bec! Je sais faire la part des choses et oui, quand mon devoir me l'exige, je suis prêt à me salir les mains !

En voyant que la discussion devenait de plus en plus tendue, Yohanda se tint prêt à intervenir. Il observa les futurs adversaires un par un en se demandant lequel était le plus menaçant. Son choix se posa alors sur Riu, le colosse chinois blond à la barbiche, qui le fixait également de son côté. Tout en poursuivant son analyse, le barbu jeta un œil également à Wayuki, qui fixait le sol, espérant que la situation se calme. Pour sa part, Sarah resta un peu plus à l'écart afin de se laisser plus d'options que d'être prise en plein cœur de la bagarre.

— Je n'ai pas voulu vous insulter ! poursuivit Max. Je veux simplement que vous envisagiez toutes les options !

— Et vous, vous l'envisagez, l'option que je pourrais avoir raison ?

— Bien sûr que oui ! Elle ne cesse de me tourmenter depuis que j'ai fait votre rencontre ! Mais je crois qu'il est encore trop tôt pour…

— Si nous attendons, il sera trop tard !

— Il faut prendre le risque !

— Non ! Nous ne pouvons pas nous le permettre !

— Et si vous aviez tort !

— Et si j'avais raison! Je le sens! C'est mon destin! C'est pour cela que j'ai passé ma vie à me préparer! Je dois sauver ce monde! Je ne vous laisserai pas empêcher mon destin de s'accomplir!

— Lieng, merde!

— Assez! Je dois malheureusement me rendre à l'évidence! Jamais vous ne changerez d'avis! Pourquoi pensez-vous que le Mal ait choisi une personne comme Alicia pour cacher son meilleur soldat?! Il savait que jamais vous ne pourriez faire le nécessaire! Et Il savait qu'en plus de cela, vous vous mettriez en travers de mon chemin! Vous ne me laissez donc pas le choix!

Tout en terminant sa phrase, Lieng leva son bras. C'est alors que, tout comme Yohanda l'avait pressenti, le sniper des Guerriers de la Lumière, qui s'était positionné discrètement pendant la discussion au bord d'un vitrail sur le toit, se prépara à presser la détente. Celui-ci, que les bouddhistes avaient laissé plus loin avant d'arriver, afin qu'il s'approche à pied furtivement à l'insu des Protecteurs, plaça la croix de son télescope en direction du cœur de Max. Et comme il s'apprêtait à ouvrir le feu en voyant le signal de son commandant, une voix à l'arrière de lui le somma de s'arrêter.

— Lâche ton arme! lui ordonna alors Robert, vêtu de vêtements chauds à l'effigie des Protecteurs, en braquant un fusil d'assaut dans sa direction.

En effet, après que Max eut l'idée d'organiser une trêve, ce dernier, encouragé par Sarah, avait appelé son partenaire de toujours afin que celui-ci puisse, également en secret, venir couvrir leurs arrières. N'ayant pas une pleine confiance envers Lieng, Max avait présumé que le chef bouddhiste pourrait placer un tireur embusqué, tout comme le soupçonnait Yohanda. C'était donc pour cette raison qu'il avait demandé à son fidèle acolyte, dont même Wayuki ignorait l'existence, de se positionner sur le toit au cas où. Le père de sa belle avait aussitôt accepté, content de faire sa part pour les aider. Voilà pourquoi, après être passé par une cache d'armes pour y ramasser des vêtements très chauds, de l'équipement de protection et des armes, il s'était installé en douce à son poste.

Après les nombreuses heures d'attente au froid, Robert avait été heureux de ne pas s'être déplacé pour rien lorsqu'il avait entendu le tireur grimper dans l'échelle métallique. Il s'était ensuite approché silencieusement sur le rempart étroit, qui donnait accès aux fenêtres, en attendant le moment propice pour intervenir.

Au moment où il l'intercepta, le tireur, vêtu de noir et portant une cagoule, se retourna rapidement pour le regarder. Soudain, plutôt que de lâcher sa carabine de précision, comme Robert croyait qu'il allait faire, ce dernier reprit plutôt sa position de tir en vitesse. N'ayant pas d'autres options, Robert tira en visant le corps du ninja.

Toutefois, malgré l'impact douloureux, l'asiatique pressa tout de même la détente. Heureusement, sa blessure le déconcentra assez pour lui faire rater sa cible. À défaut du point vital, la balle frappa plutôt Max à l'épaule. Dès que le coup de feu retentit, l'ange s'effondra au sol.

Étant déjà sur le point de passer à l'action, Yohanda interpréta le bruit comme le signal de départ. Mais comme le grand blond n'était pas encore à sa portée, le barbu décida de débuter avec un plus petit tout près sur sa gauche. Il lui envoya donc, sans préavis, un rapide crochet du droit en espérant en finir rapidement. Mais à sa grande surprise, l'asiatique évita le coup et riposta avec son pied. Yohanda encaissa alors le « sidekick » aux côtes avant de revenir à la charge.

Pendant ce temps, Max, en ressentant la même brûlure intense que dans le sous-sol des sorciers en Alabama, comprit que la balle logée dans son épaule avait été maudite. Néanmoins, malgré la douleur, il se releva rapidement pour faire face à Lieng qui s'approchait rapidement de lui. Le ninja d'élite sortit au même instant son kusarigama, qui était si bien dissimulé sous ses vêtements, derrière son dos, qu'il n'avait pas été détecté par les mains nerveuses de Sarah durant la fouille. Puis, il regarda l'ange en faisant tournoyer la lame au bout de sa chaîne.

— Comment as-tu pu ? s'écria Max.

— Je te l'ai déjà dit ! Je suis prêt à tout pour sauver le monde ! J'ai sondé ton âme ! Jamais tu ne me laisseras agir ! Tu tenteras toujours de m'en empêcher ! Je dois donc, à mon grand regret, me débarrasser de toi ! C'est un mal nécessaire !

En terminant sa phrase, il lança le morceau de métal coupant vers lui. Max l'évita de justesse, mais le tranchant lui lacéra tout de même profondément la joue. À la souffrance que la blessure lui infligea, Max comprit que son arme de ninja avait également subi un rituel noir pour en finir avec lui.

Témoin de la scène, Sarah accourut vers l'épée de son copain, posée un peu plus loin sur l'un des capots, afin de pouvoir la lui lancer. Mais alors qu'elle allait l'atteindre, un autre des Guerriers de la Lumière lui bloqua le chemin. Consciente qu'elle ne faisait pas le poids au corps à corps, malgré toutes ses leçons apprises avec Yohanda, elle se recula aussitôt en tentant de trouver une autre option.

Plus haut, lorsque Robert ouvrit le feu pour la troisième fois, ayant raté sa cible à la deuxième, le tireur s'affaissa enfin. Le père de famille s'approcha donc après un moment pour confirmer l'état de son adversaire immobile. En voyant une mare de sang se dessiner autour du corps, il comprit qu'il l'avait inévitablement touché. Afin de vérifier s'il était mort, Robert le bouscula à l'aide de son canon. Tout à coup, le prenant totalement par surprise, le ninja se retourna hâtivement en agrippant le cache-flamme de la C-8. Puis, il lui assena un coup de pied sur les doigts, lui faisant ainsi échapper son arme. Et sans lui laisser le temps de dégainer son pistolet, le tireur, qui avait depuis longtemps acquis l'art d'ignorer la douleur, se releva d'un seul bond et lui fonça dessus. Tout en l'attrapant aux hanches, il le propulsa dans le vide derrière. Cependant, Robert saisit en même temps son manteau et l'attira avec lui dans sa chute.

À l'intérieur, un autre bouddhiste s'approcha sournoisement du dos de Max, alors que celui-ci tentait déjà de peine et de misère d'éviter les attaques de Lieng. Tout en sortant à son tour une toute petite lame rétractable, qu'il avait également réussi à dissimuler dans son imposante montre, le ninja se prépara à assassiner le Protecteurs. Mais au dernier instant, Sarah, qui l'avait vu s'avancer, hurla à Max de regarder derrière lui. Grâce à elle, ce dernier se retourna juste à temps pour saisir fermement le poignet de son agresseur. Puis malgré la douleur de ses blessures, il l'envoya valser brutalement contre le pare-brise d'un Hummer plus loin.

Cependant, Lieng profita de cette distraction pour lancer à nouveau son kusarigama. Sans toutefois atteindre le cœur, la pointe lui pénétra sérieusement dans le bas du dos, lui faisant pousser une longue plainte de douleur.

Pendant ce temps, Yohanda tentait toujours de percer la garde de son opposant, qui s'avérait être beaucoup plus coriace qu'il n'en avait l'air. Tout en les regardant se bagarrer, le grand Riu révéla un fusil miniature, qu'il avait caché dans son pantalon. Comme l'arme de petite taille n'avait qu'un seul coup, il s'efforça de viser adéquatement le barbu. Une fois qu'il l'eut dans sa mire, il posa son doigt lentement sur la détente. Il s'apprêtait à faire feu d'un instant à l'autre quand soudain, le prenant par surprise, Wayuki lui frappa la main de son pied, faisant ainsi voler le mini pistolet beaucoup plus loin.

— Si tu veux le battre, alors fais-le avec honneur ! lui envoya-t-elle ensuite, dans leur langue, lorsqu'il la dévisagea.

Au même instant, Yohanda réussit enfin à placer un direct sur le nez de son adversaire. Sans attendre, il enchaîna hâtivement avec un « uppercut » de la gauche pour finalement l'achever avec un coup de coude sur la mâchoire. Dès que son opposant s'écroula enfin au tapis, le colosse des Protecteurs se retourna pour enfin faire face au grand baraqué des Guerriers de la Lumières.

Par miracle, le pistolet à un coup de Riu, propulsé plus tôt par la chinoise, glissa à portée de Sarah. En le remarquant, elle se jeta par terre, ramassa l'arme et la braqua vers le ninja qui lui bloquait toujours l'accès. Ce dernier figea sur-le-champ en la voyant s'exécuter. Ne lui laissant pas le temps de réagir, la belle lui tira sans hésiter une balle dans un tibia. Lorsque l'homme tomba à genoux, elle se releva instantanément et se rua vers lui. Arrivée à sa hauteur, elle lui saisit la tête solidement et la fracassa violemment contre la portière d'un véhicule juste à côté. Quand il s'effondra sur le ciment, elle fonça sans attendre vers l'épée. En mettant la main dessus, elle la lança vers son amoureux en criant son nom.

Ce dernier, qui commençait à être sérieusement blessé, réussit tout de même à l'attraper au vol. Il dégaina alors son arme fétiche, encore dans son fourreau, tout en regardant Lieng droit dans les yeux.

— Il n'est pas trop tard pour s'arrêter !

— La fille doit mourir, Max ! Elle ne doit pas enfanter cet être démoniaque !

— C'est exactement ce que le Mal veut ! Il veut que nous nous battions l'un contre l'autre ! Nous sommes dans le même camp, putain de merde !

— Vous, les Protecteurs, vous êtes incapables d'aller jusqu'au bout ! C'est là votre faiblesse ! Si vous auriez tué Sadman dès le départ, lorsque vous l'aviez capturé la première fois, tous ces gens à Winslow seraient encore en vie ! Mais il s'est évadé de l'asile psychiatrique où il était enfermé et il est arrivé ce massacre ! Vous ne pouvez nier qu'il faut parfois arracher les mauvaises herbes pour arriver ensuite à cultiver un jardin !

— Lieng, merde ! On parle d'une jeune adolescente et d'un bébé ! Pas d'une vulgaire saloperie d'herbe à la con !

— Tu ne comprends pas ! Je te l'ai pourtant déjà dit ! C'est ma mission ! Je l'ai senti ! Je dois le faire ! Et je vais le faire !

— Alors tu devras d'abord me tuer !

— Je le sais, malheureusement !

Les deux adversaires se fixèrent ensuite, leurs armes blanches en main, attendant que l'un ou l'autre tente un assaut.

Au même instant, dehors, Robert se relevait difficilement de sa haute chute dans la neige alors que son adversaire se précipitait déjà sur lui en enchaînant les coups de pieds et de poings. Le pauvre tenta d'en bloquer le plus possible, cherchant un moyen de riposter. Heureusement, la chance lui sourit puisque le ninja blessé fit une fausse manœuvre et l'ainé en profita pour lui attraper une jambe. Il exploita alors le déséquilibre de son opposant pour le pousser brusquement au sol. Puis il se recula de quelques pas tout en sortant son pistolet au plus vite.

Dans le refuge, ce fut Yohanda qui tenta sa chance le premier avec ses pieds en visant les jambes du grand blond. Dès qu'il réussit à placer un solide coup, après quelques tentatives, il tenta ensuite de l'atteindre au visage. Mais Riu bloqua son poing avec son avant-bras, avant d'enchaîner avec un dur coup de tête sur le nez. Le barbu recula de quelques pas et l'asiatique en profita pour l'attraper aux hanches, le soulever dans les airs et le rabattre brusquement sur le capot d'un Hummer. Malgré la douleur, le barbu lui enveloppa un bras et le cou avec ses jambes. Sachant qu'il devait se déprendre au plus vite avant que la prise de jiu-jitsu de Yohanda ne l'étouffe, Riu se recula afin que son ennemi tombe du véhicule pour finir brusquement sur le ciment. Sous le choc, ce dernier desserra juste assez pour que l'asiatique puisse se sortir. Une fois libre, il envoya à son rival, encore au sol, une série de solides coups de poings en rafale.

Wayuki, quant à elle, regarda le spectacle sans intervenir. Ne sachant pas qui aider, elle se contenta d'attendre la suite.

Sarah, pour sa part, se demanda réellement ce qu'elle pouvait faire pour aider Max, qui regardait encore Lieng faire tourner son kusarigama.

Soudain, le chef des bouddhistes lança enfin sa lame. Heureusement, malgré ses blessures, l'ange fut assez rapide pour la parer avec son épée. Celui-ci fonça ensuite vers son adversaire avant de tenter de l'atteindre à son tour. Mais le moine Shaolin évita de justesse le trancha en s'abaissant à temps. En se relevant, il envoya au canadien une série de coups de paumes et de doigts, directement dans des points de pression précis, qui réussirent tout de même à affecter l'être surnaturel. Mais celui-ci ne se laissa pas abattre et essaya à nouveau de le toucher avec sa lame. Cependant, l'habile chinois sauta à temps pour l'esquiver. Tout en s'agrippant au collet de l'ange, il roula ensuite par-dessus l'épaule de ce dernier et, en un éclair, il se retrouva derrière lui. Il passa aussitôt la chaîne maudite de son arme autour du cou de son opposant et se mit à l'étrangler de toutes ses forces. En touchant la peau, une petite fumée, accompagnée d'un bruit de cuisson, s'échappèrent des maillons argentés.

— Max! hurla sa copine en accourant à son secours.

Au passage, elle attrapa la petite lame, échappée plus tôt par celui qui avait fini dans un pare-brise, avant de courir entre les véhicules en direction de Lieng. Mais alors qu'elle y était presqu'arrivée, Wayuki glissa sur un capot juste devant elle et l'intercepta d'un coup de pied au visage. La canadienne, prise par surprise, chuta immédiatement.

— Désolée, mais je ne peux te laisser faire du mal à mon maître.

— Mais il va le tuer! lui répondit-elle en se relevant. Il faut l'arrêter avant qu'il ne l'étrangle avec cette chaîne maudite!

— Je ne peux pas te laisser passer!

— Max te faisait confiance! Il croyait en toi!

— Je... Je suis navrée!

— Laisse-moi passer ou..., la prévint-elle en leva son arme blanche.

Mais la chinoise, incapable de trahir celui auquel elle avait juré fidélité, adopta une position de combat, prête à l'accueillir. Tout en entendant son amoureux en train d'étouffer, Sarah passa donc à l'action. Elle tenta d'attaquer la chinoise avec sa lame, mais cette dernière l'évita facilement. Tout en exécutant son esquive, elle saisit le bras de la blanche et appliqua une prise qui la força à échapper son mini couteau. Elle poursuivit ensuite avec un violent coup de coude au visage, suivit d'un autre avec son pied au thorax. En un éclair, la pauvre Sarah, désarmée, retourna au tapis.

Riu, quant à lui, tentait toujours de percer de ses poings la garde de Yohanda sous lui, encore couché sur le béton. Il crut soudain avoir enfin une ouverture, mais réalisa trop tard que ce n'était qu'un leurre. En effet, le barbu ne l'avait laissé le frapper que pour saisir à nouveau son bras. Rapidement, ce dernier lui fit ensuite un crochet au genou à l'aide de son talon pour lui faire perdre l'équilibre. Tout en le poussant de son autre pied, il le fit finalement basculer sur le côté. Une fois libéré, le membre des Protecteurs se releva rapidement. Néanmoins, celui des Guerriers de la Lumière en fit tout autant. Le combat reprit alors debout, face à face. Cette fois, ce fut Riu qui tenta un coup de poing. À son grand étonnement, son adversaire encaissa la frappe, qui aurait eu raison de la plupart des hommes. L'asiatique tenta alors d'en finir en enchaînant avec un crochet, mais Yohanda le surprit en se penchant à temps. Ce dernier en profita ensuite pour exploiter sa position le frappant aux côtes et au ventre. Puis, il se releva en lançant un puissant « uppercut ». Le blond recula de quelques pas, sans toutefois tomber. Mais le juif ne lui laissa pas le temps de reprendre ses esprits et fonça vers lui. Tout en s'aidant du pare-chocs d'un 4x4 juste à côté, il se propulsa très haut dans les airs. En retombant, il lui abattit de toutes ses forces son poing en pleine figure. Cette fois, l'homme fort des asiatiques plia enfin.

Mais même s'il venait de se débarrasser de son challenger, Yohanda était encore trop loin pour intervenir à temps afin de sauver Max. Ce dernier, qui avait le souffle carrément coupé par l'arme maudite, se sentait partir peu à peu. En le voyant en si mauvaise posture, Sarah se remis de nouveau sur pied et tenta encore une fois sa chance contre la ninja. Mais bien qu'elle fût une combattante endurcie, elle ne faisait pas le poids face à celle qui avait grandi avec les arts martiaux. Wayuki la repoussa donc aisément une nouvelle fois en utilisant une prise de judo.

Sentant que c'était la fin, l'ange tenta alors le tout pour le tout. Sachant qu'il allait d'une seconde à l'autre perdre conscience, il comprit qu'il devait absolument agir. Il enligna donc la pointe de son glaive contre son abdomen avant de le transpercer avec vigueur de part en part. La lame poursuivit ensuite son chemin pour aller s'enfoncer également dans le ventre de Lieng, positionné juste derrière lui. Grâce à cette sadique manœuvre, ce dernier relâcha aussitôt la tension sur sa chaîne. Max en profita pour d'abord s'avancer d'un pas, afin de retirer son arme fétiche du corps de son adversaire. Puis, il se retourna sans attendre pour lui envoyer un solide coup au visage du revers de la main. Le moine Shaolin fit alors une culbute complète dans les airs avant de s'affaisser mollement au sol.

Le plus puissant des Protecteurs prit aussitôt une grande inspiration en jetant la chaîne brûlante par terre. Il retira ensuite son glaive de son propre corps en poussant un soupir. Une fois fait, malgré l'intense douleur de ses lésions qui l'avait beaucoup affaibli, il s'avança vers le vigoureux Lieng, qui reprenait peu à peu ses esprits.

Lorsque Wayuki détourna le regard pour voir son commandant se faire balayer, Sarah, qui revenait à la charge, profita de cette distraction pour lui balancer un brutal coup de poing à la mâchoire. Cette fois, à la grande satisfaction de la canadienne, ce fut la chinoise qui s'étala près des roues d'un Hummer.

Tout en marchant, Max enfonça ses doigts dans sa plaie extrêmement douloureuse à l'épaule. La balle maudite, qui y était encore logée, le faisait souffrir à un point tel qu'il ne sentit presque rien en fouillant dans son muscle. Lorsqu'il réussit enfin à l'extraire, la brûlure s'atténua énormément, à son grand soulagement.

Pendant qu'il s'exécutait, le chef des bouddhistes, grièvement blessé, se releva à genoux. Puis, il leva les yeux vers l'ange encore ensanglanté par ses nombreuses coupures.

— Vas-y, finis-en !

— Vous êtes venus jusqu'ici avec des armes maudites dissimulées ! Vous avez placé un tireur pour m'abattre ! Vous n'avez jamais eu l'intention de discuter ! Vous n'êtes pas venu ici pour faire une trêve, ou au moins écouter ce que nous avions à dire ! Vous êtes venus seulement avec l'idée de nous affronter !

— Et nous avons échoué ! Tu peux m'achever maintenant ! Mais je t'en supplie, afin que je puisse partir en paix, promets-moi de garder l'enfant à l'œil ! Promets-moi de faire le nécessaire lorsque tu t'apercevras que j'avais raison !

— Je n'ai pas l'intention de te tuer ! Tu sais pourtant que ce n'est pas dans nos habitudes !

— Mais c'est trop tard ! Tu m'as déjà blessé mortellement ! Je ne survivrai pas à de tels dommages !

Sur ces mots, Max se pencha et posa la main sur l'imposante plaie à l'abdomen de Lieng. Ce dernier fut alors complètement stupéfait en sentant la douleur disparaître peu à peu. Lorsque l'ange se retira, l'asiatique put admirer sa cicatrice totalement scellée, comme s'il avait reçu cette épée dans le ventre plusieurs années auparavant. Il regarda alors son guérisseur avec admiration.

— C'est comme cela que le Bien fonctionne ! révéla Max, qui se sentait étourdi. Avec la miséricorde ! Toi, qui as consacré ta vie à le servir, tu devrais le savoir !

Soudain, quelqu'un cogna à la porte. Sarah, qui reconnut ensuite la voix de son père de l'autre côté, alla rapidement lui ouvrir. Elle découvrit alors celui-ci tenant en joue un autre ninja blessé. L'aîné poussa aussitôt son prisonnier à l'intérieur. Mais après à peine quelque pas, le tireur embusqué, ayant perdu trop de sang, s'effondra au sol.

— J'ai un autre client pour toi, Max! affirma Robert. Ce petit fumier s'est pris deux balles et malgré cela, il voulait encore faire ses trucs de karaté.

— Robert! Content de te voir, mon ami!

— Moi aussi! Désolé, il a réussi à ouvrir le feu quand même. Je lui avais pourtant tiré dessus le premier, mais...

— Ce doit certainement être pour cette raison qu'il m'a seulement touché à l'épaule à la place du cœur.

— Ouais... C'est au moins ça... En passant, je ne plaisantais pas! Le type est vraiment en train de se vider de son sang!

— C'est bon! J'arrive! Yohanda, ça va?

— Oui, merci. Ce fils de pute m'a donné du fil à retordre, mais j'en suis finalement venu à bout. Et toi?

— Ça va! Surtout depuis que je n'ai plus cette merde maudite dans l'épaule!

— Alors c'était pour cela le clin d'œil. C'est pour ça que tu ne voulais pas que j'aille inspecter là-haut.

— Oui ! Robert était notre as caché. Je n'ai rien dit par peur que Wayuki ne nous entende.

— C'était un très bon plan, je dois l'avouer.

— Ouais… Bon, peux-tu venir ici ligoter ce merdeux ? Il faut que j'aille sauver l'autre.

— J'arrive !

Pendant que le barbu prenait la relève sur Lieng, qui était resté totalement immobile et muet depuis sa guérison, Sarah en profita pour aller saluer son père. En voyant le nez ensanglanté de sa fille, l'instinct paternel poussa le doyen à s'alarmer. Mais la belle le rassura aussitôt tout en s'essuyant avec sa manche. À peine venait-elle d'effacer les traces de sa bagarre que Max arrivait déjà auprès d'eux.

— Mon pauvre amour ! s'inquiéta à son tour la jeune femme.

— Je vais bien !

— Tu es plutôt mal-en-point ! Crois-tu que tu seras en mesure de le guérir sans que ce soit dangereux pour toi ? Et… Et il y a lui aussi… Je lui ai tiré dans une jambe ! avoua-t-elle en pointant l'autre blessé.

— C'est bon, chérie ! Ça paraît pire que ce ne l'est ! Mais après, j'aurai besoin d'une petite pause. Bon, je vais d'abord commencer par celui-là avant qu'il ne soit trop tard. Je m'occuperai ensuite du tiens.

Sur ces mots, aidé par sa copine, Max alla vers l'homme souffrant d'hémorragies sévères à l'entrée. Une fois à ses côtés, le guérisseur signala à Sarah qu'elle pouvait aller appuyer Yohanda. Pendant qu'elle s'exécuta, l'ange, en moins de deux minutes, referma les plaies du blessé, qui demeura tout de même inconscient un moment. Quand cela fut terminé, il se mit contre son gré à chanceler. Son partenaire de longue date, qui enlevait son manteau pendant ce temps, se dépêcha d'aller le soutenir. Il l'aida ensuite à s'avancer vers celui qui mettait de la pression sur son tibia. Quand Max eut terminé son miracle, Robert dirigea ensuite son ami vers un siège de véhicule afin qu'il s'assoit un moment, conscient qu'il venait d'utiliser beaucoup d'énergie.

Pendant ce temps, le barbu et la sportive menottèrent leurs prisonniers avant de tous les placer ensemble près de leur chef. Lorsqu'elle revint à elle, Wayuki reconnut le baraqué de l'équipe du Vatican alors qu'il la déposait au sol. En voyant la déception sur son visage, la belle tenta alors de se justifier.

— Tu aurais fait la même chose que moi ! Jamais tu n'aurais laissé quelqu'un faire du mal à ton commandant ! Même si ça avait été moi !

Bien qu'il savait très bien qu'elle avait raison, l'homme ne lui répondit pas et se contenta de s'éloigner lentement.

Une fois que les Guerriers de la Lumière furent tous réunis, soit à genoux ou couchés, les Protecteurs, debout, les fixèrent silencieusement. Max, qui se sentait déjà mieux après ces quelques minutes, s'approcha à son tour des prisonniers.

— Et maintenant ? Qu'est-ce qu'on fait avec eux ? interrogea finalement Robert.

Max s'apprêta à répondre quand tout à coup, son téléphone se mit à sonner.

— Je ne connais pas ce numéro ! affirma-t-il en regardant l'afficheur. Qui est-ce que… Allo !?

— Max ? C'est Richard !

— Richard ?! Mais pourquoi…

— On a besoin de vous ! On est dans la merde ici !

Chapitre 20

2 jours et 2 heures après Alicia

À l'intérieur de la chapelle, Hugo regardait dehors au travers d'un vitrail pendant qu'Irsilda enseignait quelques méthodes de maniement d'arme à Richard. En effet, après être entré par infraction dans cette petite église, située à moins de vingt minutes de l'entrepôt de véhicules où se trouvaient les autres, le groupe en charge de la protection d'Alicia attendait impatiemment de recevoir des nouvelles de la rencontre. Pour passer le temps, le rouquin avait demandé à la guerrière de bien vouloir l'entraîner afin d'être mieux préparé pour la prochaine fois où il ferait face à des démons. Cette dernière, complétement ravagée par l'idée que son mari était en train de subir les pires tourments de l'enfer, avait accepté, espérant que cela pourrait l'aider à moins y réfléchir. Elle avait donc commencé par lui montrer quelques notions de base de combat au corps à corps, pour ensuite enchaîner avec la manipulation du couteau. Elle en était finalement rendue aux fusils lorsque la nuit commençait lentement à envelopper le ciel.

Alicia, pour sa part, s'était contentée d'observer l'instruction. Même si elle aurait bien aimé y participer aussi, elle n'avait pas osé s'interposer. Elle voyait bien que la latino avait de gros doutes envers son allégeance. Et même si toute cette situation était très frustrante pour cette fille qui avait été élevée dans un couvent et qui avait passé sa vie à faire le bien autour d'elle, l'adolescente comprenait les soupçons de sa protectrice. Voilà pourquoi elle s'était contentée de rester à l'écart.

— Il va bientôt faire nuit, lança soudainement Hugo, qui était resté silencieux depuis un bon moment.

— Je sais, s'inquiéta Irsilda. Et toujours aucune nouvelle. Je n'aime pas ça ! J'espère que la rencontre se déroule comme prévue.

— Eh bien moi, j'espère qu'ils sont en train de s'entretuer ! commenta brusquement le médium en s'avança vers le reste du groupe, qui était complètement estomaqué par son commentaire.

— Quoi ?! Qu'est-ce que tu viens de dire ?!

— Tu as très bien compris, ma belle ! J'ai dit que j'espérais que ces pauvres cloches étaient en train de s'étriper ! Encore mieux, je souhaite que Lieng réussisse à éliminer Max. Quand je pense que ce con a été jusqu'à oser maudire des armes pour tuer le meilleur atout du Bien ! Ha ! Ha !

— Quoi ?! Mais... Mais tu es complètement cinglé ?! Qu'est-ce qui te prends de dire une chose pareille ?!

— Hugo, merde ! rajouta Richard. Pourquoi…

— Ah, c'est bon toi ! Qu'est-ce que t'en a réellement à foutre de tout ça ?! Tout ce que tu souhaitais, c'était de revoir ta famille. Tu étais même prêt à flinguer un prêtre pour cela. Et alors que tu aurais pu enfin rejoindre ta femme et tes enfants, le Bien t'a retourné sur Terre. Et maintenant tu veux me faire croire que tu veux travailler pour Lui ! Allons, Richard ! Ouvre les yeux ! Tu n'es pas dans le bon camp !

— Sale fils de pute ! comprit alors l'espagnole. Tu es un putain de traître ! Tu sers le Mal !

— Je vois que tu es très perspicace ! Eh oui, beauté ! Je suis un sorcier ! C'est d'ailleurs moi qui ai réussi à faire entrer dans notre monde le démon qui possède l'âme de ton cher Tom. Un exploit dont je suis on ne peut plus fier ! Bon assez discuté !

Sur ces mots, le serviteur de Satan dégaina son pistolet et, avant même qu'Irsilda n'eut le temps de réagir, il lui envoya une balle en pleine gorge. À l'impact, cette dernière plaça instinctivement sa main sur la douloureuse plaie afin de retenir le sang qui en giclait abondamment.

Dès que le coup de feu retentit, Alicia poussa un long cri pendant que Richard figea devant l'horrible spectacle. Ne sachant que faire pour venir en aide à la pauvre condamnée, il fonça finalement vers elle et apposa à son tour sa main tremblante par-dessus la sienne afin de retenir le liquide rouge, qui coula malgré tout entre ses doigts.

Cela ne dura malheureusement qu'un bref moment car bientôt, Irsilda, qui n'arrivait plus à respirer, finit par s'écouler dans les bras de Richard.

— Ah Seigneur ! Non ! Non ! Respire ! Non ! Allez, respire ! Eh merde ! Seigneur, pas ça !

— C'est bon, Richard ! Elle est partie maintenant !

— Espèce de salaud ! Comment as-tu pu ?! Pourquoi ?!

— Pour un tas de raison, en fait ! Tu sais, je n'étais personne lorsque mon mentor m'a trouvé. C'est lui qui m'a aidé à y voir plus clair. Un homme puissant du nom de Sadman. Il est d'ailleurs l'un des soldats d'élite du Mal maintenant. C'est lui qui m'a montré la voie ! Il a fait de moi l'un de ses grands conseillés !

— Mais… Mais ça rime à quoi tout ça ?!

— C'est pourtant clair ! Tous mes dons de voyant me sont venus du diable et non de Dieu ! C'est lui qui m'en a fait cadeau pour que je puisse la trouver ! Et pour que je puisse également te repérer. Je savais que tu finirais bien par tomber sur l'ange tôt ou tard. Tu m'as été d'une grande utilité, mon cher.

— Je… Je ne comprends rien !

— Je m'en doute ! Mais tu pourras poser toutes les questions à Dieu lorsque tu iras le rejoindre, bientôt ! Tu étais un type plutôt sympathique, malgré tout. Tu me manqueras ! Allez, au revoir maintenant !

Hugo dirigea à cet instant son canon vers le rouquin et pressa la détente à plusieurs reprises. Par réflexe, celui-ci leva les bras pour se protéger. Puis il ferma les paupières et serra les dents, attendant que les balles brûlantes le transpercent.

Mais au lieu de cela, il entendit avec stupéfaction les plombs frapper les bancs de bois autour de lui. Surpris, il ouvrit les yeux pour y découvrir son assaillant qui le pointait toujours de son arme vide. Ne comprenant pas comment il avait pu le rater de si près, Richard se contenta de rester ainsi, immobile, complètement bouche bée.

— Ah ben ça ! s'exclama le tireur. Il ne t'a pas renvoyé ici seulement avec une carte ! Tu n'es pas revenu les mains vides, mon cher !

— Quoi ? C'est moi qui...

— C'est pourtant simple ! Le Bien a fait de toi le défenseur de la vierge. Pour que tu puisses accomplir ta mission, Il t'a apparemment fait don de pouvoirs. Ils ne sont pas aussi puissants que ceux d'un ange, ils sont juste différents. Et cela fait en sorte que les armes sataniques ne peuvent t'atteindre. Comme cela, Max et toi auriez pu vous compléter parfaitement. Vraisemblablement, Il essaie de recréer la parfaite petite équipe comme Il l'avait fait avec Joseph et Gabriel.

— Écoute-moi bien espèce de salaud ! le menaça alors Richard en dégainant à son tour son pistolet. Toi qui a l'air d'en savoir beaucoup sur toute cette histoire de dingue, tu vas me dire à quoi ça rime tout ça !

— Ou sinon quoi ? Tu vas me tuer, c'est ça ? Tu vas me tirer dessus ? Tu n'es pas un tueur ? J'ai lu ton âme ! Le Bien t'a justement choisi parce que tu es un homme de cœur. Jamais tu n'oseras me tirer dessus de sang froid !

— Je ne te tuerai peut-être pas... Mais souhaites-tu vraiment connaître la douleur d'une balle te fracassant le genou ? Je n'hésiterai pas une seule seconde à t'éclater une rotule si tu ne me dis pas tout de suite la raison de ta présence ici !

— Pourquoi crois-tu que je sois ici, pauvre idiot ? J'ai infiltré votre organisation pour elle, expliqua-t-il en pointant Alicia.

— Alors pourquoi ne pas l'avoir tué avant ? Tu aurais amplement eu la chance de le faire ?

— Parce que je ne suis pas ici pour la tuer ! Pas avec l'être puissant qu'elle porte !

— Cesse de te foutre de ma gueule ! Tu viens tout juste de me dire que le Bien m'a donné le pouvoir de faire dévier les balles pour que je puisse la protéger! Ce n'est certainement pas parce qu'elle porte l'antéchrist!

— En fait, mon cher Richard, le demi-dieu qu'elle porte est encore neutre. C'est à sa naissance que son camp sera choisi.

— Quoi ?!

— Eh oui, Richard! C'est pour cela que ce bouddhiste a eu cette vision. C'est également pour cela que la créature n'a pas mordu la vierge quand elle en a eu l'occasion. Les chances que cet enfant prodige soit le messie ou la progéniture de Satan sont encore de moitié-moitié.

— Comment... Comment est-ce que tu sais tout ça ?

— Tu vois, dans sa quête à travers le monde pour retrouver les pages maudites, servant à briser les sceaux des démons, mon mentor, Sadman le sorcier, a fait une découverte étonnante dans un château des Templiers, au Portugal. Un petit manuscrit rouge, marqué d'une croix inversée. Dans ce bouquin, rédigé par une très ancienne et très grande sorcière nommée Galalel, on pouvait y retrouver tout ce qu'on avait à savoir sur l'antéchrist. C'est à Winslow, juste avant la grande bataille qui lui a couté la vie, que Sadman me l'avait confié. Il m'a dit de m'enfuir avec et de l'étudier méticuleusement. Il m'expliqua qu'avec tous les démons qu'il venait de faire pénétrer dans notre monde, si son attaque échouait, il y avait de fortes chances pour que l'un des Protecteurs élimine plus d'un démon et qu'un ange soit créé. Et que si cela se produisait, Dieu ne manquerait certainement pas cette occasion, comme Il l'avait fait il y a un peu plus de deux mille ans lorsque Gabriel avait exterminé son troisième démon.

— Mais pourquoi a-t-il besoin d'un ange?

— À cause de la barrière qu'Il a mise autour de notre monde, pour empêcher entre autre le Mal de créer une autre bête. Il ne peut envoyer directement un être aussi puissant sur Terre. C'est pour cela qu'il doit passer par une humaine. Et pour que le passage de cet être surnaturel vers le monde physique fonctionne, l'ovaire de celle-ci doit être pur et ne doit jamais avoir été fécondé. En l'occurrence, une vierge. Mais pour que sa création accède à ses pouvoirs, un rituel blanc, semblable à celui pour briser un sceau retenant un démon, est nécessaire. Et dans ce fameux rituel, l'enfant doit absolument boire une goutte de sang d'un ange. Un être spirituel au grand pouvoir qui se trouve déjà parmi les hommes. Cependant, ce que j'ai appris dans ce fameux manuscrit rouge, c'est que si l'enfant boit plutôt une goutte de sang d'un puissant démon, il deviendra tout aussi fort, mais il aura une toute autre mission. C'est pourquoi le jour où Sadman m'a donné cette importante responsabilité, je me suis terré, attendant le moment propice pour agir. Comme ils te l'ont expliqué, ce ne fut pas à Winslow que Max est devenu un ange. Mais comme il en était tout près, je me suis contenté de le garder à l'œil. Son exploit contre la bête a tôt fait de se rendre jusqu'à mes oreilles. J'ai alors procédé à l'un des rituels sataniques contenus dans le livre caché pour recevoir mes dons de médium, dans le but évidemment de trouver l'enfant lorsque Dieu déciderait de l'envoyer.

— Mais alors, si tu avais le pouvoir de le retrouver seul, pourquoi t'être servi de moi ?

— Tout comme il faut un ange, et non seulement un Chevalier de Dieu, pour que le rituel fonctionne, la goutte de sang doit provenir à l'inverse d'un Luciférien, un démon doté de grands pouvoirs. Mais pour qu'un soldat du Mal atteigne rapidement un si haut niveau, il lui faut une âme détenant un haut pouvoir spirituel, comme celle de Tom. C'est pourquoi j'avais besoin d'infiltrer le groupe.

— Mais alors, c'est toi qui as permis à cet Orzel de revenir dans notre monde.

— Oui, j'ai toujours eu un faible pour les araignées.

— Et tu le savais pour ces types masqués, en Alabama.

— C'est moi qui les avais recrutés. Lorsque j'ai localisé Alicia, j'ai pris contact anonymement avec ce groupe satanique insolite qui opérait à proximité du couvent de la jeune femme. Il n'a fallu que quelques textos, en affirmant que c'était une mission du grand Sadman, pour que ces crétins acceptent. Je leur ai également expliqué comment tuer l'ange qui allait venir la libérer. S'ils avaient réussi, ça m'aurait bien arrangé. Et le tout uniquement en me servant de courriels, sans qu'ils aient à voir mon visage.

—Alors, je n'ai pas réellement de carte de graver sur mon âme.

— Bien sûr que si, et tu étais censé commencer à en avoir des visions quelques temps après notre première rencontre au restaurant. Mais j'ai implanté à ce moment une espèce de brouilleur à ton esprit, pour t'empêcher de localiser la vierge tout seul. Toujours dans le but d'infiltrer les Protecteurs, je me suis ensuite arrangé pour que l'on arrive là-bas en même temps que l'ange. Quoi de mieux que de combattre un agent du Mal pour se voir accorder la confiance. Ce qui m'a donc permis de prévenir Orzel par la suite pour qu'il leur tombe dessus dans ce refuge, au moment le plus opportun, pour réussir à récolter l'âme puissante du Chevalier de Dieu.

— Espèce de sale fils de pute !

— Mais le plus drôle dans cette histoire est le tour de force que j'ai réussi en montrant à ce chinois la vision d'une des deux réalités possibles pour l'enfant divin. Cela m'a permis non seulement de monter deux groupes de chasseurs de démons l'un contre l'autre, mais également de me retrouver ici, isolé avec Alicia.

— Comment as-tu réussi à…

— Un autre tour de magie inscrit dans le bouquin. C'en est d'ailleurs un semblable qui avait été utilisé autrefois pour convaincre les grands prêtres de tuer Jésus. À l'époque, le Mal avait envoyé une panoplie de démons pour l'éliminer, et Il s'est même montré en personne pour l'affronter. Mais rien de tout cela n'avait fonctionné. Pourtant, il n'avait fallu que quelques visions pour parvenir à y mettre un terme. Alors que Dieu l'avait envoyé pour nous sauver, c'est nous qui l'avons crucifié. Et ce con revient tout de même à la charge en enfantant Alicia.

— Alors, c'est toi qui es derrière le conflit entre les Protecteurs et les Guerriers de la Lumière !

— Et je n'en suis pas peu fier ! Bientôt, je serai une vraie légende ! J'aurai réussi là où même le grand Sadman a échoué ! Mon plan a fonctionné comme sur des roulettes !

— Tu oublies un truc, salopard ! Je suis toujours là ! Et c'est moi qui tiens le pistolet !

— Bien ! Alors tue-moi dans ce cas !

— Je… Je n'hésiterai pas !

— Allez ! le provoqua-t-il en s'avança de quelques pas. Vas-y ! Tue-moi ! Fais-le !

Alicia, un peu en retrait, regarda, le cœur serré, Hugo s'approcher lentement en se demandant réellement ce que Richard allait faire maintenant. Le médium satanique était dangereusement près et son défenseur allait tôt ou tard devoir presser la détente, même si cela allait à l'encontre de ses principes.

Dans tous ses états, le rouquin s'efforça de pointer son adversaire, hésitant encore à faire le nécessaire. Il voyait bien que l'homme devant lui gagnait de plus en plus de terrain, mais il se sentait incapable de l'abattre de sang-froid.

C'est alors que, tout en continuant à le provoquer, Hugo agrippa subtilement un couteau à sa ceinture et le lança sans hésiter en direction de son opposant. Même si ce dernier le para aisément de son autre bras, la diversion du sorcier lui permit de faire un bond en avant et de lui saisir la main tenant le pistolet. Pris par surprise, Richard tenta de reprendre le contrôle, mais son assaillant le retenait trop fermement. Il s'obstina tout de même à se débattre quand soudain, sans le voir venir, Hugo lui asséna un solide coup de coude sur le nez. Et sans lui laisser le temps de reprendre ses esprits, le médium cogna de son poing l'arme à feu, la lui faisant échapper par terre. Puis, de la même main toujours fermée, il poursuivit en lui frappant la mâchoire du revers, lui faisant inévitablement plier les genoux. Et alors qu'il était chancelant, le petit grassouillet, qui s'avérait beaucoup plus habile qu'il en avait l'air, le propulsa au sol en le poussant durement d'un coup de pied à la poitrine.

Dès que son adversaire fut au tapis, Hugo se dépêcha d'aller ramasser le pistolet. Voulant profiter du fait que le défenseur était trop assommé pour dévier les balles cette fois-ci, il ne perdit pas une seconde à mettre la main dessus. Aussitôt que ses doigts se refermèrent sur la poignée, il se retourna vers l'allier du Bien. Mais à son grand malheur, ce fut sur Alicia que se pointa son canon. En effet, la courageuse jeune fille s'était placée juste à temps entre lui et Richard afin de l'empêcher de faire feu.

— Pousses-toi de là, espèce d'idiote!

— Je sais que tu n'oseras pas tirer! Tu as trop besoin du bébé qui grandit dans mon ventre!

— Enlèves-toi de mon chemin ou je…

— Vas-y! Tire! Qu'est-ce que tu attends?!

— Alicia? laissa échapper le rouquin derrière, qui reprenait peu à peu ses esprits.

— Vite Richard! Relève-toi et fonce vers la pièce derrière! lui ordonna-t-elle.

Il fallut à ce dernier quelques secondes pour analyser la situation avant de comprendre où elle voulait en venir. Durant ce court laps de temps, Hugo se déplaça afin d'avoir un meilleur angle de tir, mais la jeune femme le suivit afin de ne lui laisser aucune chance de tirer. Furieux, le serviteur du Mal commença donc à s'avancer vers la vierge lorsque Richard se décida enfin à bouger. Celui-ci se remit sur pied d'un bond avant de foncer vers la porte à proximité. Dès qu'elle le vit se mettre à courir, Alicia se dépêcha de le suivre de près.

Hugo hésita alors à presser la détente sur les fugitifs, sachant qu'il y avait de fortes chances pour que son projectile ne frappe la porteuse du possible futur antéchrist. Impuissant, il dut donc se contenter de les regarder se mettre à l'abri dans l'autre pièce. Fou de rage, il fonça tout de même vers la porte de bois qui venait de se refermer.

Après avoir verrouillé la serrure, Richard ordonna à Alicia de se pousser plus loin. Puis, il agrippa le meuble en face et le fit chavirer bruyamment sur la porte, bloquant ainsi complètement l'accès.

— Comme cela, il ne devrait pas pouvoir entrer, en conclut-il, tout en essuyant avec sa manche le sang qui s'écoulait de son nez. Tu m'as… Tu m'as sauvé la vie. Merci…

— Je… Je n'ai fait que…

— Et dire que c'est moi qui suis censé te protéger.

À peine venait-il de terminer sa phrase qu'ils entendirent Hugo se river durement l'épaule contre la porte. Heureusement, le barrage improvisé sembla des plus efficaces. Malgré tout, ils perçurent le bruit du traître qui tentait pour la seconde fois d'entrer. Puis, ils sursautèrent lorsqu'un coup de feu retentit et que la poignée vola en morceaux. Comme il le craignait, la porte vibra à nouveau lorsqu'Hugo essaya une nouvelle fois de se faire un chemin. Mais heureusement, le meuble fut bien trop pesant et la barricade résista aux assauts, qui devinrent de plus en plus violents.

— Je vous tuerai ! Je vous tuerai tous les deux !

Tout en hurlant, Hugo poursuivit ses tentatives contre la porte, qui ne voulut aucunement céder. Malgré tout, il continua son manège à maintes et maintes reprises.

— Bien ! s'exclama-t-il finalement, conscient qu'il n'arriverait pas à forcer la porte. Si c'est comme cela, alors je vais devoir passer au plan B ! Je vais maudire cet endroit ! Comme cela, Orzel pourra entrer dans la chapelle et venir lui-même vous botter le cul !

Sur ces mots, il se recula légèrement et commença à réciter une formule en langue noire.

— Il faut se sauver ! suggéra alors Alicia. Vite, passons par la fenêtre !

— Non, attends ! S'il veut maudire l'église pour qu'Orzel puisse entrer, cela veut dire qu'il n'est pas loin. Si nous sortons d'ici, il nous attrapera aussitôt !

— Alors, que fait-on ?

— Il faut appeler Max ! dit-il en sortant son téléphone. Je ne sais pas comment de temps il lui faudra pour terminer son rituel, mais il y a des chances pour que la bande aient le temps de venir à notre secours !

— Bien ! Alors dépêche-toi !

Rapidement, celui-ci composa le numéro, espérant de tout cœur que l'ange réponde. Il fut alors des plus ravis d'entendre sa voix au bout de quelques sonneries.

— Allo !?

— Max ? C'est Richard !

— Richard ?! Mais pourquoi…

— On a besoin de vous ! le coupa-t-il. On est dans la merde ici !

Chapitre 21

2 jours, 2 heures et 30 minutes après Alicia

En entendant le ton paniqué de la voix de Richard, Max mit aussitôt son téléphone en mode haut-parleur afin que tous dans la salle puisse écouter. Devinant qu'il s'agissait d'une urgence, il ne voulait surtout pas perdre de temps à répéter le message.

Richard expliqua alors rapidement la situation à son auditoire. Tous sentirent un douloureux nœud se former dans leurs gorges lorsqu'il débuta avec la tragique mort d'Irsilda, assassinée de la main d'Hugo, le satanique sorcier. Yohanda en frappa même une portière en poussant un juron. Le rouquin poursuivit grossièrement avec les renseignements que ce dernier lui avait fournis concernant son plan d'infiltration et surtout la cause. Il relata ce qu'il avait appris à propos d'Alicia et de son bébé, qui était toujours neutre pour l'instant. Lorsqu'il raconta que Lieng avait eu ses visions car il avait été victime d'un maléfice, tous se tournèrent vers lui, qui pour sa part, se contenta de baisser les yeux au sol. Il termina enfin avec la situation dans laquelle il se trouvait.

— Nous arrivons le plus rapidement possible ! promit aussitôt Max. Je sais où se trouve cette église ! Tenez le coup, nous y serons dans moins de quinze minutes !

Puis, en raccrochant, il se retourna vers ses amis qui attendaient impatiemment ses ordres.

— Vous avez tous entendu ?! Il faut attraper le plus rapidement possible nos armes et foncer à leur secours !

— Max ! l'interrompit soudain Lieng. Je… Je suis désolé de ce qui vient de se passer entre nous ! Désolé d'avoir mordu à ce maléfice ! Mais tu sais très bien qu'Orzel et son armée vont vous attendre de pied ferme ! Il sait que vous allez accourir au secours de la vierge ! Et vous n'êtes que quatre ! Laisse-moi venir avec vous ! Laissez-moi me racheter !

— Max ? enchaîna aussitôt Sarah. Tu n'as pas l'intention d'écouter cette espèce de…

— Je crains qu'il n'ait pas tort ! l'interrompit Yohanda. Orzel doit certainement se tenir prêt à nous accueillir. Nous aurons besoin de tous les soldats disponibles. Sans Wayuki dans ce refuge, nous ne serions pas ici ! Je… Je crois malheureusement que nous ayons besoin d'eux. D'autant plus que tu n'es pas encore revenu au meilleur de ta forme.

— Bon sang ! Est-ce que je peux te faire confiance, cette fois ? demanda l'ange en fixant le chef.

— Tu... Tu as bien vu ce que je suis prêt à faire pour combattre le Mal. Je... Je me suis royalement planté, je l'avoue ! Ce maléfice m'avait complètement embrouillé l'esprit ! Mais je t'en conjure, donne-moi cette chance ! Je dois me reprendre pour ce que j'ai causé ! Oui, l'ange, tu peux me faire confiance !

— Robert, qu'en penses-tu ?

— Max, tu sais bien que j'irai jusqu'au bout, peu importe ta décision. Tu as suivi ton cœur depuis le début et ça nous a toujours permis de repousser le Mal. Alors si tu crois que tu peux leur faire confiance...

— Je... Je n'en sais rien...

— Malheureusement, je n'ai pas la réponse, poursuivit le doyen. Et nous n'avons plus de temps à perdre. Il faut se décider maintenant !

— Je sais !

— En tout cas, une chose est sûre. Si vraiment Alicia peut engendrer un nouveau messie ou encore l'antéchrist, alors le Mal ne la laissera certainement pas aller comme cela. Il va se battre jusqu'au bout pour l'avoir. Et tu sais comme moi, après avoir affronté tous ces morts-vivants, ces démons, l'ombre et surtout la bête, qu'Il a toujours des trucs en réserve pour nous surprendre. Alors si l'on veut avoir une chance de gagner encore une fois, il va nous falloir du renfort. On ne gagne pas une guerre tout seul, tu le sais comme moi.

— Ouais… Sarah ?

— Je suppose que mon père a raison…

Sans en rajouter, Max se dirigea vers Lieng. Il se pencha ensuite vers son dos et attrapa ses menottes. Puis, d'un coup sec, il cassa aisément les bracelets de métal.

— Bien qu'une part de ta vision soit toujours possible, si jamais tu oses nous doubler ou encore si tu touches à un cheveu d'Alicia, ce ne sera pas les démons que tu devras craindre !

— Oui, je m'en doute ! Tu ne le regretteras pas ! Tu as ma parole d'honneur ! Merci !

— Ne me remercie pas ! Ce n'est pas pour une partie de plaisir que je te libère. Nous risquons tous d'y laisser notre peau… Et nos âmes ! Est-ce que l'on peut se fier également à tes soldats ?

— Ils sont d'une fidélité sans fin ! Ils me suivront jusqu'en enfer s'il le faut !

— Dans ce cas, nous allons également les libérer.

Le grand barbu se pencha aussitôt vers la belle asiatique. Celle-ci le regarda s'exécuter, un petit sourire en coin.

— C'est bien, ce que tu viens de dire sur moi.

— Ne me le fais pas regretter !

— Tu peux me faire confiance !

Sarah, quant à elle, se dirigea d'abord vers Riu. Mais comme le colosse au regard inquiétant ne lui inspirait pas du tout confiance, elle bifurqua plutôt vers un autre membre des Guerriers de la Lumière. Durant ce temps, Robert attrapa Max par le bras et l'attira à l'écart.

— Sadman a une fois de plus laissé sa trace !

— Même dans la mort, ce salop réussit encore à nous atteindre !

— Pauvre Irsilda, c'est horrible ! Et surtout pauvre Daniel !

— Seigneur, oui !

— Ouais... Bon, écoute ! On n'a pas beaucoup de temps, alors voilà ce que je viens de penser. J'ai bien aimé l'effet de surprise que j'ai créé en arrivant à l'improviste tout à l'heure. Ça a plutôt bien fonctionné. Je crois que ce ne serait pas une mauvaise option de refaire le même coup.

— En effet.

— Je vais donc vous laisser prendre un peu d'avance et je vais rester un peu en retrait. Ce putain de démon ne s'attendra pas à me voir arriver. Je vais peut-être pouvoir réussir à le prendre à revers.

— C'est une excellente idée !

Pendant ce temps, une fois qu'il eut échangé un dernier regard avec celle qui, contre son gré, semblait vouloir faire battre son cœur, Yohanda se déplaça vers le costaud aux cheveux jaunes.

— Tu as eu de la chance contre moi ! lui lança aussitôt Riu.

— Écoute vieux ! Je viens de perdre une grande amie ! Alors ce n'est vraiment pas le moment de venir me faire chier ! Est-ce que je peux détacher tes menottes ou est-ce que je serais mieux de te foutre maintenant mon poing sur la gueule ?!

— Les gars, merde ! les coupa Max. Orzel est sur le point de pouvoir entrer dans cette église pour mettre la main sur Alicia et Richard ! Alors ce n'est vraiment pas le moment pour ça !

Au même instant, Lieng se mit à parler en chinois à son homme de main. Bien que les Protecteurs n'en saisirent pas un seul mot, ils comprirent néanmoins au ton de la voix que le chef était certainement en train de le réprimander.

— Je... Je suis désolé pour ton amie, s'excusa ensuite Riu. Tu peux me libérer. Nous avons tous deux le même ennemi à présent. Ce qui fait inévitablement de nous des associés.

Yohanda s'exécuta donc sans attendre. Puis, il lui tendit même la main pour l'aider à se relever, démontrant ainsi qu'il acceptait ses excuses.

— Si tu veux, lorsque ce sera fini, je t'accorderai un « rematch », lui chuchota ensuite le juif à l'oreille.

Riu lui répondit aussitôt par un petit sourire, avant de se diriger pour aller aider ses confrères. Une fois que tous furent sur pied, ils se tournèrent vers Max, attendant les instructions.

— Que tous passent rapidement à l'armurerie. Départ dans 5 minutes maximum ! Allons au plus vite sauver Alicia et Richard ! Et allons botter le cul une fois de plus au Mal !

— Et c'est reparti ! se dit Robert en voyant tous les serviteurs du Bien gonflés à bloc, prêts à retourner au combat. Seigneur, je vous en prie, ne nous laissez pas tomber ! On aura encore besoin de Vous, j'en ai bien peur !

Chapitre 22

2 jours, 2 heures et 46 minutes après Alicia

Lorsqu'ils arrivèrent tout près de la petite église, située à proximité d'une large rivière recouverte d'une mince couche de glace, tout semblait des plus tranquilles, ce qui inquiéta aussitôt les combattants du Bien. Mais même si la situation sentait le piège à plein nez, ces derniers, voulant au plus vite voler au secours de la vierge et de son défenseur, foncèrent tout de même à vive allure à travers les rues désertes de la petite ville.

Dans le premier Suburbain, Sarah, au volant, regarda son passager, Max, d'un air interrogateur. Ce dernier lui pointa aussitôt le stationnement à l'avant. Juste derrière, le 4x4 des Guerriers de la Lumière, dans lequel étaient assis Lieng, Riu et deux autres membres de leur équipe, les suivait de près. Yohanda, Wayuki et les deux derniers ninjas, dont Yen, le tireur d'élite intercepté plus tôt sur le toit, prenait quant à eux place à bord du troisième véhicule, un imposant Hummer noir. Tel que prévu, Robert les suivait plusieurs kilomètres derrière, à bord de sa voiture personnelle grise, prêt à venir les appuyer.

— Je ne ressens pas la présence d'Orzel dans les parages, commenta Max. Mais je ne l'ai pas ressenti non plus dans le refuge. Hugo doit lui avoir jeté un sort pour camoufler son âme noire, semblable à notre bénédiction pour cacher les nôtres.

— Alors il n'est certainement pas loin, craignit Sarah. Je ne crois pas que d'arriver par le stationnement principal soit une bonne idée !

— Peu importe d'où nous arriverons, il nous verra venir de loin. Aussi bien ne pas perdre de temps. Je préfère qu'il se concentre sur nous plutôt qu'il ne capture Alicia.

— Bien ! Allons-y ! répondit-elle en sentant son cœur battre à vive allure.

Sur ces mots, elle écrasa l'accélérateur en se dirigeant vers le bâtiment catholique. Ils y étaient presqu'arrivés quand tout à coup, les prenant totalement par surprise, leur camion s'envola d'un coup sec dans les airs. Max réalisa à cet instant avoir commis une grave erreur, puisque même si le don de télékinésie du puissant démon n'avait pas d'effet sur lui, il pouvait tout de même déplacer le véhicule dans lequel il se trouvait. Le Suburbain alla donc atterrir violemment du côté conducteur en plein milieu de la rivière gelée. Le coup sonna durement la belle, qui ne perdit cependant pas conscience.

Lorsqu'il vit décoller le gros VUS devant lui, Riu appliqua aussitôt les freins. Mais ce fut en vain car rapidement, leur 4x4 se mit également à bouger sur leur droite. Et sans qu'aucun passager n'ait le temps de réagir, leur Jeep alla se river brutalement contre un gros érable à proximité.

En voyant le surprenant spectacle devant eux, Wayuki, se détacha et se prépara à ouvrir sa portière, consciente qu'ils seraient les prochains. Comme elle le craignait, les roues de leur véhicule commencèrent à s'élever. D'un geste instinctif, elle se jeta hors du camion, qui se retourna ensuite brusquement sur le toit. La chinoise roula quelque fois sur l'asphalte enneigé avant de s'immobiliser enfin. Malheureusement, Yohanda et les deux autres passagers n'eurent pas le même réflexe et durent subir le brutal accident.

Orzel, dissimulé derrière un arbre, fut encore une fois ravi par ses nouvelles facultés de Luciférien. Conscient que le sorcier allait d'une seconde à l'autre lui permettre l'accès à l'église, il passa rapidement à la prochaine phase de son plan. Il tendit donc l'une de ses mains et s'infligea une légère incision à la paume avec une griffe. Aussitôt, les deux ombres derrière lui, qu'Hugo avait également réussi à faire pénétrer dans notre monde en les enfermant dans les corps d'hideux rats noirs, bondirent sur le démon. Puis, à tour de rôle, ces derniers allèrent grignoter la blessure du soldat du Mal. Une fois qu'ils eurent ingérés quelques gouttes de sang jaunâtre, ils retournèrent sur le sol enneigé. C'est alors que, tout comme l'avait fait le corbeau dans la crypte de la bête en Irak, les rongeurs se mirent à grossir de façon impressionnante. Rapidement, ils atteignirent la taille d'un cheval, exposant ainsi de longues griffes et d'ignobles dents jaunâtres recouvertes de bave visqueuse. Dès qu'ils eurent terminés leur transformation, les rats géants foncèrent à l'assaut vers les combattants du Bien. Et comme si ce n'en était déjà pas assez, six autres armarks les suivirent en grognant de rage. Une fois que son armée fut à proximité des véhicules accidentés, Orzel ne perdit pas davantage de temps et se dirigea avec ses deux derniers sujets, soit Tom et Wallas, vers l'entrée de la chapelle, attendant impatiemment qu'Hugo termine le rituel.

— Sarah, ça va ? lui demanda Max en remarquant une impressionnante lésion sur son front.

— Aïe ! Oui, je crois ! répondit-elle en essuyant de sa main le sang qui lui coulait dans les yeux. J'ai dû me cogner la tête. Mais qu'est-ce qui s'est passé ?

— C'est certainement Orzel ! Je ne croyais pas qu'il pourrait utiliser sa télékinésie si je me trouvais à bord…

Il fut soudainement interrompu par un bruyant craquement venant de sous le véhicule.

— C'est quoi ce bruit ?! questionna la belle.

— La glace… Elle ne doit pas être très épaisse à ce temps-ci de l'année, surtout sur une rivière. Ne bouge pas !

— Max…

— Sarah, ne bouge…

Mais avant qu'il ne puisse terminer sa phrase, la glace céda d'un coup sous le poids du lourd VUS. Aussitôt, l'eau glaciale commença à s'insérer à vive allure par les fentes des portières. Comme le véhicule avait atterrit du côté conducteur, ce fut la pauvre Sarah qui se fit immergée la première. Au moment où elle sentit le liquide d'une froideur brutale envelopper son corps, la femme se mit à paniquer totalement. La respiration haletante, elle tenta aussitôt de détacher sa ceinture de sécurité. Toutefois, à son grand désespoir, celle-ci semblait coincée. Cependant, elle n'abandonna pas et continua de toutes ses forces d'essayer de se libérer. Mais sans succès. Et bientôt, son visage disparut également sous l'eau, ce qui la fit encore plus s'alarmer. N'ayant plus les idées en place, elle se contenta de poursuivre avec rudesse afin de défaire le loquet de la ceinture, qui ne voulait toujours pas céder.

Pendant ce temps, dans l'église, Hugo tailla da la paume de sa main à l'aide d'un couteau en hurlant des mots incompréhensibles. Orzel, toujours dehors, s'approcha des marches menant à la porte d'entrée, attendant avec impatience que la bénédiction de Dieu soit levée.

Riu, encore étourdi, sortit à temps de la Jeep incrustée dans l'arbre pour voir le démon s'approcher de la chapelle. Sans réfléchir, il dégaina son imposant revolver à baril et se prépara à le poursuivre quand tout à coup, le faisant sursauter, l'un des rats géants s'interposa pour lui barrer la route. Devant l'hideuse créature aux yeux noirs, le chinois blond leva son arme et pressa la détente sans hésiter. Dès que la première balle toucha l'ombre, la douleur sembla la rendre totalement folle de rage. Tout en exposant ses imposantes dents jaunâtres, elle fonça sur le pauvre homme, qui se contenta d'ouvrir le feu encore et encore. Même si d'imposantes plaies sanglantes noirâtres apparaissaient sur le corps de la chose à chaque impact des projectiles, celle-ci poursuivait sa route sans broncher. Et avant que le pauvre Riu ne puisse l'éviter, le rat l'attrapa de ses pattes antérieures avant de lui engloutir entièrement la tête de sa gueule béante. Puis, lorsque la bête serra la mâchoire, le cou du colosse se sectionna en laissant s'échapper un impressionnant jet de sang.

Témoin de l'affreux spectacle, l'un des deux acolytes de Riu, qui prenait place sur le siège arrière, sortit en vitesse du véhicule accidenté tout en ouvrant le feu de sa mitrailleuse sur l'ombre. Mais comme l'attention de ce dernier était complètement centrée sur l'immonde rat géant, il ne remarqua malheureusement pas l'horrible armark qui s'approchait sournoisement par derrière. Et à peine le pauvre homme venait-il de débuter le tir que déjà le sbire d'Orzel se ruait sur lui, le prenant totalement par surprise.

En voyant l'homme au trait d'araignée enfoncer ses crocs dans la gorge de son partenaire, l'autre asiatique qui était assis à ses côtés dans le 4x4, s'extirpa à son tour de la carcasse dans le but de lui porter secours. Mais à l'instant où il mit le pied dehors, la robuste queue du rongeur noirâtre le frappa de plein fouet au thorax, le faisant brutalement chuter au sol. Rapidement, le monstre se précipita ensuite vers lui pour l'achever. Dès qu'il fut à la hauteur de sa victime, il leva sa patte griffue et se prépara à en finir. S'en était presque fait pour cet autre membre des Guerriers de la Lumière quand tout à coup, les prenant par surprise, la lame du kusarigama de Lieng perça douloureusement l'un des yeux sombres et globuleux de la créature.

En effet, le chef du groupe bouddhiste, qui venait de reprendre ses esprits après le violent accident, avait, sans perdre une seconde, volé à la rescousse de son collègue à l'aide de son arme ninja.

Dès que l'objet pointu transperça son globe oculaire, l'ombre se recula en poussant un ignoble hurlement. Aussitôt, Lieng retira sa lame couverte de sang noir et se prépara à passer à nouveau à l'attaque. Mais alors qu'il faisait tournoyer son kusarigama, face à face avec son répugnant adversaire, un second armark bondit sur la Jeep accidentée, dont il venait à peine de s'extraire. Et comme si ce n'en était pas assez, le premier démon lâcha la proie qu'il venait d'éliminer et se tourna également vers lui, la mâchoire encore dégoulinante du sang de sa victime. Lieng se retrouva alors complètement encerclé entre les deux sbires du Luciférien et l'ombre dissimulée dans un corps de rat. Malgré cela, l'homme ne baissa pas les bras et se prépara à se battre jusqu'au bout.

Pendant ce temps, dans le Hummer qui venait d'être renversé sur le capot, Yohanda, malgré le dur choc, se hâta de détacher sa ceinture de sécurité. Dès qu'il pressa le bouton du loquet, il s'écroula sur le toit du véhicule, qui se trouvait maintenant en dessous de lui. Après s'être secoué un peu la tête, il leva les yeux pour vérifier l'état des deux passagers restants. Il fut alors soulagé que ces derniers, quoique déboussolés, soient sains et saufs. Il s'apprêtait à leur demander s'ils étaient blessés quand tout à coup, le faisant tressaillir, un autre armark s'inséra brusquement par une vitre brisée, attrapa l'un des deux ninjas et le tira d'un seul coup à l'extérieur. Et avant même que le barbu n'ait eu le temps de réagir, un long cri de douleur se fit entendre.

Alors qu'il se demandait s'il ne devait pas tout de même voler à son secours, un second démon-araignée fit à son tour son entrée juste derrière lui. Yohanda sentit aussitôt la chose lui agripper le dos pour l'attirer à son tour hors du 4x4. Heureusement, il eut rapidement le réflexe de lui pointer son système Chester au visage et de lui envoyer une giclée d'eau bénite. Tel qu'il l'espérait, le liquide corrosif pour les créatures du Mal lui fit lâcher prise en le faisant pousser une plainte. Puis, tout en se prenant la figure à deux mains, l'armark retourna par où il était venu.

Cependant, Yohanda n'eut guère le temps de souffler que déjà un autre sbire d'Orzel lui attrapa un mollet. Dès qu'il se sentit aspiré vers la vitre arrière côté passager, le juif s'accrocha fermement à son siège de conducteur, essayant de se retenir de toutes ses forces. Toutefois, son assaillant, qui lui lacérait la jambe de ses griffes tranchantes, était beaucoup plus fort que lui. Sachant qu'il n'allait pas pouvoir tenir longtemps, Yohanda tenta à nouveau d'utiliser l'eau de Dieu pour se défendre. Mais par malheur, il rata complètement son tir cette fois et le dernier jet de liquide disponible termina sa course à gauche du terrifiant monstre. Celui-ci, qui salivait devant cette âme alléchante, continua d'essayer de l'extraire du véhicule. Yohanda, qui venait de lâcher une main, ne put résister davantage et échappa contre son gré sa dernière prise. Affolé, l'homme chercha désespérément quelque chose d'autre pour s'accrocher, mais en vain. Il n'y avait rien d'assez solide à sa portée. Ses doigts ne faisaient que glisser à travers les morceaux de vitre étendus sur le toit du VUS à l'envers. Réalisant que l'armark avait presque réussi à l'entraîner dehors, le barbu se mit à hurler de frayeur.

— Non! Espèce de saloperie! Lâche-moi! Nooon!

Croyant que c'était bientôt la fin, Yohanda se contenta de se débattre avec fougue. Mais cela n'empêcha pas la chose de poursuivre son chemin. Elle était presqu'arrivée à l'extraire quand soudain, une balle la frappa en pleine tête. Sur le coup, elle échappa sa proie en se plaignant. Et avant que la créature ne puisse tenter quoi que ce soit d'autre, un deuxième impact de balle se forma sur son front. Alors que son gémissement redoubla d'ardeur, la créature décida enfin de battre en retraite par où elle était arrivée.

Yohanda leva ensuite les yeux vers le tireur d'élite des Guerriers de la Lumière, qui venait tout juste de lui sauver la vie en dégainant son pistolet. Il le remercia aussitôt d'un geste de la tête. Celui-ci s'apprêtait à lui répondre quand tout à coup, un troisième armark s'introduisit à l'intérieur et attrapa l'asiatique par derrière, faisant sursauter les deux hommes. Mais comme le démon s'apprêtait encore une fois à tirer sa victime vers l'extérieur, Yohanda eut par miracle le réflexe de saisir à son tour son arme de poing à la cuisse. Lorsqu'il ouvrit le tir, le projectile toucha le sbire d'Orzel et ce dernier lâcha prise. Le bouddhiste en profita pour s'en éloigner, offrant ainsi un meilleur angle de tir au juif, qui cribla de balles l'abject personnage. Incapable de supporter d'avantage la douleur, celui-ci retourna à l'abri d'où il était venu.

À son tour, Yen hocha la tête en signe de reconnaissance. Puis, il s'approcha de Yohanda qui était au point le plus éloigné des vitres. Sans avoir à se parler, les deux nouveaux partenaires se placèrent dos à dos afin de couvrir chacun leur côté et être ainsi prêt à repousser le prochain armark qui tenterait de pénétrer à nouveau. Sachant tous deux qu'il ne pouvait sortir du véhicule accidenté sans tomber dans un guet-apens, ils comprirent qu'ils n'avaient d'autres choix que de rester dans cette position, prêts à se défendre.

De son côté, Wayuki, qui venait de terminer ses roulades suite à sa chute par la portière, se releva sans perdre de temps, voulant être prête à faire face à une quelconque menace. Ce ne fut pas en vain puisque comme la guerrière le craignait, un danger la guettait tout près. En effet, à peine venait-elle de se remettre sur pied que déjà l'autre ombre, également sous la forme d'un hideux rat, se ruait sauvagement vers elle. Cette dernière n'eut alors que le temps de dégainer son sabre derrière son dos avant que la chose ne la plaque brusquement au sol. Tout en s'exécutant, l'ignoble rongeur géant ouvrit sa gueule béante dans le but d'engouffrer la tête de sa proie. Toutefois, la chinoise eut fort heureusement le temps de placer la pointe de son arme blanche vers la menace. Lorsque le pommeau de sa poignée frappa le sol enneigé, la lame pénétra le palet de l'ombre, lui traversant ainsi le museau de part en part. Le procédé freina l'attaque du monstre, l'empêchant ainsi, à quelques centimètres près, d'atteindre la femme sous lui de ses imposantes dents jaunâtres et dégoulinantes de bave visqueuse.

Au même moment, à l'intérieur de la chapelle, Hugo éleva sa main ensanglantée, qu'il s'était lui-même tailladée, pour les besoins de sa malédiction. Tout en s'exécutant, il hurla les derniers mots, en langue noire, de son long rituel.

— Mordas exactro dummalik ! Que la bénédiction du Bien soit levée ! Par les pouvoirs qui m'ont été concédés par les ténèbres, je maudis cet endroit ! En tant qu'habitant de la Terre, je donne le droit aux forces maléfiques de pénétrer cette enceinte !

Une fois qu'il eut terminé, il abattit violemment son membre sanglant contre le sol. Dès que le liquide rouge se répandit sur le plancher, Orzel, qui attendait impatiemment à l'extérieur, sentit le mur spirituel qui l'empêchait de passer s'abattre d'un seul coup. Espérant avoir vu juste, il posa son pied sur la première marche. Ne ressentant aucune résistance, il gravit les autres à toute vitesse en poussant un effrayant soupir. Rendu en haut, il fit voler les lourdes portes de bois de chaque côté en utilisant simplement le pouvoir de sa pensée. Puis, il poussa un grondement en passant le seuil.

Dès qu'il vit l'hideuse créature, Hugo lui pointa l'endroit où Alicia et Richard s'était réfugiés. Orzel s'avança alors rapidement vers la barricade improvisée et, tout en utilisant à nouveau ses facultés psychiques, il arracha la porte et repoussa le meuble qui obstruait l'ouverture.

En voyant son barrage se mettre en mouvement tout seul, Richard ne comprit que trop bien qui en était le responsable. Son cœur se remit sur le coup à battre à tout rompre et il sentit ses membres se mettre à trembler d'effroi.

— C'est lui! s'écria au même moment Alicia. C'est le démon! Hugo a terminé sa malédiction! Il est entré! Il va venir nous chercher!

— Ah, Seigneur! Vite, c'est le moment d'aller vers la fenêtre! On va tenter de s'échapper par là avant qu'il n'arrive!

Dès qu'il eut terminé sa phrase, Richard se retourna vers la sortie de secours. Au passage, il agrippa le bras de la jeune fille, qui était complètement figée sur place. Sans attendre, il la tira vers lui en espérant atteindre l'ouverture avant qu'Orzel ne leur tombe dessus. Mais alors qu'il y arrivait, Tom, toujours sous les traits d'un armark, passa carrément au travers de la vitre, les faisant sursauter tous les deux au plus haut point. Alicia en poussa même un puissant hurlement de terreur.

Au moment même où l'ancien Chevalier de Dieu atterrissait devant eux, Orzel entra à son tour dans la pièce. Complètement pris au piège entre les deux monstres, les humains s'immobilisèrent, n'ayant désormais plus aucun plan d'évasion. Alors, dans une dernière tentative de survie, Richard agrippa son crucifix sur sa veste. Même si Irsilda lui avait déjà expliqué qu'Orzel était désormais trop puissant pour qu'un symbole du Bien ne le repousse, l'homme, totalement paniqué, lui pointa tout de même son bouclier spirituel sans réellement réfléchir.

C'est alors qu'une chose incroyable se produisit. En effet, dès que l'affreux démon vit la croix, il s'arrêta et se mit à grogner farouchement. En voyant que sa manœuvre semblait porter fruit, Richard sentit un vent d'espoir l'envahir tout d'un coup. Alors, espérant que son plan fonctionne, il avança d'un pas en direction du Luciférien. À sa grande surprise, ce dernier recula, fou de rage. Le défenseur n'eut alors d'autres choix que d'en conclure que ce qu'Hugo avait dit à son sujet était bien vrai. Il n'était pas revenu de l'au-delà qu'avec uniquement une carte gravée sur son esprit.

— Petit minable ! hurla Orzel. Pousses-toi de mon chemin !

— Non ! Je... Je suis ici pour la défendre ! Dieu m'a renvoyé sur Terre pour protéger la vierge ! Et à ce je constate, Il m'a donné le pouvoir de te repousser ! Alors tu ne lui toucheras pas tant que je vivrai !

En voyant son maître céder du terrain, Tom tenta de son côté de se faire un chemin jusqu'à Alicia. Mais cette dernière eut fort heureusement le même réflexe que son acolyte et attrapa la petite croix dorée accrochée à sa chaînette, qu'elle portait au cou. Dès qu'elle l'utilisa pour stopper le possédé, celui-ci s'immobilisa à son tour en grondant horriblement.

Pendant ce temps, dans les eaux glacées de la rivière, les poumons de Sarah se mirent à lui faire de plus en plus mal. Celle-ci commençait lentement à perdre conscience quand soudain, une poigne ferme agrippa le loquet de sa ceinture de sécurité et l'arracha d'un seul coup.

Dès qu'il la libéra, Max attrapa sa belle au collet et la tira à l'extérieur du véhicule englouti. Une fois sorti, il nagea rapidement afin d'émerger au plus vite du cours d'eau. En effet, même s'il était un ange, il avait tout de même besoin de respirer pour survivre. Sans compter que, bien qu'elle fût atténuée, il ressentait tout de même la douleur que lui infligeait la froideur du flot.

Cependant, lorsqu'il crut arriver enfin à la surface, il réalisa que le courant les avaient fait dévier de leur point d'entrée et qu'ils se retrouvaient maintenant sous la glace. Lorsqu'il se riva contre celle-ci, il tenta de la briser d'un coup de poing. Mais à son grand regret, cette dernière s'avéra beaucoup plus solide qu'il ne le croyait. Celle-ci ne se contenta que de craqueler. Un vent de panique s'empara alors de lui en réalisant qu'il était coincé. Il ne baissa cependant pas les bras et continua à frapper encore et encore le couvercle d'eau gelé d'une main, tout en tenant sa copine de l'autre. Mais comme ils dérivaient toujours, poussés par le courant rigoureux, Max ne put frapper deux fois au même endroit. Donc, même si ses coups affaiblissaient la glace, il se retrouvait toujours à taper à un endroit où elle était à son plus solide.

— Allez merde ! pensa-t-il à s'affolant de plus en plus. Casse saloperie. Sarah ne tiendra pas encore très longtemps ! Mais casse saloperie de glace ! J'ai survécu à tellement de trucs, dont la bête ! Je ne peux pas croire que je vais finir noyé comme ça ! Allez, merde !

Mais malgré ses tentatives de plus en plus désespérées, le pauvre n'arrivait toujours pas à se créer une ouverture. Et tous ces efforts commencèrent à le rendre de plus en plus faible. Il ressentait de plus en plus de douleur au niveau des poumons. Il se mit alors à craindre le pire.

Plus loin, lorsque le sabre de Wayuki traversa le museau du rat géant, ce dernier se releva en poussant une horrifiante plainte. Puis à l'aide de sa patte, il arracha l'arme blanche de sa gueule dégoulinante de sang noirâtre et la lança sur le côté. Il éleva ensuite ses doigts griffus et se prépara à en finir avec celle qui venait de le blesser. La pauvre, prise au piège, ne put que se contenter d'attendre la mort avec frayeur. Mais comme le rongeur s'apprêtait à éliminer la guerrière, une dizaine de coup de feu retentirent et les balles le frappèrent de plein fouet au thorax.

— Wayuki, pousse-toi ! ordonna au même instant Robert, qui venait tout juste d'arriver à la rescousse.

En entendant son sauveur, la femme roula sur le côté sans questionner. Afin de lui laisser une chance de s'écarter davantage, le doyen pressa à nouveau la détente en visant le rat. Cette manœuvre permit ainsi à Wayuki de s'éloigner en se déplaçant à quatre pattes.

Dès qu'il jugea que cette dernière avait pris suffisamment de distance, il plaça son doigt sur la gâchette du lance-grenade, fixé à sa mitraillette. Puis, sans hésiter, il envoya à l'ombre de l'enfer sa cartouche explosive en lui visant la tête, espérant de tout cœur reproduire sa prouesse réalisée dans la crypte de la bête contre le corbeau géant. À l'impact, la bombe explosa en faisant éclater le crâne de la chose en morceaux. Le reste du corps chancela quelques instants avant de s'écrouler enfin. À la minute où le soldat du Mal devint inerte, une impressionnante flamme bleuâtre se mit à consumer son cadavre, au grand plaisir du tireur.

Lieng profita alors de la diversion que le vétéran de Winslow venait d'offrir et lança son kusarigama vers l'armark sur le véhicule. Grâce à sa rapidité d'exécution, l'asiatique réussit ainsi à trancher la tête de sa cible avant même qu'elle ne puisse éviter la lame.

Mais dès qu'il vit le reste de son acolyte s'effondrer, l'autre sbire d'Orzel, qui avait encore la gueule couverte du sang de sa dernière victime, fonça sans hésiter vers le chef des bouddhistes. Toutefois, celui-ci se retourna à toute vitesse vers son assaillant en lui envoyant une étoile de ninja, bénite cette fois, en plein front. Dès que l'une des pointes pénétra la chair du monstre, ce dernier s'écroula subitement au sol en se tortillant de douleur.

Cependant, Lieng n'eut nullement le temps de contempler son exploit puisque l'autre ombre borgne encore en vie se rua à son tour vers lui. Fort heureusement, les réflexes aiguisés de l'as des arts martiaux lui permirent d'esquiver à temps les griffes de la créature en se jetant sur le côté.

Tout en roulant sur la fine couche de neige, Lieng remarqua à portée de main le sabre de Wayuki, qui avait glissé jusqu'à eux un peu plus tôt. Un plan de contre-attaque se créa aussitôt dans son esprit guerrier. Sans hésiter, il passa donc à l'action en projetant à nouveau son kusarigama en visant l'œil restant du rat. Mais cette fois, ce dernier le para aisément d'une patte. Néanmoins, en s'exécutant, il créa l'ouverture que Lieng désirait obtenir. C'est alors qu'avec la rapidité d'un moine Shaolin, il lança de son autre main une seconde étoile de fer vers le globe oculaire. Comme il le souhaitait, le serviteur du Mal se fit surprendre et l'arme blanche réussit à atteindre sa cible.

À l'instant où la créature fut aveuglée, Lieng en profita pour foncer vers le véhicule accidenté, qui reposait juste à côté de celle-ci. Il ramassa au passage le sabre au sol sans ralentir le moindrement. Puis, il grimpa sur le capot pour ensuite bondir en direction de l'ombre. Tout en volant vers la chose, il éleva son arme effilée et se prépara à la rabattre au bon moment. Lorsque ce dernier se présenta, le bouddhiste frappa de toutes ses forces son adversaire en visant le cou. Tel qui l'espérait, la lame pénétra aisément dans la chair avec un bruit spongieux, tranchant ainsi la tête de l'ombre d'un seul coup.

À son tour, le cadavre de la seconde ombre se fit bientôt embraser de flammes bleues sous les yeux de l'étonnant membre des Guerriers de la Lumière. Mais l'homme ne put néanmoins admirer longuement ce surprenant spectacle puisque l'armark qu'il avait précédemment atteint de son projectile de ninja venait tout juste de se remettre sur pied. Lieng releva donc son sabre, prêt à l'affronter. Cependant, ce dernier, craignant l'adversaire de taille qui se dressait devant lui, se contenta de le fixer, cherchant un moyen de percer sa défense. C'est alors que, surprenant le démon au plus haut point, une balle traceuse le frappa en pleine poitrine. Lorsque le plomb enflammé lui transperça le cœur, ce dernier sentit aussitôt que c'était la fin pour lui.

Lieng se retourna aussitôt en direction du coup de feu et reconnut sur-le-champ Robert, qui venait à nouveau d'éliminer un soldat de Satan. Le chinois le remercia alors d'un signe de la tête. Après lui avoir répondu, l'ancien ambulancier déplaça son canon en direction des quatre armarks restants qui retenaient en siège Yohanda et son nouveau partenaire. Comme ils se trouvaient encore une fois à une distance suffisante pour que ses balles de phosphore aient le temps de s'allumer, il pressa sans attendre la détente. Toutefois, lorsqu'il abattit aisément le plus prêt d'entre eux, les trois autres se mirent rapidement à couvert.

N'ayant plus d'ennemis en visuel, Robert bougea rapidement pour obtenir une ligne de tir. Par chance, en se déplaçant sur la gauche, le bras de l'un d'entre eux lui apparut. Dès qu'il l'atteignit, le monstre se mit à se tortiller, s'exposant ainsi davantage au tireur. Il ne lui en fallu pas plus pour évincer ce second esclave d'Orzel avec cinq balles au corps.

Au même instant, Yohanda aperçut, par une vitre brisée, les pieds d'un troisième armark qui tentait de se dissimuler de Robert. Sans hésiter, il lui visa les orteils de son pistolet. Lorsque les projectiles les atteignirent, la chose trébucha contre son gré au sol. En voyant le juif exécuter sa manœuvre, Yen, son nouvel acolyte, dirigea à son tour son arme de poing vers le visage de la créature qui venait de leurs apparaître. Et pendant que le tireur d'élite des bouddhistes faisait feu, le barbu en profita pour ramper vers elle. Puis, lorsqu'elle fut à sa portée, il attrapa son couteau anti-armark et lui embrocha sa partie vitale.

En voyant le dernier homme aux traits d'araignée se dissimuler derrière le véhicule, Wayuki se précipita vers lui sans hésiter. Lorsqu'elle arriva à sa hauteur, elle bondit littéralement dans sa direction. Puis, elle le frappa de plein fouet de ses deux pieds à la poitrine. Comme elle l'espérait, son attaque fit reculer le démon de quelques pas, qui furent suffisant pour l'exposer à Robert. Celui-ci en profita sans attendre pour mettre un terme à l'existence du démon grâce à sa munition au phosphore.

Lorsque le cadavre du dernier soldat d'Orzel reprit sa forme humaine, Wayuki, qui était encore couchée par terre suite à son attaque, se tourna vers Yohanda et Yen, qu'elle arrivait à discerner à travers la vitre arrière craquelée.

— C'est bon ! les informa-t-elle. La voie est libre ! Vous pouvez sortir !

Ces derniers s'exécutèrent sans attendre, bien heureux de s'extraire du piège dont ils étaient prisonniers. Tout en se relevant, Yohanda croisa le regard de la belle asiatique, qui trahissait que trop bien la joie qu'elle ressentait en voyant que le beau barbu s'en était sorti sain et sauf. Mais celui-ci ne se contenta que de lui faire un sourire.

— Ça va Yohanda ? le questionna ensuite Robert en pointant sa jambe ensanglantée.

— Oui, ce ne sont que des égratignures. Merci, mon vieux ! Heureusement que tu as eu l'idée de prendre un peu de recul.

— En effet… Dites, où est le véhicule de Max et Sarah ?

— Je… Je ne sais pas… Il a été le premier à…

— Eh, merde ! Sarah ?! Max ?! Non, non, non, non ! Mais où est ce putain de véhicule ?! Sarah !

Et pendant que Robert s'affolait à l'extérieur, Richard, qui tentait toujours de tenir tête au puissant Luciférien, n'était guère plus calme. En effet, même si ses pouvoirs de défenseur lui avaient procuré un bref sursis, le pauvre ne savait que trop bien qu'il ne pourrait empêcher Orzel d'approcher encore bien longtemps. Surtout que ce dernier, qui venait de ressentir la douleur de ses sbires tombés, commençait à perdre patience de plus en plus.

Soudain, comme le rouquin le craignait, Wallas, toujours sous ses traits démoniaques, entra à son tour par la fenêtre. Contre son gré, Richard détourna instinctivement le regard pour apercevoir ce dernier monstre ramper le long du mur jusqu'au plafond au-dessus de lui. Le chef des armarks profita donc sans attendre de ce moment d'inattention et attrapa son crucifix d'un morceau de toile d'araignée. Lorsqu'il sentit son bouclier spirituel lui glisser d'entre les doigts, le pauvre homme comprit qu'il était maintenant à la merci de l'effroyable chose remplie de colère et de rage. Devant une telle monstruosité,

Richard se contenta de fermer les yeux en attendant l'inévitable.

Orzel fit alors signe à Wallas de lui laisser le plaisir d'en finir lui-même avec le défenseur. Le membre des Protecteurs possédé resta donc fixé au plafond et se contenta de regarder son maître s'approcher des deux humains apeurés.

Tout portait à croire que c'était la fin pour eux quand tout à coup, une silhouette passa au travers de la dernière fenêtre restante, située au bout de la pièce. Ce fut à ce moment au tour du Luciférien de ressentir une certaine frayeur lorsqu'il reconnut Max, les vêtements trempés, se relever en le fixant agressivement.

En effet, celui-ci, dans une dernière tentative désespérée alors qu'il était toujours prisonnier dans les flots de la rivière, avait tenté un peu plus tôt de percer la glace de son épée. Par chance, la lame avait réussi à se frayer un chemin jusqu'à la surface. Il avait ainsi affaibli quelque peu l'eau gelée au-dessus de lui, tout en se stabilisant au même endroit. Après s'être accrochée au pommeau de son ancre à l'aide de ses genoux pour ne plus être dévié par le courant, il avait ensuite pu se servir de son poing restant pour briser enfin le solide couvercle. Ce fut au troisième coup qu'il avait finalement réussi à se créer une ouverture, lui permettant de faire surface et ainsi prendre une grande bouffée d'air. Il s'était ensuite dirigé rapidement vers la rive avec sa belle, inconsciente dans ses bras. Tout en priant, il lui avait ensuite prodigué les premiers soins. À son grand soulagement, Sarah s'était rapidement mise à tousser et à cracher de l'eau. Lorsqu'elle était enfin revenue à elle, cette dernière lui avait aussitôt ordonné de voler au secours d'Alicia. Max avait évidemment hésité légèrement à la laisser ainsi dans la froideur de l'hiver, complètement trempée. Mais comme elle était très têtue, elle avait réussi à le convaincre qu'elle se sentait bien et qu'il n'y avait pas de temps à perdre. Max s'était donc résigné à se diriger vers la chapelle. En route, il avait aperçu Wallas pénétrer par le carreau cassé. Il s'était alors empressé de bondir par la vitre la plus près.

Voilà comment il se retrouvait ainsi, face au redoutable démon, pour entamer un combat revanche. En le voyant, Orzel ordonna à Tom par télépathie de se retirer, conscient qu'il était la source de ses pouvoirs. À l'instant où celui-ci s'écarta, Alicia et Richard vinrent se ranger derrière l'ange pendant que ce dernier dégainait sa fameuse épée derrière son dos. N'ayant plus aucun obstacle entre lui et l'araignée humanoïde, Max se prépara à passer à l'assaut.

— Prépare-toi à retourner en enfer !

Pendant ce temps, à l'extérieur, Robert tentait toujours de retrouver désespérément le VUS dans lequel prenait place sa fille et son meilleur ami. Les autres autours l'appuyèrent également, mais sans succès. Aucun d'entre eux ne le repérait nulle part.

— C'est impossible ! Sarah ! Nom d'un chien ! Sarah ! Max !

— Papa ! s'écria soudainement la belle, à mi-chemin entre la chapelle et la rivière. Papa, je suis là !

— Ah Seigneur ! Sarah ! cria-t-il en accourant dans sa direction. Est-ce que ça va ? Tu es… Tu es toute trempée ?

— C'est bon, je… Je vais bien ! répondit-elle en grelotant. Ce… Ce salopard nous a envoyé dans… Dans la rivière !

— Tu es complètement gelée !

— Je… Je vais… Je vais bien…

— Où est Max ?

— Il est entré… Par… Par l'une des fenêtres… Derrière l'église. Vite, il… Il faut aller l'aider !

— En effet ! Allons-y ! Quant à toi, tu n'es pas en état de…

— On n'a p… Pas de temps à perdre ! Je vais b… Bien !

— OK ! Alors ne restons pas une seconde de plus ici !

Sur ces mots, le groupe se dirigea sans attendre vers l'entrée, dont les portes avaient été arrachées. Au passage, Yohanda remarqua le cadavre décapité de Riu. Il ressentit alors une certaine tristesse en voyant le corps de celui qui avait été un adversaire de taille. Sans réfléchir, il prit un bref instant pour se pencher et ramasser l'impressionnant revolver du défunt, comme si en utilisant ce dernier, cela permettrait de le venger. Puis, une arme de poing dans chaque main, ce fut en boitant qu'il alla rejoindre les autres.

Et pendant que ces derniers grimpaient les marches, à l'intérieur, Max se préparait à affronter son adversaire. Mais au moment où il fit un pas vers l'avant, la voix d'Hugo retentit derrière Orzel. En entendant le sortilège du sorcier, l'ange ressentit une intolérable crampe lui traverser le crâne, lui faisant bien malgré lui pousser un hurlement de douleur. Le Luciférien, ayant compris la manœuvre de son acolyte, en profita pour passer à l'attaque.

Malgré la douleur insoutenable, Max tenta tout de même de faire face à la chose aux bras multiples. Il braqua donc sa lame dans sa direction, espérant faire mouche. Mais Orzel évita aisément le coup désordonné de son opposant. Et avant de lui laisser le temps de se reprendre, il riposta d'un puissant coup de griffe au poignet, lui faisant ainsi échapper son arme fétiche. Puis, il poursuivit en le frappant de toutes ses forces à la fois au visage et au corps. Le pauvre ange décolla du sol et alla passer carrément au travers du mur de la pièce où il se trouvait. Il termina enfin sa chute contre les premiers bancs de bois de la salle principale de la chapelle. Sans attendre que son ennemi ne se remettre sur pied, le soldat du Mal passa à travers le passage qui venait d'être créé et s'avança vers lui afin de l'achever.

Dès qu'Orzel sortit de la pièce, Richard remarqua Hugo, plus loin, qui persistait à prononcer ses mots diaboliques pour retenir Max au tapis. Alors, sans trop y réfléchir, il se rua vers lui dans l'unique but de le faire taire. Mais à peine venait-il de commencer à se déplacer que Wallas, toujours accroché au plafond, bondit sur lui pour l'intercepter. Sous le poids de l'homme possédé, le rouquin s'écrasa au plancher.

Discernant la silhouette du démon-araignée s'approcher dangereusement, Max, le visage encore une fois ensanglanté, tenta de toutes ses forces de se relever. Mais les paroles du sorcier lui étaient si douloureuses qu'il arrivait à peine à voir quinze centimètres devant lui. Il réussit tout de même, de peine et misère à se mettre à genoux, mais c'était en vain. Il était trop tard ! Son adversaire se préparait déjà à lui trancher la tête de ses griffes acérées.

Comme il s'apprêtait à en finir avec l'ange, le Luciférien remarqua Robert, en tête du groupe à l'extérieur, faire son entrée en pointant son fusil d'assaut. Dès qu'il aperçut cette menace, Orzel, grâce à la télékinésie, l'envoya valser sur le côté avant qu'il ne puisse faire feu. L'ancien ambulancier alla donc se river si brutalement contre un mur qu'il en perdit conscience.

Sarah, qui suivait son père de près, leva à son tour son arme. Toutefois, elle n'eut pas le temps de tirer que déjà ses pieds se décollaient du sol. À son tour, elle lévita sur une longue distance pour finir, quant à elle, contre une poutre de soutien en béton.

Yen, qui était le troisième dans l'ordre de marche, n'eut pas le temps de rebrousser chemin et subit également le même sort que ses prédécesseurs. Pour sa part, il s'éleva à plus de quatre mètres du sol avant d'aller atterrir sauvagement dans les rangées de bancs au centre.

Lorsqu'elle vit son acolyte s'envoler, Wayuki, qui arrivait en haut des marches, se jeta au sol enfin de ne pas être repérée par Orzel. Les autres derrière s'immobilisèrent sur-le-champ en la voyant se mettre à couvert. Lorsque la tactique de la guerrière sembla porter fruit, elle se retourna vers Lieng, Yohanda et Kashi, l'autre membre des Guerriers de la Lumière que leur chef avait sauvé à temps de l'ombre.

— On ne peut pas entrer! les informa-t-elle. Il est juste là!

— Allons le surprendre à revers! suggéra Yohanda.

De son côté, malgré la douleur qui l'affligeait, Max profita de la courte diversion créée par ses acolytes et tenta quelque chose de dernier recours contre le démon. Il attrapa donc une grenade inflammable sur sa veste et se dépêcha de la dégoupiller, prêt à se sacrifier pour la cause. Toutefois, dès qu'il le vit s'exécuter, Orzel balaya sans attendre du revers de la main la balle explosive, qui passa à travers un vitrail avant d'aller exploser dehors. Au moment où le Luciférien tourna la tête pour regarder les flammes s'étendre sur la neige, Max risqua aussitôt une autre tentative. Mais à l'instant où il lança son poing, Orzel attrapa ce dernier aisément de sa grosse patte. Ne perdant pas espoir, l'ange essaya immédiatement de placer un second crochet de sa main libre, mais ce fut encore une fois un échec. Son puissant opposant la saisit également en vol avant qu'elle n'atteigne sa cible. Ayant les deux bras pris au piège, le pauvre tenta désespérément de se libérer, mais en vain. Les étreintes étaient beaucoup trop serrées et lui bien trop affaibli par la formule satanique que scandait toujours le sorcier.

Pendant ce temps, Richard, complètement paniqué, tenta vigoureusement de se débattre pour empêcher Wallas sur son dos de l'infecter. Mais malgré tous ses efforts, l'armark réussit tout de même à lui planter ses crocs contagieux dans son épaule. Tout en poussant un gémissement, le défenseur continua par instinct de tenter de s'échapper.

Plus loin, un premier coup de griffes lacéra sauvagement le beau visage de Max. Puis, un second lui déchira l'autre joue. Lorsque sa proie sembla enfin à sa merci, Orzel, tout en jubilant, l'approcha enfin de sa gueule béante afin de s'approprier l'âme de l'ange, qui allait le rendre indestructible. Ça en était presque fait du soldat du Bien quant au dernier instant, prenant totalement l'araignée humanoïde par surprise, Yohanda passa au travers d'un vitrail en pressant les détentes de son pistolet et du revolver de Riu.

Au même moment, alors que Wallas lâchait l'épaule de Richard pour tenter d'atteindre le cou et ainsi l'achever, Alicia s'approcha de lui par le côté pour ne pas qu'il la détecte et lui plaqua sa petite croix en or sur la trempe. Dès qu'il ressentit l'effroyable brûlure, l'armark se recula instinctivement en poussant un horrible grognement. Richard en profita donc pour s'écarter de la créature en roulant sur le côté. Tout en s'exécutant, il remarqua l'épée de Max, que ce dernier avait échappée plus tôt. Curieusement, au moment où il pensa s'en servir, celle-ci glissa toute seule jusqu'à lui. Sans se questionner davantage, il empoigna l'arme de l'ange et se releva aux côtés de celui qui venait de le contaminer. Puis, pendant que la vierge attirait l'attention de ce dernier en lui pointant son symbole de Dieu, le défenseur lui trancha la tête, le mettant ainsi hors service pendant un moment.

Pendant ce temps, les tirs efficaces du barbu firent hésiter Orzel un bref instant. De plus, l'entrée imprévue du membre des Protecteurs prit également par surprise le sorcier, qui s'arrêta soudainement de parler. Même si ce ne fut qu'un bref sursis, Max sentit aussitôt la douleur s'estomper un peu et en profita pour passer à l'action. Il tira donc sur ses bras prisonniers pour s'élever avant de propulser ses deux pieds vers le démon. Dès que ses talons lui touchèrent le corps, le soldat du Mal lâcha ses étreintes avant d'être projeter plusieurs mètres plus loin.

En voyant le Luciférien atterrir contre une rangée de bancs, qui cédèrent sous le poids de la créature, Hugo se dépêcha de reprendre là où il en était avec ses paroles diaboliques. Aussitôt, le pauvre Max dût se reprendre la tête à deux mains pour tenter d'atténuer sa souffrance.

Devant le spectacle, Yohanda voulu s'approcher afin d'intercepter le sorcier quand tout à coup, le prenant par surprise, Tom s'interposa en atterrissant sur le dossier du siège devant lui. En reconnaissant son ami malgré ses traits démoniaques, le colosse s'immobilisa sur-le-champ.

Derrière, Wayuki, Lieng et Kashi firent à leur tour leur entrée par la fenêtre cassée. Sans détourner le regard de son ancien chef, Yohanda leur suggéra aussitôt un plan.

— Je vais m'occuper de lui ! Allez faire taire ce putain de sorcier !

Sans s'obstiner, les trois asiatiques filèrent rapidement en direction d'Hugo. Dès qu'ils se mirent en mouvement, Tom se prépara à les intercepter lorsque le juif lui présenta rapidement son pendentif de l'étoile de David. En apercevant le symbole du Bien, l'armark sentit ses yeux se mettre à brûler et il ne put faire autrement que de se cacher le visage de ses mains.

Wayuki en tête, les bouddhistes restants en profitèrent donc pour s'approcher d'Hugo tout en restant penchés afin de demeurer le plus furtif possible. Lieng commença à croire qu'ils allaient être capables de s'avancer assez près pour l'attaquer quand soudain, à son grand désespoir, il vit sa partenaire s'envoler en direction d'Orzel, qui venait de se remettre sur pied. Et avant même d'avoir le temps de réagir, il se sentit aspirer à tour. Kashi, derrière, ne fut pas non plus épargné et fut forcé de les accompagner.

Lorsque la chinoise lévita jusqu'à sa portée, Orzel l'agrippa de l'une de ses pattes. Il fit ensuite de même avec les deux qui suivaient. Dès qu'ils sentirent les poignes solides leur serrer la gorge, les prisonniers comprirent qu'il ne faisait pas le poids face à cet adversaire. Malgré tout, sans réfléchir, Wayuki attrapa son sabre et l'enfonça sans attendre dans la gueule du monstre.

Enragé d'avoir été surpris par cette attaque hâtive, le démon arracha aussitôt la lame avec l'une de ses mains restantes et, poussé par la soif de vengeance, l'enfonça dans le bas du ventre de sa propriétaire.

À l'instant où Yohanda entendit le cri de douleur de la belle asiatique, il comprit qu'il ne pourrait désormais plus se contenter de tenir son meilleur ami possédé à distance et qu'il allait devoir passer à l'action. Son cœur se serra alors en sachant qu'il n'avait maintenant plus d'autres choix que d'affronter l'armark qui s'était emparé de Tom. Lui, qui espérait tant pouvoir réussir à sauver son confrère, comprit que cette histoire ne pourrait se finir ainsi. Il devait agir au plus vite pour sauver les autres et retirer tout le pouvoir que l'âme du Chevalier de Dieu conférait à Orzel. Il serra donc les dents et laissa tomber son étoile de David. Puis, il dégaina son couteau inflammable, prêt à se battre.

— Comment? le questionna alors Tom de sa voix humaine en voyant la lame prendre feu. Tu veux m'éliminer? Tu es prêt à tuer ton frère d'arme?

— Tu n'es pas Tom! Tu n'es qu'une saloperie de démon! Et oui, je suis prêt à te faire la peau! Allez, amène-toi!

Sur ces mots, le barbu fonça vers l'armark. Mais dès qu'il approcha, ce dernier bondit par-dessus lui et alla atterrir derrière. À l'instant où il toucha le sol, il envoya vers l'homme un puissant coup de griffes. Heureusement, les réflexes aiguisés de Yohanda lui permirent de l'esquiver à temps. À son tour, le juif tenta une attaque avec sa lame en feu. Mais son ami l'évita de justesse. Sans attendre, ce dernier riposta immédiatement d'une patte. Cette fois, il réussit à toucher le poignard, ce qui le fit glisser d'entre les doigts de son propriétaire. Aussitôt, Tom en profita pour se ruer sur lui. L'as des combats ultimes utilisa alors une technique de judo et se servit de la force du monstre pour le faire basculer sur le côté.

Plus loin, Yen, qui venait de se relever de sa chute à son entrée dans la chapelle, s'approcha en douce derrière Orzel, qui était occupé avec ses trois prisonniers. Lorsqu'il arriva à portée, l'homme attrapa son couteau anti-armark et se prépara à poignarder le démon dans le dos. Mais malheureusement, au moment où il s'exécutait, le Luciférien se retourna et lui agrippa le poignet. Puis, il le lui brisa d'un coup sec comme s'il s'agissait d'une brindille. Un os en pointe perfora alors le membre ensanglanté. Dans un hurlement de douleur, le pauvre tomba à genou, incapable d'en supporter davantage. Avec un mouvement brusque, Orzel le releva à sa hauteur et lui vola son âme de sa gueule béante.

Devant l'affreux spectacle, Kashi, toujours retenu par l'araignée humanoïde, pensa à sa fiole d'eau bénite. Rapidement, il la décapsula avant d'arroser celui qui le maintenait. Cependant, l'eau de Dieu n'eut nullement l'effet escompté et cette manœuvre ne fit qu'attirer l'attention du Luciférien, qui était désormais beaucoup trop puissant pour que le liquide ne l'affecte. Lorsqu'il comprit qu'il allait être la prochaine victime, Kashi se mit à se débattre désespérément. Mais ce fut en vain puisque l'étreinte était réellement trop solide. Malgré tout, il continua de se tortiller jusqu'à ce qu'Orzel en finisse avec lui de ses crocs.

Au même instant, Yohanda chercha désespérément son couteau. Par chance, il l'aperçut rapidement, qui était à proximité du cadavre d'Irsilda, en train de brûler le plancher. Cependant, il n'eut guère le temps d'aller le saisir puisque Tom s'était déjà remis debout et se préparait à l'attaquer. Le barbu resta donc sur place, prêt à l'esquiver. Mais comme le monstre s'apprêtait à charger, trois balles de pistolet le frappèrent en pleine poitrine. En se retournant, Yohanda reconnut Sarah, couchée au sol, son arme de poing à la main. En effet, celle-ci, qui se remettait peu à peu de sa collision contre la colonne, s'était empressée de réagir en voyant son confrère en mauvaise posture.

Sans en attendre davantage, le juif fonça vers son arme. Dès qu'il l'empoigna, il se plaça en position de combat pour accueillir le démon dans le corps de son ami.

Et pendant que ce dernier se remettait de ses blessures par balle, Lieng, quant à lui, tenta également quelque chose pour se sortir, sachant très bien qu'il était le suivant sur la liste. Il attrapa donc une étoile de ninja bénite et la planta agressivement dans le poignet d'Orzel, espérant lui faire lâcher prise. Mais encore une fois, l'âme du Chevalier de Dieu l'avait rendu beaucoup trop puissant et sa tentative s'avéra inefficace. La gueule dégoulinante du sang de ses dernières victimes, Orzel tourna aussitôt le regard de ses nombreux yeux noirs vers son prisonnier. Ne pouvant plus résister davantage à l'alléchante âme du moine Shaolin, le chef démon l'approcha pour en finir. Il s'apprêtait à lui planter ses longues dents dans la gorge quant au dernier instant, l'asiatique plaça son bras gauche pour se protéger. La mâchoire du Luciférien se referma donc sur son membre, qui craqua sous la force de la morsure. Lorsqu'Orzel comprit ce qui venait de se passer, il garda tout de même sa prise et tira vers l'arrière comme un chien enragé. Aussitôt, Lieng vit son avant-bras se faire arracher complètement en libérant une quantité impressionnante de sang.

En entendant les cris du chef des Guerriers de la Lumière, Yohanda décida d'agir au plus vite. Il se tourna vers Sarah, qui pressait à nouveau la détente, en lui faisant signe de s'arrêter afin qu'il puisse s'approcher de Tom pour en finir. Mais dès qu'elle comprit, ce fut plutôt le possédé, fou de rage, qui se rua vers lui. Par réflexe, le barbu recula de quelques pas pour esquiver ses griffes. C'est alors qu'il trébucha contre le cadavre d'Irsilda derrière lui et tomba au sol. Tom profita donc de la mauvaise posture de son adversaire pour poursuivre son avance.

Pendant ce temps, derrière Richard et Alicia, le corps de Wallas saisit silencieusement sa tête avant de la remettre en place. Aussitôt, les tissus musculaires commencèrent à se reformer peu à peu. À l'instant où les principaux furent reconnectés, l'armark se mit à avancer en douce vers la vierge.

Plus loin, Orzel, qui tenait toujours Wayuki, à qui il avait transpercé le ventre de son sabre, ainsi que Lieng, qu'il venait de mutiler, cracha le membre sectionné sur le côté. Puis, désirant obtenir leurs âmes au plus vite, il se prépara à retourner à la charge.

À l'instant où il s'apprêtait à en finir avec les deux bouddhistes, l'armark dans le corps de Tom, de son côté, se préparait à bondir sur Yohanda, étendu par terre, quand tout à coup, son attention se posa sur le corps de la belle latino. Il s'arrêta alors d'un seul coup, comme s'il l'avait reconnu. Par la suite, il se saisit imprévisiblement la tête à deux mains, démontrant que le Chevalier de Dieu tentait de reprendre le contrôle de son corps. Puis, après un moment à se débattre, il se jeta à genoux, écarta les bras et poussa un long grognement en regardant Yohanda. Ce dernier comprit aussitôt que son ami, même s'il était en enfer, avait réussi à voir l'amour de sa vie à travers les yeux du démon. Et que, probablement grâce à son âme plus puissante que les autres, l'intense sentiment qu'il avait ressenti lui avait permis, ne serait-ce qu'un bref instant, de reprendre le contrôle de son corps. En le voyant ainsi, le barbu saisit immédiatement le message que son confrère lui envoyait. Il sut que celui-ci lui indiquait de l'éliminer au plus vite. Alors, contre son gré, Yohanda lui enfonça son poignard en flamme en plein cœur.

— Désolé mon frère ! avoua-t-il en s'exécutant.

À l'instant où la pointe perça la partie vitale de Tom, Orzel poussa un long hurlement en sentant tous ses pouvoirs de Luciférien s'envoler. Et pendant que ce dernier grondait, Robert, qui venait de reprendre conscience à son tour, remarqua Hugo juste devant lui, à l'autre bout de la pièce. Sans réfléchir, il leva son arme et pressa la détente. Lorsque sa balle frappa le sorcier au ventre, ce dernier cessa enfin de prononcer le rite satanique et s'affaissa au sol. Au moment où il se tut, Max sentit la crampe dans son crâne s'estomper. Il se releva sur-le-champ et se dirigea en courant vers le démon restant. En le voyant se mettre en mouvement, Richard, n'ayant pas remarqué Wallas qui s'approchait lentement derrière, cria le nom de l'ange tout en lui lançant son épée.

Max, sans ralentir, attrapa son arme au vol avant de bondir vers Orzel. En atterrissant, il trancha le bras qui retenait Wayuki. Il libéra ensuite Lieng de son glaive. Conscient qu'il ne faisait plus le poids, l'araignée humanoïde, dont les deux membres nouvellement sectionnés projetaient de longs jets de sang jaunâtre, se recula de quelques pas.

— Ça ne sert plus à rien de te sauver désormais ! C'est terminé ! Tu vas retourner en enfer une fois de plus !

— Tu peux me tuer physiquement, mais tu ne peux me détruire pour de bon ! répliqua le démon de sa voix à la fois grave et aigüe. Et tu sais que je reviendrai un jour ! Cela fait déjà deux fois en un peu plus de six ans ! Et quand ce sera le cas, je te ferai souffrir ! Je m'attaquerai à ceux que tu aimes le plus ! Ah oui, je me vengerai ! Et si tu n'es plus de ce monde, je me chargerai de tes enfants ! Et des enfants de tes enfants ! Tu crois vraiment que tu peux t'en prendre au Mal sans qu'il n'y ait de répercussion ! Tu souffriras un jour ou l'autre, ça je te le promets !

— Ferme ta gueule, sale connard ! Mes enfants te botteront le cul comme je viens de le faire ! Bon voyage, salopard !

Sans en rajouter, Max se précipita dans sa direction et lui perça le cœur de sa lame bénite. À ce moment, Wallas, dont le cou n'était qu'à moitié raccommodé, s'écroula mollement au sol juste avant d'atteindre Alicia.

Comme à chaque fois qu'un démon originel quittait le monde physique, Orzel se mit à fondre de façon abjecte. Puis, lorsqu'il ne resta que quelques lambeaux de chair sur le squelette presque exposé en totalité, une impressionnante flamme bleuâtre apparut pour consumer les restes. Max se recula alors pour ne pas être touché et admira le spectacle donné par le quatrième démon supprimé de ses mains.

Lorsqu'il disparut enfin, Max inspecta les alentours pour vérifier l'état de ses confrères. Il remarqua aussitôt Lieng et Wayuki, tout près de lui, qui se tortillait de douleur. Puis, il discerna un peu plus loin Richard et Alicia, encore bouche bée par le départ de l'armark. Il aperçut ensuite Yohanda, qui tenait encore le cadavre de son meilleur ami, qu'il avait dû terrasser. La tristesse qu'il ressentit à ce moment fut d'une certaine façon diminuée lorsque ses yeux se posèrent enfin sur Robert et Sarah, qui venait tout juste de se rejoindre.

Cette aventure semblait enfin vouloir prendre fin quand tout à coup, la voix d'Hugo, qui s'était dissimulé en rampant derrière un banc, retentit à nouveau à travers la chapelle. En entendant les mots en langue inconnue, Max se prépara à subir une seconde fois la douleur de la malédiction. Mais à son grand étonnement, la crampe cervicale ne s'imposa pas de nouveau. Après un instant d'attente, l'ange comprit que le sorcier ne cherchait pas à le neutraliser cette fois.

— Mais qu'est-ce qu'il fait? questionna-t-il. Ce n'est pas le sortilège qu'il utilisait contre moi.

— Je ne sais pas, mais ça ne me dit rien qui vaille ! répondit Robert.

— Prenez mon corps, ô grand maître de l'obscurité et des ténèbres ! enchaîna Hugo, en français ce coup-ci.

— Non ! s'écria alors Lieng. Il offre son corps au Mal ! poursuivit-il, ayant déjà lu un manuscrit à ce sujet, alors qu'il étudiait les sciences occultes dans son temple pour connaître ses ennemis. Il veut reproduire la même chose que les sorciers qui s'étaient sacrifiés pour écrire les pages maudites. S'il réussit, son enveloppe corporelle ne pourra pas supporter longtemps autant de pouvoir, mais ce sera suffisant pour éliminer Alicia ! Vite Max, va l'arrêter !

Sans se questionner davantage, l'ange fonça en direction de la voix du satanique. En s'approchant, il remarqua une trace de sang menant derrière un banc. Aussitôt, il bondit dans les airs pour aller atterrir près de l'homme blessé, étendu par terre, qui s'époumonait pour réussir à temps son rituel.

— Allez, prenez mon corps ! Je me sacrifie pour vous ! Je vous l'offre ! Prenez-moi !

Dès qu'il toucha le sol, Max l'agrippa au collet pour le faire taire. Mais au moment où il le décolla du sol, les pupilles du sorcier disparurent d'un seul coup pour laisser place à des yeux d'un blanc éclatant. Puis, sans prévenir, Hugo lui envoya un puissant « uppercut » sous le menton. Sous le robuste coup, l'ange s'envola pour aller atterrir beaucoup plus loin en brisant plusieurs rangées de bancs.

Par la suite, le sorcier se leva d'un coup sec, sans même plier les genoux, comme s'il était porté. C'est alors que plusieurs flammes bleuâtres et noirâtres enveloppèrent le véhicule terrestre d'où émanait désormais une aura d'une obscurité terrifiante.

— Si elle ne peut plus enfanter mon soldat, alors Il ne l'aura pas non plus! commenta le Mal en personne d'une voix si terrifiante que tous les survivants en ressentirent des frissons.

Au même instant, le cadavre d'Irsilda se mit à remuer lentement derrière Yohanda. Aussitôt, celui de Tom se mit également en mouvement. En le sentant reprendre vie, le barbu sursauta et le jeta au sol. Puis, il se releva en vitesse et se recula de quelques pas, tout en observant ses deux amis défunts se relever lentement en poussant des plaintes de zombie.

Derrière, Sarah, qui avait une vue sur l'extérieur par les portes d'entrées arrachées, remarqua également du mouvement dehors. Elle fut alors horrifiée de voir tous les Guerriers de la Lumières et les armarks décédés dans le stationnement se remettre également sur pied.

Sans attendre davantage, Robert, quant à lui, leva son arme en direction du Mal, dont l'enveloppe charnelle commençait déjà à fondre, exposant ainsi quelques parties de son crâne. Lorsqu'il l'eut dans sa mire, il pressa sans hésiter la détente. Cependant, les trois balles tirées s'immobilisèrent à proximité de Satan, qui, en plus de pouvoir faire revivre les morts, jouissait également du pouvoir de télékinésie. Puis, alors que les plombs lévitaient encore autour de Lui, le Mal tourna la tête de manière effrayante vers le tireur. Et avant que ce dernier ne puisse réagir, Il renvoya les projectiles dans sa direction à la même vitesse qu'ils étaient arrivés. L'un d'entre eux le frappa au bras droit et les deux autres se rivèrent, par chance, contre son gilet pare-balle. Néanmoins, la douleur ressentit le força à plier les genoux.

Pendant ce temps, Yohanda regarda son ami, maintenant de retour sous la forme d'un mort-vivant, le fixer agressivement. À son grand désespoir, l'homme comprit alors qu'il n'allait avoir d'autres choix que de l'affronter pour la seconde fois. Déjà que le tuer alors qu'il était sous forme d'armark avait été la chose la plus difficile qu'il lui était donné de faire, voilà qu'il devait maintenant répéter cet acte exécrable. Il se demanda alors s'il allait avoir la force de pouvoir le faire une fois encore. Mais lorsque Tom se décida enfin à s'avancer vers lui, le barbu cessa de réfléchir et laissa ses réflexes prendre le contrôle de son corps. Il attrapa donc le poignard encore planté dans la poitrine de son partenaire et, avec une rapidité stupéfiante pour un mortel, l'enfonça dans la tempe du zombie. En voyant Tom s'écrouler, le colosse ressentit une fois de plus son cœur se serrer. Mais le pauvre n'eut cependant pas le temps de pleurer son frère d'arme puisqu'Irsilda passa à son tour à l'attaque. En voyant la belle s'approcher pour le mordre, Yohanda l'agrippa au collet d'une main pour la retenir et éleva de nouveau son arme de l'autre. Cependant, il hésita un moment avant d'en finir. Une image de Daniel, orphelin, lui vint aussitôt en tête. Ce fut alors plus fort que lui. Il se sentit incapable de tuer la jeune mère. Il se contenta donc de rester ainsi, à la maintenir à distance pendant que celle-ci ouvrait et fermait sa bouche dans le vide.

—Ah Seigneur, non! Je... Je ne peux pas! C'est trop dur! Non!

Soudain, le prenant par surprise, un coup de feu retentit et le crâne d'Irsilda éclata en éclaboussant le visage du barbu. Ce dernier, recouvert de sang et de bout de chair, laissa tomber le corps inerte qu'il tenait et se tourna vers Sarah, qui pointait encore son pistolet dans sa direction.

— Ce n'était plus elle! s'expliqua-t-elle. Il fallait le faire! Allez, viens vite! J'ai besoin de toi! Il y en a un paquet d'autres qui approche!

Et alors que Sarah et Yohanda se dirigeaient à l'extérieur pour stopper les mort-vivants qui grimpaient les marches, Max, quant à lui, se releva de sa vilaine chute et retourna à toute vitesse à l'assaut vers le Mal. Il fut alors ravi de constater que ce dernier ne pouvait pas non plus utiliser la télékinésie contre lui. Lorsqu'il arriva enfin à sa hauteur, le soldat du Bien tenta d'atteindre son nouvel ennemi de sa lame. Mais Satan s'avéra être beaucoup trop rapide pour lui. Celui-ci évita aisément chaque coup que l'ange lui envoyait. Après plusieurs tentatives dans le vide, le Mal riposta à son tour en frappant le visage de Max, encore lacéré par Orzel, du revers de la main. Suite au coup, qui lui infligea une douleur semblable à celle qu'il avait ressentie quand Hugo récitait la malédiction contre lui, le pauvre tourna plusieurs fois dans les airs avant de s'écraser contre le sol.

Alicia, complètement abasourdie par l'ignoble être, dont la moitié du visage était maintenant en squelette, ne remarqua point que Wallas, sous l'aspect d'un mort-vivant cette fois, venait juste de se relever derrière elle. Elle ne l'entendit pas non plus s'approcher en douce. Ce n'est que lorsqu'il arriva à proximité qu'elle remarqua trop tard le zombie, qui s'apprêtait à la mordre. Elle eut alors comme seul réflexe que de pousser un cri d'effroi. Mais par miracle, Richard, lui, l'avait vu s'avancer. Et juste avant que le mort cannibale ne contamine la vierge de ses dents, le rouquin le bouscula brusquement sur le côté. Puis, il ramassa un morceau de bois en pointe, provenant du passage de Max au travers du mur, et mit un terme à l'ancien SAS en le lui plantant du dessous du menton jusqu'au haut de la tête. Et comme si le spectacle n'était déjà pas assez affreux, le cou du zombie, qui ne tenait encore qu'à un fil, se déchira de façon ignoble au même instant.

À son tour, Lieng tenta quelque chose contre le grand Satan. Même s'il savait qu'il ne faisait pas le poids, il l'attaqua tout de même afin de gagner du temps, sachant que celui-ci était compté avant que le corps d'Hugo ne s'écroule en morceaux. Il lança donc, de sa main restante, son fameux kusarigama dans sa direction. Mais comme il le craignait, l'être infernal l'attrapa aisément en vol.

— Tu croyais vraiment me blesser avec une arme maudite ? commenta-t-Il ensuite de sa sinistre voix grave.

Puis, de son autre main, Il agrippa la chaîne et tira Lieng vers lui. Ce dernier la lâcha aussitôt, mais le diable n'en resta pas là. En effet, Il utilisa l'arme du chinois comme s'il s'agissait d'un fouet et attrapa le bouddhiste à la gorge. Dès que la chaîne s'enroula autour de son cou, l'asiatique se sentit non seulement étranglé, mais également attiré à toute vitesse vers Satan. Lorsqu'il arriva à portée du monstre, ce dernier l'agrippa au visage de sa main squelettique. Au moment où les doigts touchèrent la peau de Lieng, celle-ci se mit à brûler en dégageant une légère fumée. Tout en hurlant à plein poumons, le pauvre homme comprit à cet instant que son aventure terrestre tirait bientôt à sa fin. Et sous le regard de Max, qui se relevait difficilement, le Mal broya littéralement la tête du moine Shaolin en poussant un rire sombre et démoniaque.

En voyant l'affreuse scène, le soldat de Dieu, qui était positionné derrière le dos du véhicule humain enflammé, lança sans réfléchir son épée dans sa direction. À son grand étonnement, la lame alla se planter en plein centre de la colonne vertébrale. Le prince des ténèbres poussa aussitôt un horrible cri de rage. Réalisant que son arme venait de le blesser, Max en profita pour se propulser sans perdre de temps vers lui tout en levant son poing. En retombant, il abattit ce dernier sur le derrière de sa tête, qui était maintenant devenu presque entièrement décharné. À son grand regret, dès qu'il toucha le roi de l'enfer, son attaque se retourna contre lui puisque ses jointures se mirent à le brûler intensément. Malgré la douleur, le membre des Protecteurs ne s'arrêta pas là et enchaîna sur-le-champ avec une autre tentative. Il attrapa donc le pommeau de son glaive, juste avant que son opposant ne se retourne, et le retira rapidement. Puis, lorsque Lucifer lui fit enfin face, Max retourna à la charge, en visant cette fois le cœur. Il fut alors complètement stupéfait de réussir aussi facilement à le transpercer.

— Prends ça, salopard! l'injuria-t-il au même instant.

Le Mal se crispa sur le coup, comme si l'offensive venait de lui être fatale. Ce fut avec un grand soulagement que Max admira le spectacle, conscient d'avoir eu énormément de chance de l'avoir arrêté aussi facilement. Ce dernier, rempli de fierté, se prépara à reculer quand tout à coup, Satan l'agrippa férocement à la gorge. Dès que les doigts l'étreignirent, l'ange ressentit les flammes bleuâtres et noirâtres, qui émanaient de ceux-ci, le faire aussitôt affreusement souffrir. Et comme si cela n'était pas assez, l'opposant de Dieu lui administra un brutal crochet au visage. Les genoux du pauvre Max plièrent dès l'impact. Mais le Mal en personne n'en resta pas seulement là. Celui-ci enchaîna d'un autre coup du revers de la main. Puis il poursuivit encore et encore, jusqu'à ce que le visage de sa victime soit complètement déformé.

— Tu crois vraiment pouvoir me tuer aussi facilement? lui grogna-t-il tout en le frappant. Ton épée a peut-être le pouvoir d'anéantir mes sujets, mais tu sembles oublier que je suis le Mal ultime! Ce bout de ferraille n'a aucun effet sur moi! Sinon, crois-tu vraiment que je t'aurais laissé approcher? Je t'ai tendu un piège pour réussir à temps à te mettre la main dessus! Ce sera une vraie jouissance de te faire souffrir enfin, toi, l'ange chéri du Bien! Tu n'es pas son premier oiseau que j'éliminerai! Tu sais, vous n'êtes pas les seuls êtres vivants dans tout l'univers à avoir eu droit à une âme! J'ai pulvérisé des tas d'anges sur des tas de planètes! Et ce fut à chaque fois une réelle jouissance! J'ai déjà détruit plusieurs mondes entiers! Je détruirai avec exaltation le vôtre et tous ceux qui restent juste pour voir souffrir mon Frère!

À chaque redoutable coup, Max eut l'impression d'être frappé par un train. Même les attaques de la fameuse bête à sept têtes, qu'il avait affrontée trois ans plus tôt, lui paraissait maintenant presque des caresses comparé à ce qu'il subissait. Sans compter la solide poigne qui l'étranglait et le brûlait à la fois. Et pour en rajouter, chaque mot que le diable prononçait lui ramenait son insupportable crampe cervicale. Incapable de tolérer davantage tous ces tourments, Max pria le Ciel pour que son tortionnaire en finisse une bonne fois pour toute. En dernier recours, il tenta tout de même de déployer sa protection en forme d'aile, mais sans succès. Il était bien trop mal-en-point pour se servir de cette capacité qui exigeait énormément d'efforts.

Et pendant que son amoureux se trouvait en très mauvaise posture, Sarah, quant à elle, dirigea son arme vers le premier mort-vivant, qui venait de gravir les marches à l'extérieur. Mais comme il se trouvait encore à une distance considérable pour un pistolet, la première balle frappa sa cible à la mâchoire, qui se détacha de façon dégoûtante. La femme pressa alors de nouveau la détente vers le membre des Guerriers de la Lumière ressuscité qui avançait encore. Par chance, cette fois, elle le toucha en pleine tête. Rapidement, elle en visa un second plus loin. Cependant, dus à la nervosité, au froid, à son coup à la tête reçu et surtout au long écart entre elle et lui, il lui fallut tirer à plusieurs reprises avant de lui atteindre enfin le front. Et ce fut également de même pour le troisième. Elle tomba donc à cours de munition en éliminant ce dernier. N'ayant d'autre choix, elle saisit alors son pistolet par le canon encore chaud et se prépara à accueillir le suivant.

À ses côtés, Yohanda alla planter son long poignard dans le front du zombie qui s'était approché de lui. Dès que le corps s'effondra mollement, il se retourna vers un autre qui arrivait tout près. Il projeta à nouveau son couteau vers celui-ci. Mais dans sa rapidité d'exécution, la lame se fraya un chemin un peu trop bas et ne lui toucha malheureusement pas le cerveau. Le cadavre animé en profita pour tenter de le mordre. En évitant les dents contagieuses, le juif glissa sur la neige et perdit pied dans l'escalier. Tout en tombant, il attirant involontairement son adversaire avec lui. Il déboula donc douloureusement les marches en roulant avec le mort-vivant. Lorsqu'il arriva en bas, il se retrouva coincé sous le cannibale affamé, qui tenta sans perdre de temps de faire de lui son repas. Le barbu, affecté par sa violente chute, n'eut alors comme réflexe que de le retenir du mieux qu'il le pouvait.

De son côté, Wayuki n'était guère en meilleure posture, se retrouvant prisonnière entre Yen et Kashi, qui s'étaient également relevés. Dans l'urgence de la situation, la belle n'eut d'autres choix que de retirer contre son gré le sabre qui lui transperçait le bas du ventre. Tout en poussant une plainte, la guerrière exécuta cette affligeante manœuvre avant qu'il ne soit trop tard. Dès qu'elle eut péniblement terminé, elle se tourna vers le premier, qui était déjà très près. Sans hésiter, elle lui trancha la tête. Puis, en voyant l'autre se ruer à son tour vers elle, la chinoise utilisa à nouveau son arme asiatique pour se défendre.

— Et maintenant, grâce à toi, j'ai une arme pour t'éliminer! avoua plus loin le Mal à Max, tout en extirpant le glaive de son corps.

Par la suite, il éleva la lame couverte de sang noirâtre et se prépara à la rabattre sur l'ange quand tout à coup, la voix de Richard retentit sur sa droite.

— Lâche-le! lui ordonna le rouquin tout en lui braquant un crucifix chancelant.

— Comment oses-tu? répondit-Il en lisant toute la frayeur qui envahissait complètement l'âme de celui qui venait de l'interrompre. Tes pouvoirs de défenseur t'ont peut-être permis de repousser Orzel, mais ils ne seront pas efficaces face à moi, misérable insecte!

Dès qu'Il termina sa phrase, la croix prit soudainement feu d'un seul coup. Richard, qui était déjà terrorisé d'être en face de cet être si sinistre, sursauta d'abord, pour finalement laisser l'objet enflammé tomber au sol. Et à peine venait-il de l'échapper que déjà il se sentit s'envoler en direction du mur derrière lui. Poussé simplement par le pouvoir de la pensée de Satan, le pauvre alla s'y fracasser brutalement avant de terminer son vol au sol, le souffle coupé.

Néanmoins, la tentative du défenseur ne fut pas aussi vaine qu'elle ne le parut. En effet, au moment où le roi de l'enfer détourna son attention vers celui-ci, une goutte de sang, provenant du visage en piteux état de Max, coula, alors que l'ange chancelait vers l'avant, pour atterrir sur la main squelettique qui le retenait encore. Dès que le liquide rouge le toucha, un bruit de cuisson se fit entendre et le Mal lâcha aussitôt sa prise, comme si c'était plutôt de l'acide qu'il venait de recevoir. Malgré sa mauvaise condition, le soldat d'élite du Bien cerna l'attitude étrange de son opposant. Il tenta alors sa chance et il lui cracha une bonne giclée de sang, qui s'accumulait déjà dans sa bouche. À son grand étonnement, son hémoglobine sembla affecter le grand maître de l'obscur puisque ce dernier gonda de rage en se reculant de quelques pas.

— Le sang! déchiffra Max, se rappelant sur-le-coup ce qu'Henri avait lu par le passé dans un manuscrit ancien. Mais bien sûr, le sang est la vie! Le sang d'un être puissant peu le vaincre! C'est comme cela que Jésus l'avait déjà repoussé!

Pendant ce temps, à l'extérieur, Yohanda, qui retenait de peine et de misère le cadavre animé d'un membre des Guerriers de la Lumière, remarqua l'arme de poing de celui-ci, encore sur sa veste de combat. Tout en poussant la gueule de l'être abject d'une main, il dégaina en toute hâte le calibre 9 MM de l'autre. Puis, après avoir enligné le canon dans la bouche du zombie, il pressa la détente. Le dessus de la tête de son assaillant éclata alors en morceaux.

Sarah, quant à elle, frappa de toutes ses forces en plein front le mort-vivant qui l'attaquait à l'aide de la poignée de son pistolet. Lorsque le loquet du chargeur s'enfonça profondément dans son crâne, l'ancien armark ressuscité s'effondra au sol. Cependant, comme la matraque improvisée était solidement incrustée dans la tête de celui-ci, la jeune femme ne put l'empêcher de lui glisser d'entre les doigts. Elle se retrouva donc à main nue pour faire face à un autre dégoutant zombie qui s'approchait dangereusement. N'ayant pas le temps de se trouver quelque chose pour se défendre, la belle se contenta de placer ses mains vers l'avant pour l'intercepter. Toutefois, l'affamé s'avéra beaucoup plus vigoureux qu'elle ne le croyait et elle comprit qu'elle ne pourrait pas le maintenir à distance encore très longtemps. Elle chercha un moyen de s'en défaire, mais sans succès. De toute façon, elle avait absolument besoin de ses deux bras pour le retenir. Désespérée, elle ne put faire autrement que de continuer à se débattre pour ne pas se faire contaminer. Et comme elle sentait ses muscles commencer à céder sous la pression, une balle frappa le visage de son agresseur de plein fouet.

Dès que le zombie s'écroula, Sarah se tourna vers Yohanda, qui venait de lui sauver la vie. Elle n'eut alors que le temps de le remercier d'un sourire que déjà celui-ci s'enlignait vers les autres qui restaient. Et sous le regard soulagé de la fille de Robert, le grand barbu mit un terme aux derniers mort-vivants d'une balle dans la tête. Elle se préparait à pousser un long soupir lorsqu'elle perçut soudainement la voix de son amoureux, à l'intérieur de la chapelle.

— Wayuki, donne-moi ton sabre !

Sans questionner, l'asiatique lui lança son arme. Dès qu'il mit la main sur cette dernière, qui glissait au sol jusqu'à lui, Max s'entailla rapidement l'avant-bras afin d'enduire la lame de son sang. Puis, il se retourna vers son adversaire, qui revenait déjà à la charge. Ce dernier, dont il ne restait que les yeux et quelques morceaux de chairs sur son crâne toujours enflammé, le fixa d'une manière si effrayante que l'ange ne put empêcher son cœur de se remplir de frayeur. Mais malgré cela, il resta là, à se tenir devant la plus angoissante et la plus sombre créature à laquelle il s'était frotté.

— Tu es fougueux, l'ange ! lui envoya le Mal de sa voix troublante. Toute cette vigueur ! Tout ce désir de vaincre ! Tout cet orgueil me plaît beaucoup, je dois l'avouer ! Il y a en toi un feu qui t'anime et te pousse à te battre ! Et je le sens, tu adores les affrontements ! Il y a une part d'ombre en toi ! Je le vois ! Il n'est pas trop tard pour changer de camp !

— Ferme ta gueule, salopard !

Chaque mot prononcé par Satan bourdonnait dans la tête de Max, lui infligeant une insupportable migraine. Mais malgré cela, ce dernier s'efforça de rester debout, sachant qu'il devait absolument garder l'attention du roi de l'enfer pour protéger Alicia.

— Ha ! Ha ! Ha ! Décidément, tu me plais beaucoup ! Je comprends pourquoi mon protégé, Sadman, a une telle obsession envers toi ! Il ne me reste plus beaucoup de temps, mais j'en ai assez pour m'amuser un peu. Prépares-toi à souffrir !

Sur ces mots, Lucifer, toujours l'épée de Max imbibé de son sang noirâtre en main, se rua vers le soldat du Bien. Celui-ci, qui ne pouvait plus supporter davantage la conversation, en fut presque satisfait. Toutefois, ce ne fut qu'un éphémère soulagement. En effet, chaque coup que l'agent du Bien envoya fut facilement évité ou paré par son puissant opposant. Puis, quand à son tour Il tenta une attaque, l'ange tenta de la bloquer de son sabre. Mais à son grand regret, sa lame se brisa en deux sous la force brute du chef de l'obscurité.

Tout en s'exécutant, un morceau de chair de la poitrine d'Hugo se détacha pour dévoiler son cœur qui battait toujours derrière la cage thoracique. Réalisant que son véhicule physique ne tiendrait plus encore très longtemps, le Mal décida d'en finir.

Il projeta donc son épée vers la poitrine de Max. Mais par miracle, au dernier instant, celui-ci dévia la pointe à l'aide du fragment de sabre qui lui restait. Le glaive rata ainsi son torse et alla plutôt s'enfoncer dans son ventre. Néanmoins, lorsque le sang de Satan entra en contact avec le sien, le combattant de Dieu ressentit une atroce douleur qui le fit hurler à pleins poumons.

Insatisfait, le père des démons lui balança rapidement un coup de crâne sur le nez pour le retirer de son arme. L'effet désiré fut atteint puisqu'à l'impact brutal, Max glissa jusqu'au bout de la lame avant de s'effondrer sur le sol. Satan releva alors son épée et se prépara à la rabattre vers son misérable adversaire, qui se tortillait de douleur au sol. C'en était presque fini pour celui qui lui avait causé autant d'embûches quand tout à coup, la voix d'Alicia retentit juste derrière.

— Assez ! hurla-t-elle. Ce n'est pas pour lui que tu es venu jusqu'ici en personne ! C'est pour moi ! À ce que je vois, il ne te reste plus beaucoup de temps désormais ! Ton corps tombe en morceaux ! Cesse d'en perdre davantage et prends-moi à la place ! D'après toi, qu'est-ce qui fera le plus de peine à Dieu ? Éliminer l'un de ses soldats, ou son enfant et la pauvre jeune mère qui le porte ?

Sous ses arguments plutôt convaincants, le Mal décida donc d'agir avant qu'il ne soit trop tard. Il lança donc directement le glaive qu'il tenait en direction de la vierge.

— Noooon! s'écria au même instant Richard, témoin de la scène.

Mais il était trop tard, la lame volait déjà vers la jeune fille et tous étaient beaucoup trop loin pour l'intercepter. Le sort en était presque jeté quand soudain, sans savoir réellement comment il venait de réussir cette prouesse, le défenseur de la vierge dévia, grâce à sa pensée, l'arme blanche au dernier instant. Miraculeusement, la pointe rata de justesse la femme enceinte, comme l'avaient fait précédemment les balles d'Hugo, et termina sa course contre le mur à l'arrière.

Fou de rage, le Mal n'en resta cependant pas là. Aussitôt, une dizaine de banc s'élevèrent du sol, prêts à se rabattre sur sa cible.

— Tu ne pourras pas tous les arrêter cette fois! répliqua Lucifer.

À cet instant, Richard, qui était loin de maîtriser ses pouvoirs, sut qu'Il avait tout à fait raison. D'ailleurs, il ne savait même pas comment il avait réussi son précédent exploit. De son côté, même s'il venait de réussir à se relever, de peine et de misère, Max se trouvait à une distance bien trop considérable pour intervenir à temps. Même chose pour Wayuki, qui tenait à peine debout. Pour ce qui en était de

Sarah et Yohanda, qui venaient tout juste de passer le seuil, impossible également pour eux de la sauver. Celle-ci était complètement prise au piège. Les bancs s'apprêtaient à l'écraser d'une seconde à l'autre. L'espoir de voir renaître un nouveau messie s'était maintenant totalement évanoui.

Le Mal, qui jubilait en sentant tout ce désespoir autour de lui, décida enfin d'en finir. Alicia ferma donc les yeux en attendant l'inévitable. Les banquettes se mirent alors en mouvements quand tout à coup, prenant tout le monde par surprise, Robert, qui s'était faufilé en douce pendant le combat, pressa sa détente.

En effet, ce dernier, dont Dieu avait camouflé l'âme, avait réussi à se frayer un chemin en rampant sous les sièges. Puis, au dernier instant, il avait levé son canon en direction de Max. Et, après avoir supplié le Bien de lui donner la force de réussir sa téméraire tentative, il avait fait feu en enlignant son ami avec Satan. Par miracle, comme il l'avait souhaité de tout son être, sa balle traversa d'abord le corps de l'ange, enduisant ainsi le projectile de son sang, pour ensuite aller se loger directement dans le cœur du puissant Satan, qui était trop occupé ailleurs pour l'intercepter à temps cette fois.

À l'instant où la seule chose qui lui était fatale en ce monde entra en contact avec sa partie vitale, les bancs s'abattirent bruyamment sur le plancher autour d'Alicia. Par la suite, le Mal poussa un grognement si puissant que tous furent forcés de se boucher les oreilles alors que toutes les vitres autours d'eux volèrent en éclats. Finalement, le corps d'Hugo explosa en dégageant une lumière bleue si vive qu'aucun des spectateurs ne purent garder les yeux ouverts.

Lorsque le silence retomba dans la salle, Robert se risqua à jeter un coup d'œil. Ne voyant plus la moindre trace de leur ultime adversaire, il se dépêcha d'avertir les autres.

— C'est bon ! Il n'est plus là !

— Quoi ? Comment ? questionna Alicia, qui pourtant croyait bien que c'était la fin pour elle. Qui ? Qui a réussi à l'arrêter ?

Mais au lieu de répondre, le sauveur alla plutôt attraper son fidèle partenaire, qui venait de s'effondrer à genou devant lui.

— Max, est-ce ça va ?

— Tu… Tu m'as tiré dessus, espèce de fils de pute !

— Ouais, désolé vieux ! C'est la seule idée qui m'ait venu ! Mais je me suis dit que tu allais comprendre.

— Ha ! Ha ! Salop ! Ha ! Ha ! Ne me fais plus rire, d'accord ?! Ça fait un mal de chien !

— OK ! J'en prends note.

— Bordel de merde ! Quel exploit tu viens de réussir !

— Je… J'ai eu beaucoup de chance… Ça alors, si tu voyais ta gueule ! Comment fais-tu pour toujours te mettre dans d'aussi piteux états ?

— Je n'étais pas en train de faire une sieste à l'arrière, moi ! D'ailleurs, tu n'as pas à parler ! Regarde ton bras ! Tu pisses le sang ! Laisse-moi te guérir, dit-il par réflexe alors qu'il n'arrivait même pas à lever sa main.

— Non, Max, pas maintenant ! Tu auras besoin de toutes tes forces pour te remettre. Tu me guériras lorsque tu seras sur pied.

— Max ! Papa ! accourut bientôt Sarah. Vous allez… Ah, Seigneur ! s'exclama-t-elle ensuite en voyant le visage ravagé de son amoureux. Max ! Mon pauvre chéri !

— Ça va aller, chérie ! Je vais… Je vais bien !

— Crois-le, Sarah ! la rassura son père. Si tu l'avais vu à Winslow… Il a déjà connu encore pire !

De son côté, Alicia alla aider Richard, qui tentait désespérément de se remettre sur pied malgré ses multiples fractures

— Est-ce que c'est toi qui as dévié l'épée ? l'interrogea-t-elle.

— Je... Je crois que oui! Mais je n'ai aucune idée comment j'ai pu faire!

— En tout cas, merci!

— Merci à toi! C'est toi qui m'as sauvé tout à l'heure!

Pour sa part, Yohanda alla rejoindre Wayuki, qui fut plus que ravie de voir son beau guerrier lui prêter main forte.

— Ça va aller? lui demanda-t-il.

— Aïe! Oui! Je... Je crois..., répondit-elle en vérifiant son imposante plaie.

— Ne t'inquiète pas. Dès qu'il retrouvera ses forces, Max te guérira.

— Je ne suis pas inquiète! En fait, tu sembles l'être plus que moi. Aurais-tu peur qu'il ne m'arrive quelque chose?

— Ça se pourrait bien...

Tous tentaient de se relever de cette dure bagarre quand soudainement, une sirène de police se fit entendre.

— Les flics! raisonna Robert. C'est logique! Avec tous le brouhaha que nous venons de faire! Nous... Nous ne devrions pas rester ici.

— Tu as raison, il faut partir avant qu'ils n'arrivent ! l'appuya Yohanda.

— Le véhicule avec lequel nous sommes venus ici est stationné juste derrière l'église, suggéra Alicia.

— Bien, allons-y dans ce cas ! termina Sarah.

Sans perdre davantage de temps, Robert alla aider Alicia à transporter Richard. Sa fille, quant à elle, resta avec Max pour l'épauler. Yohanda, lui, attrapa la chinoise dans ses bras pour traverser l'allée. En route, il s'immobilisa devant les cadavres de Tom et Irsilda.

— Ne t'inquiète pas, mon ami ! lui dit alors Max. Nous nous organiserons pour revenir chercher les corps ! Nous leur ferons un grand hommage, comme nous le faisons toujours.

— Oui, je... Je sais... C'est juste que...

— Yohanda, si tu ne l'avais pas fait, nous serions tous mort en ce moment ! Tu aurais voulu que Tom en fasse autant si ça avait été toi !

— Oui... Je sais...

— Est-ce que vous pourrez également reprendre les corps de mes confrères ? s'inquiéta Wayuki.

— Oui, je t'en donne ma parole ! affirma son porteur.

— Il faut y aller! les interrompit Robert. Sinon, nous allons finir dans une cellule.

Sachant tous très bien que l'aîné avait raison, les survivants se dirigèrent hâtivement vers la sortie de secours à l'arrière.

Chapitre 23

10 jours après Alicia

Dans un grand cimetière à proximité du Vatican, toute la bande était réunie autour des cercueils des membres des Protecteurs tombés au combat. En cette journée nuageuse, la cérémonie d'adieu, donnée par Henri, fut remplie d'émotion.

Même s'il tentait de se retenir, Yohanda ne put s'empêcher de pleurer le couple qu'il portait tant dans son cœur. Mais alors que les larmes coulaient contre son gré sur ses joues, il sentit la main de Wayuki envelopper la sienne pour lui donner un peu de réconfort.

Pour sa part, Max, dont quelques marques permanentes, occasionnées par le Mal et les armes maudites apparaissaient sur son cou et son visage, ne put lui non plus retenir sa peine. Même s'il avait la certitude que Tom et Irsilda existaient encore dans une autre vie, il lui était impossible de retenir ses sanglots. Et ce fut également le cas pour Sarah, collée contre son amoureux.

Même Henri dut, au cours des funérailles, s'arrêter quelques fois pour se ressaisir.

Robert, malgré toute la souffrance qu'il ressentait au plus profond de son cœur, ne versa quant à lui pas une larme. Il s'efforça de rester fort pour Daniel, qui se tenait entre Isabelle et lui. Cependant, même s'il ne les connaissait pas beaucoup, Simon, derrière, se laissa envahir par la triste situation.

Travos, l'intellectuel, pleura également ses confrères, en particulier celui qui l'avait recruté pour lui donner une deuxième chance dans la vie.

Un peu en retrait, Richard et Alicia rendirent également un dernier hommage à ces braves combattants, qui venaient de donner leur vie pour sauver ce monde.

Et ils ne furent pas les seuls puisque le pape et les membres du conseil en personnes s'étaient déplacés, en toute discrétion à l'abri des médias, pour l'occasion.

Lorsque la triste cérémonie tira à sa fin, le chef des chrétiens serra la main de tous les combattants du Bien présents et les remercia du fond du cœur pour tout ce qu'ils avaient fait pour l'humanité. Tous ceux qui l'accompagnaient en firent de même. Robert, qui, contrairement aux autres, n'avait jamais rencontré ces hommes de haute importance, fut le plus touché par ce geste.

Lorsque le pape et ses accompagnateurs quittèrent par la suite, Max et Sarah invitèrent tous leurs amis à venir prendre une bouchée dans leur appartement.

Après avoir dégusté le délicieux lunch préparé par la belle, tous s'installèrent au salon, un verre à la main, pour discuter tranquillement.

— Le pauvre petit, commenta Isabelle en pointant Daniel, qui s'amusait par terre avec quelques jouets. Cet enfant est vraiment incroyable. Malgré son jeune âge, j'ai l'impression qu'il a déjà compris... Qu'il a tout compris en fait! Il parle avec tellement de sagesse... Mais même s'il sait que ses parents sont quelque part dans l'au-delà, j'arrive à voir dans ses yeux qu'ils lui manquent énormément!

— En tout cas, au moins, il sera entre de bonnes mains, révéla Max. J'ai discuté avec le conseil. Comme tu viens de le mentionner, Daniel est quelqu'un d'exceptionnel. Étant donné qu'il est le fils d'un Chevalier de Dieu, le pape et ses conseillés tenaient absolument à ce qu'il ne soit pas confié à n'importe qui. Mais après tout ce que Robert a fait, ils n'ont pas hésité une seule seconde à vous laisser la garde de ce petit bonhomme.

— Et nous en prendrons grand soin...

— Je n'en doute pas.

— Merci, Max.

— Merci à vous. Alors, quand est-ce que vous déménagez?

— Dans deux semaines, répondit Robert. Ce sera... Un grand changement.

— Mais tu sais aussi bien que moi que c'est la chose à faire. Le Mal tentera de nous atteindre par tous les moyens. Ce serait bien trop dangereux de continuer à vivre dans votre maison. Même si Henri a procédé au rituel pour camoufler vos âmes, vous serez beaucoup plus à l'abri dans une nouvelle demeure.

— Je sais… De toute façon, depuis que Sadman a déboulé chez nous, je… Ce n'était déjà plus pareil…

— Je m'en doute… Et toi, Simon, qu'as-tu décidé ?

— Je vais me prendre un appartement à proximité de mes parents et je vais tenter de poursuivre mes études... Mais… Disons que moi aussi, depuis ma rencontre avec ce vampire, ce n'est plus… Enfin, tu comprends ?

— Oh oui !

— Et pour ta famille, Max ? questionna Robert.

— Ils vont également déménager. Disons qu'au départ, lorsque je leurs ai dévoilé la vérité, ils m'ont pris pour un dingue. Mais après une démonstration d'auto-guérison, ils n'ont pas eu le choix de me croire sur parole.

— Même moi, après tout ce que j'ai vécu, j'ai encore de la difficulté à croire que tout ça est réel, avoua Yohanda.

— En effet ! Évidemment, ma mère est morte d'inquiétude pour la suite, même si je lui ai dit de ne pas s'en faire.

— Je la comprends ! admit Robert. Et pour vous, Yohanda ? poursuivit-il après une pause. Qu'est-ce qui va se passer ?

— Après la cérémonie au temple bouddhiste, il y a deux jours, Wayuki, Max et moi avons rencontré les grands moines. Nous avons décidé de créer une alliance avec eux. Étant donné le grand nombre de pertes que nous avons subies, nous allons nous joindre pour former une grande équipe afin de faire face au prochain assaut du Mal.

— Et qu'est-ce que le pape et ses conseillers ont pensé de tout ça ?

— Disons qu'ils ont été très réticents au début, poursuivit Max. Plusieurs membres du conseil n'accueillaient pas du tout cette idée. Il a fallu redoubler d'effort pour arriver à les convaincre. En particulier le doyen des cardinaux. Mais le pape a fini par trancher en notre faveur. Celui-ci a une grande confiance envers nous. Il sait que nous ferons tout ce qui est en notre pouvoir pour protéger le monde. Cependant, le bruit de notre alliance ne doit pas s'ébruiter afin d'éviter des conflits inutiles.

— Alors Wayuki et moi, nous allons former cette nouvelle équipe, continua le barbu.

— Est-ce que je me trompe ou il se passe quelque chose entre vous ? demanda Isabelle, curieuse.

— Maman ! la critiqua Sarah.

— Eh bien, oui, en effet Mme Longuet, confirma tout de même Yohanda en regardant sa nouvelle amoureuse, un sourire en coin. Il n'y a pas que nos deux équipes qui se sont unies.

— C'est bien, ajouta Henri. C'est toujours une joie de voir le Bien prendre sa place malgré tous ces tristes évènements.

— Et pour vous ? lança Robert en se tournant vers son fidèle partenaire et sa fille. Pour quand est prévu le grand départ ?

— Nous partirons dans deux jours, expliqua l'ange. En étant seulement un petit groupe de quatre, c'est-à-dire Sarah, Richard, Alicia et moi, nous passerons plus inaperçus. Il est certain que le Mal ne la laissera pas avoir son enfant aussi facilement. Il reviendra à la charge, tôt ou tard. Aussi, en plus du camouflage spirituel que Dieu nous offre, nous voyagerons de pays en pays afin qu'Il n'arrive pas à nous retracer.

— Vous allez tant me manquer ! admit Isabelle. Et de ne pas savoir où vous vous trouverez…

— Allons maman, la réconforta sa fille. Nous vous appellerons à l'occasion. Et lorsqu'Alicia aura accouché, dans un peu moins de huit mois, nous pourrons revenir vous voir de temps à autre. Comme nous le faisions avant.

— Tu as raison, ma chérie, l'appuya son père. Mais vous allez quand même nous manquer… Et vous Richard, prêt pour cette grande aventure ?

— Oui, je le suis. Depuis la perte de ma famille, je voguais à la dérive, sans but précis dans la vie. Mais aujourd'hui, je sais pourquoi je suis là. Je sais que je vais les revoir un jour, mais d'ici là, je compte bien accomplir ma mission. Laisser ma trace dans ce monde.

— C'est bien… Très bien, admit le doyen, qui secrètement ne s'était pas sentit physiquement aussi bien depuis longtemps, comme s'il avait rajeunit de vingt ans depuis leurs dernières péripéties. As-tu… As-tu réussi à maîtriser tes nouvelles facultés ?

— Je… Je suis parvenu à faire bouger quelque peu une cuillère hier soir… Mais je suis encore loin d'avoir le parfait contrôle. Il est évident que ce truc fonctionne avec mes émotions… La première fois que j'avais réussi à les utiliser, je crois que c'était dans ma bagarre contre les hommes masqués en Alabama. Je suis persuadé à ce moment que j'ai involontairement fait dévier leurs attaques lorsqu'elles devenaient mortelles. Pour l'instant, je n'ai réussi à exploiter ces facultés que lorsque la situation était critique. Mais je… Je vais y arriver….

— J'en suis certain. Et toi, Alicia ?

— Je… Je crois que je ne serai jamais prête pour ce qui s'en vient… Mais je… J'ai confiance en Dieu. Comme les religieuses qui m'ont élevées ont tenu à me le préciser quand je suis passée les revoir, s'Il m'a choisi, ce doit être pour une raison… Je dois garder la Foi…

— Et tu pourras compter sur nous pour veiller sur toi ! la rassura Max.

Sur ces mots, tous levèrent leurs verres, d'abord en l'honneur de leurs amis tombés, mais également à un avenir rempli d'espoir pour l'humanité…

À SUIVRE…

Extrait du prochain et dernier tome de la série L'Assaut du Mal

Tome 5 — L'armée infernale

Les deux gardes de sécurité pointèrent finalement leurs armes vers Isigard, qui était devenu si imposant que presque la totalité de ses vêtements était en lambeaux. Toutefois, à l'instant où celui-ci posa son sinistre regard sur eux en affichant ses impressionnants crocs jaunâtres sous ses lèvres qui tressaillaient tel un chien enragé, les hommes figèrent, totalement terrorisés.

— Comment oses-tu te montrer ici, en publique ?! lança alors Max pour retenir son attention, tout en relevant son glaive, prêt à se battre.

— Le plan du maître dépasse tout entendement ! répondit la voix grave du chef des loup-garous, dont de longues coulisses de bave dégoulinait de sa gueule entre chaque mot. Avec la venue possible d'un futur messie, Il n'a eu d'autres choix que de changer de stratégie !

— Qui t'as ramené ? Qui est le sorcier qui a brisé le sceau ?!

— Tu veux dire qui nous a ramené ?! Car je ne suis pas le seul à être revenu ! Nous sommes tous de retour ! La sorcière nous a tous ressuscité ! Tous les cinq !

— Sorcière ?! Quelle sorcière ?!

— La plus grande qui n'ait jamais errée sur ce monde. Et sache que nous ne sommes que les pions de l'échiquier avant leurs arrivées !

— Leurs arrivées ?! Mais de qui ?!

— Ha ! Ha ! Ha ! Une guerre est sur le point d'éclater ! Et même avec ta force, tu ne seras jamais assez puissant pour tous les arrêter. Le maître a décidé de passer à l'offensive ultime. Ta planète sera bientôt plongée dans la peur et la souffrance. Et jamais tu ne pourras l'empêcher !

— Quel plan ultime ?!

— Tu pourras bientôt y assister, si bien sûr tu réussis à me vaincre aujourd'hui !

— Je vais te tuer sur-le-champ et je tuerai toutes les créatures que ton maître dressera contre nous ! Je protègerai ce monde coûte que coûte !

— Je ne suis peut-être pas assez puissant en ce moment pour te vaincre ! Mais celui qui s'en vient, lui, tu ne pourras jamais lui tenir tête !

— C'est ce qu'on verra !

— Mais tu devras d’abord me passer sur le corps !

— Prépares-toi à retourner en enfer !

Sur ces mots, Isigard se rua sur Max en grognant férocement…

Made in the USA
Middletown, DE
25 January 2021

32329209R00235